FAMOUS LOVE

Romance

Kenzy DEBARD

FAMOUS LOVE

Romance

ERATO ÉDITIONS

ISBN version papier 978-2-37447-380-2
ISBN version numérique : 978-2-37447-381-9
Octobre 2019 © Erato–Editions
Imprimé en France - Tous droits réservés

CHAPITRE UN

Le grincement de la porte me réveille et quelques pas claquent sur le parquet. Mes yeux papillottent plusieurs fois pour que ma vue soit moins brouillée, mais je sais déjà qui se trouve devant moi.

J'arbore un rictus endormi et constate que ma meilleure amie, habituellement pas du matin, est déjà pomponnée et resplendissante. En baissant les yeux, je remarque qu'elle porte des talons hauts. C'est donc eux qui font tant de bruits.

— Allez debout, j'ai quelque chose à te dire ! me hurle-t-elle, tout excitée.

Elle me fixe de ses yeux verts, les mains sur les hanches et je vois son sourire s'agrandir jusqu'à ses oreilles. Pourquoi est-elle si joyeuse ?

— Tu comptes me mater comme ça longtemps ou tu vas me dire pourquoi tu es déjà en talons si tôt ? lui dis-je en m'étirant.

— J'ai gagné des places pour aller à un concert et j'aimerais que tu viennes avec moi. Non en fait, tu es obligée, ajoute-t-elle en sautillant.

— Quoi ! De qui ?

Je suis sûre d'avoir mal entendu. Je me redresse dans mon lit pour être plus à l'aise.

— Je ne sais pas trop, c'est plusieurs chanteurs et groupes qui vont jouer... Mais c'est trop cool !

Eh bien oui... j'ai bien entendu. Et une question me vient en tête.

— Comment as-tu fait pour avoir les places ?

Elle s'assied sur le rebord de mon lit, tout en plaçant ses beaux cheveux blond cendré derrière ses oreilles.

— Ahhh ! C'est un secret et il n'est pas question que je te le dise ! me lance-t-elle en croisant les bras.

Je lève les yeux au ciel tout en soupirant... une véritable enfant !

— J'espère que tu ne m'as pas acheté une place et que tu me mens pour que je ne refuse pas ?

Je fronce les sourcils et prends un air sérieux en attendant sa réponse. Je connais Kate depuis bien longtemps alors je sais qu'elle en est tout à fait capable. Déjà petite, elle était toujours en train de m'offrir tout et n'importe quoi pour me faire plaisir... surtout les cornets de glace à la pistache. Il fallait presque nous disputer pour pouvoir payer ma part.

— Pas du tout, je sais très bien que tu détestes ça, me souffle-t-elle.

— Tu me connais bien.

Parfois, je me demande ce qu'aurait été ma vie sans elle. Elle a toujours été là pour moi comme j'ai toujours été là pour elle. Je n'imagine même pas ma vie sans Kate. Elle m'a beaucoup aidé lorsque j'avais besoin de réconfort. Je sors de mes pensées en voyant des mains s'agiter dans mon champ de vision.

— Allô la terre !

— Oui euh… c'est quand ?

— Ce soir, à vingt et une heures trente. Je viendrai te chercher à vingt et une heures tapantes. C'est à Hyde Park près du Serpentine Lake, je crois.

Elle me supplie en faisant la moue d'un chien battu. Comment résister à cette tête ?

— C'est d'accord… finis-je par dire après une longue minute.

— Parfait ! Bon à plus ! me dit-elle en sautant du lit.

Mon Dieu comment fait-elle pour marcher là-dedans, on dirait des échasses ! Elle sort de ma chambre juste avant de me faire un clin d'œil et de claquer ma porte.

— La porte ! crié-je.

Je l'entends rire, ce qui me fit rire à mon tour. Je décide de sortir de mon lit et d'aller prendre une bonne douche. Ce qu'il y a de bien, c'est que j'ai une salle de bain reliée directement à ma chambre. Je prends tout mon temps, Kate m'a réveillée deux heures à l'avance. Je laisse l'eau chaude couler sur ma peau en fredonnant «oh love» de Green Day.

Une fois fini, j'enfile un skinny bleu nuit avec des vans et un débardeur blanc. Je ne suis pas trop maquillage, alors j'opte seulement pour du mascara, un peu de gloss, et je suis enfin prête. Je sors de ma chambre et constate que ma mère est absente. Grâce à son travail d'avocate qui fait qu'elle est très souvent au bout du pays, je me retrouve souvent seule et je dois me débrouiller pour me nourrir et aller en cours. Parfois, je dois me priver de sorties ou de choses qui me plaisent, car elle ne me donne que rarement de l'argent de poche. Ma vie se résume à une routine sans but...

Bien sûr, j'ai mes rêves comme tout le monde, mais mon cher père m'a démontré que rêver ne sert qu'à rêver, avant de nous abandonner pour une femme rencontrée dans un pub en ville.

Maintenant, il habite à des centaines de kilomètres avec elle. Mon frère l'a suivi, bien qu'il soit le chouchou de notre mère, et ça l'a rendue encore plus amère qu'elle ne l'était déjà. Pour elle, c'est comme si mon père avait gagné la partie et qu'elle devait en plus porter un lourd fardeau sur les épaules : moi. Je décide de ne plus penser au gâchis qu'est ma vie et j'empoigne mon sac à dos ainsi que mes écouteurs que j'enfonce dans mes oreilles pour mettre ma playlist qui commence par «Pork N Beans» des Wezeer. Les paroles ont beaucoup de sens pour moi.

Je sors de ma maison et comme tous les matins, je pars... à pied, malheureusement. Ma mère ne cesse de me dire : «si tu as des jambes, c'est pour marcher» et ne veut donc jamais m'amener, bien que le trajet soit très court en voiture. Mais après tout, ça me fait faire un peu d'exercice physique, et comme ça, je peux penser et être tranquille le temps d'une balade.

***

En arrivant, j'ai encore beaucoup d'attente avant que mon premier cours débute. Je décide de m'installer dehors, sous mon arbre préféré pour profiter de cette belle journée ensoleillée, et sors de mon sac à dos «orgueil et préjugés» de Jane Austen, un de mes livres favoris, lu pas mal de fois, mais je ne me lasse pas de cette histoire fabuleuse !

J'aime les livres. Ils me plongent dans un autre univers et me font tout oublier, je lis beaucoup plus que la plupart des jeunes de mon école, car ça me passionne. Je voudrais être écrivaine plus tard, écrire une histoire qui plairait à tout le monde. Mais quoi ? Reste seulement à trouver mon inspiration, c'est pour ça que je prends du temps avant de me lancer.

Au bout d'un petit moment plongé dans ma lecture, j'entendis un rire de filles plus loin. Je lève les yeux et vois Lucy Jones avec Tiffany Meyer et Morgane Hart. Ce sont toutes les trois des pom-pom girls dont, malheureusement, je suis le souffre-douleur… Je suis la fille la moins populaire, c'est le cas de le dire ! Je m'intéresse seulement aux cours et essaye d'avoir toujours des bonnes notes. La popularité et le reste, je m'en fiche royalement.

Elles passent devant moi, et Lucy me rit au nez comme à son habitude en remuant vulgairement des hanches et en faisant voler ses cheveux blonds. Je préfère l'ignorer, prendre une bonne respiration avant de ranger mon livre et de me diriger à mon cours qui maintenant ne va pas tarder à commencer. Dans le couloir, je vois arriver Alex, mon meilleur ami et voisin. Il porte son éternelle veste en cuir avec ses cheveux noirs coiffés à la perfection et plus brillants que ceux des filles dans les pubs L'Oréal.

— Les cours ont commencé depuis une semaine et tu fais déjà la tête ? me dit-il en passant son bras autour de mes épaules.

— Absolument pas, je réfléchissais c'est tout. Mais toi, ton attitude est étrange.

— Disons qu'il y a des nouvelles très jolies…

— Je vois, je n'ai pas trop eu le temps de voir les nouveaux et je m'en fiche pas mal pour être franche.

— On sait que tu n'as pas besoin de nouveaux amis, tu m'as à moi... et Kate ! Mais peut-être que dans le lot, tu te trouveras enfin un petit copain !

Je le pousse légèrement et lève les yeux au ciel, comme si quelqu'un pouvait s'intéresser à moi !

— Bah quoi ! On s'inquiète pour toi Lena !

— Pas la peine ! dis-je en m'éloignant.

En fait, il y a de quoi, je n'ai eu qu'un petit copain et c'était en primaire, je pense, donc... Mais c'est au-dessus de mes forces, je ne veux pas être de ces filles qui couchent avec n'importe qui, je préfère donc rester pour toujours la fille la plus «coincée» s'il le faut, et puis... Je n'ai pas confiance en ces garçons, à part Alex bien sûr.

Je m'installe comme à mon habitude de vilain petit canard au fond de la salle près de la fenêtre pour être tranquille, les élèves entrent et le cours commence enfin. Après un moment, je repense au concert, j'aime énormément la musique, elle me transporte et évacue peu à peu mes sales émotions pour me redonner courage quand j'en ai besoin.

Donc je pense qu'une soirée comme celle-là ne peut que me rendre le sourire. Il faut vraiment que j'oublie un peu tous mes soucis et être comme les autres, au moins le temps d'une soirée entre filles.

Lorsque la cloche retentit, Kate me prend par le bras et nous nous dirigeons vers le réfectoire. Aujourd'hui, c'est riz et poulet, ça ne m'a pas l'air mauvais pour une fois. Je prends un plateau et attends Kate avant de rejoindre Alex qui est déjà installé à une table.

— Alors comme ça, vous allez à un concert sans moi ? dit Alex qui fait semblant de bouder.

— Il n'y avait que deux places mon chou, et je croyais que tu devais jouer à la PlayStation toute la soirée ?

— Oui, c'est vrai, j'espère juste qu'il ne vous arrivera rien avec tous ces agités !

— Ne t'en fais pas, Alex, et puis ça nous fait une bonne soirée entre filles pas vrai, Lena ?

— Oui, mais j'espère aussi qu'on ne sera pas embêtées, lui dis-je.

— Il ne nous arrivera rien ! soupire-t-elle en levant les yeux au ciel. Ce n'est qu'une soirée où il y aura des groupes et où on va danser et hurler comme des folles !

Elle a raison ! Ce n'est qu'un concert, pas de quoi fouetter un chat. On va faire exactement ce qu'elle vient de dire et la soirée sera géniale !

— Moi, commence Alex, la bouche pleine. Ce qui me surprend, c'est que Lena ait accepté de sortir, je suis sûr qu'il va neiger !

Je lui balance un petit coup de pied sous la table. Kate s'empêche de rire et lui répond pour me défendre :

— Elle n'est pas aussi enfermée que ça ! Elle n'aime seulement pas les fêtes déjantées et est plutôt réservée !

— Merci vous êtes très gentils, dis-je en me sentant exclue d'une conversation dont je suis le sujet principal.

— Mais c'est aussi pour ça qu'on t'aime tant ! Et qu'on veut te décoincer ce foutu balai du cul ! réplique Alex avec un sourire mi-moqueur mi-sérieux.

— Eh bien... non merci, je suis très bien comme je suis, je parais quarante ans de plus que mon âge, mais ça s'appelle seulement être mature et réfléchie.

Je comprends que mes amis s'inquiètent un peu de mon sort, car les fêtes, l'alcool et le sexe ne font pas partie de mon quotidien.

— Cas désespéré... souffle Kate, mais Alex a raison, on t'aime et te considère bien meilleure que toutes autres personnes, alors ce balai dans le cul, ce n'est pas nous qui allons le décoincer !

Je ris malgré moi et nous continuons notre repas avant de rejoindre la salle de notre deuxième cours.

CHAPITRE DEUX

Une fois ma journée terminée, je rentre chez moi sans envie de traîner, je veille bien à presser le pas. Je déteste passer par ce chemin, mais il s'avère qu'il n'y en a pas d'autres. Cette rue est sûrement parfaite pour dealer ou même commettre un crime.

Après dix minutes de marche, je suis enfin chez moi, je suis un peu fatiguée et pars directement m'affaler sur le canapé beige qui trône au milieu du salon. Dans un mouvement, j'attrape la télécommande quand ma poche se met à vibrer, j'en sors alors mon téléphone.

Il s'agit de Kate. J'hésite un peu à ouvrir son message, car elle m'a harcelée pour être sûre que je ne change pas d'avis pour ce soir. Heureusement que c'est ma meilleure amie et que je ferais tout pour elle, parce que là, je suis vraiment crevée, même si je m'étais dit que cette soirée pouvait me faire oublier tous mes petits tracas.

De Kate : c'est toujours OK pour ce soir. Et fais-toi belle !

Elle est incroyable ! Je lève les yeux au ciel en lisant son message et lui réponds :

À Kate : Tu me l'as dit une centaine de fois et attends, je vais demander la permission à ma mère.

Après quelques minutes à attendre un message de sa part qui n'arrivera jamais, j'allume la télé et regarde une de mes séries préférées, Pretty Little Liars.

D'ailleurs, je ne serais même pas surprise de savoir qui est A. Ça fait près de deux heures que j'attends le retour de ma mère en me récitant un texte dans la tête qui pourra la convaincre de me laisser y aller. Quand elle rentre enfin, mon cœur se met à battre plus fort et j'oublie tous mes mots pour la convaincre. Lorsque je vois son visage, elle a de gros cernes qui soulignent ses yeux bleus identiques aux miens. Elle est très fatiguée… Et ça ne présage rien de bon pour moi.

Ses cheveux sont en bataille et aussi bouclés que les miens, mais de couleur miel comme mon frère (j'ai hérité des cheveux bruns de mon père), elle me regarde en soufflant, comme si elle savait que j'allais demander quelque chose alors que je n'ai même pas encore ouvert la bouche.

Allez, courage, lançons-nous dans la gueule de la lionne !

— Kate m'a demandé... si je voulais aller avec elle... à un concert, ce soir, à neuf heures trente... Je peux y aller ?

Elle souffle une seconde fois et lève les yeux au ciel. Je pense que je peux dire adieu au concert et bonjour à mon lit. C'était à prévoir de toute façon...

— Si tu veux voir des chanteurs, tu peux regarder la télé, c'est la même chose, dit-elle.

Je commence à gigoter dans le canapé et essaye une dernière fois :

— Je sais, mais... Kate a gagné des places et elle m'invite... bredouillé-je.

Si j'insiste, elle dira peut-être oui, ou elle me criera dessus, ou pire...

— Si ça peut me faire un peu de vacances, tu n'as qu'à partir !

— Merci... Je ne rentrerai pas trop tard et je ne ferai pas de bruit, lui promets-je.

— Oui, oui, allez, dégage ! Tu me donnes la migraine, dit-elle en soufflant pour la troisième fois.

Ça alors ! Je suis surprise qu'elle me laisse y aller, mais bon, ma mère ne sait pas se comporter comme une mère. Il y a des jours où elle est presque sympa avec moi et d'autres où j'aimerais être un fantôme pour passer inaperçue.

Je finis de me préparer et me regarde dans le miroir de ma salle de bains. Bon, on va dire que ça peut aller. Je porte un jean noir avec un débardeur rouge à bretelles en dentelle. Ayant des cheveux naturellement bouclés, je ne fais rien de spécial. Je me maquille avec un trait fin d'eye-liner et un peu de gloss. Voilà, je suis prête !

M'habiller aux dernières tendances n'est pas vraiment mon «truc», mais pour Kate, je suis toujours prête à faire un petit effort vestimentaire. Après quelques minutes d'attente, j'entends un bref coup de klaxon alors je regarde par la fenêtre de ma chambre et je vois en bas la Fiat panda rose de Kate. Je sors la rejoindre et lorsqu'elle me voit, elle ouvre la bouche en grand et se précipite pour baisser la vitre.

— Voilà quand tu veux ! Tu es sexy, me dit-elle.

— Merci toi aussi tu es très belle ! lui dis-je en souriant.

Je peux voir qu'elle porte une robe moulante rouge un peu trop courte, mais qui lui va très bien. Je monte dans la voiture et Kate démarre sur-le-champ. Elle allume l'autoradio et la chanson Perfect de Simple Plan retentit. Je monte un peu plus le son et me mets à chanter pour passer le temps.

Au bout de seulement trente secondes, je sens le regard de Kate sur moi. En me tournant légèrement, je vois qu'elle me regarde du coin de l'œil, je m'arrête alors de chanter et ris de bon cœur.

— D'accord, je la ferme !

— Lena, tu pourrais tous les massacrer avec ta voix, tu le sais ça ? me dit-elle.

Cette fois-ci, je pouffe carrément de rire.

— Tu es sérieuse là ? Ça n'arrivera pas, je suis... c'est plutôt moi qui me ferais massacrer !

— Moi, je trouve que tu as du talent, tu sais, parfois tu crois que je ne t'écoute pas, mais si ! Et je peux te dire que tu as une voix sublime.

— Oh, euh... merci.

Je ne trouve rien d'autre à faire que rire encore à ce qu'elle vient de dire. C'est vrai, j'adore chanter, jouer de la guitare et même écrire des chansons, mais ce qui est sûr, c'est que je n'ai pas de talent. Ou du moins, pas assez pour massacrer qui que ce soit, c'est seulement un passe-temps de toute façon. Quand nous arrivons, il y a déjà pas mal de monde, Kate me tire par la main à travers la foule et nous sommes presque devant la scène grâce à elle, et maintenant plus qu'à attendre.

***

Nous sommes là depuis vingt bonnes minutes et mes pieds sont déjà en miettes. Je me demande comment Kate peut supporter ses talons à longueur de journée... Soudain, les lumières de la scène s'allument et la foule commence à crier à m'en casser les oreilles. Puis, un groupe que j'aimais plutôt bien, All Time Low, s'installe et commence à jouer.

Je ne vois presque rien de la soirée. Parfois, les gens se dégagent un peu et je peux voir Fall Out Boy, Misfits, ou encore The 1975, mais par la suite je ne vois plus rien, étant trop petite derrière deux géants. Puis, les cris de la foule m'empêchent d'écouter, bien qu'ils jouent très fort. Kate hurle comme une folle et je l'envie. Elle est plus grande que moi et n'a pas de mal à voir tout le monde, tandis que moi, je dois abandonner l'idée de tendre le cou et d'essayer de faire la girafe du haut de mes un mètre soixante-neuf, car les deux armoires à glace devant moi me bouchent vraiment toute la vue sur la scène. Une fois le concert terminé, toute le monde commence à se disperser. Kate me tire une nouvelle fois par la main pour qu'on rejoigne sa voiture.

— C'était génial ! Et le batteur d'un des groupes était pas mal, je dois avouer, me dit Kate en marchant si vite que j'ai du mal à la suivre.

Je dois ressembler à une enfant tirée par sa mère, pensé-je en levant les yeux au ciel. À ce moment précis, je suis bousculée par quelqu'un qui me dépasse sans se retourner.

Merci, c'est gentil de s'excuser ! Comme Kate a lâché ma main et ne s'en est pas rendu compte, je tente de la rattraper.

— Kate ! lui crié-je.

Je me retrouve bloquée par la foule et ne peux plus bouger. Je crie à Kate de s'arrêter, mais elle ne semble pas m'entendre et ne remarque toujours pas que j'ai lâché sa main. J'essaye de la rattraper en bousculant à mon tour les gens qui m'entourent. En plus, mon foutu mal de pied n'arrange en rien ma situation ! Une fois de plus, quelqu'un me bouscule, mais cette fois-ci, je tombe sur les genoux. Je me relève et manque de chance, mon jean est plein de boue. J'ai la poisse ou quoi ?

— Oh non, je ne peux pas rentrer comme ça ! dis-je plus qu'énervé

Je cherche du regard quelque chose qui pourrait m'aider et remarque des toilettes près de la scène. Je prends une bonne respiration et fonce tête baissée. Arrivée à hauteur de la porte, je me dis que je vais nettoyer mon jean et rejoindre Kate qui va sans doute m'attendre dans la voiture, ou elle va me chercher avec une peur bleue, donc je dois me dépêcher.

Je sors de mes pensées et relève la tête juste à temps pour voir la porte s'ouvrir sèchement et rencontrer par la même occasion ma tête.

Je tombe une nouvelle fois sur les fesses et voit légèrement flou. Je secoue la tête et cligne plusieurs fois des yeux avant de sentir une douleur à l'endroit du choc. La colère qui commence à me venir me brûle presque les veines, là c'en est trop ! Je suis à bout de souffle, sonnée comme une pauvre cloche et j'ai de la boue de partout.

— Oh merde ! Tu vas bien ? fait une voix de garçon assez rauque.

Je lève alors les yeux, surprise par cette voix et découvre des jambes étroitement musclées sous un jean noir ; des hanches et un torse tout aussi puissant recouvert par un simple t-shirt noir et des bras comme je n'en avais jamais vu. Je reste bouche bée voyant ses yeux mi-contrariés, mi-inquiets se poser sur moi. Mais d'une couleur...

— Je... je ne sais pas... oui, ça va, bégayé-je.

Il me tend sa main pour m'aider et, parmi les nombreux tatouages sur son poignet, je vois le signe de l'infini. Je prends la main qu'il me tend et je suis surprise par la douceur de celle-ci.

Depuis quand les garçons ont-ils des mains si douces ?

Avec force, il m'aide à me mettre sur pied et lâche ma main qui était encore accrochée à la sienne. Mais le pire, c'est que je ne peux pas détacher mes yeux des siens. Je n'ai jamais vu un aussi beau visage. Je crois même que ça ne peut être qu'un ange pour avoir des traits aussi parfaits. Il a un regard très sombre avec des sourcils épais, un nez grec dessiné à merveille et une mâchoire carrée qui se contracte en même temps que ses lèvres pulpeuses qui deviennent plus fines. Je ne saurais dire ce qui se passe. On se regarde sans un mot et je suis sûre qu'il doit me prendre pour une vraie folle.

— Je crois que je devrais t'amener à l'hôpital. Tu as pris un sacré coup sur la tête, me dit-il.

Bon, c'est sûr il me prend pour une folle !

— Non tout va bien, je dois partir. Kate, mon amie, me cherche sûrement, lui dis-je en reculant un peu en essayant de reprendre mes esprits.

Je fais demi-tour un peu trop vite, car je vois tout ce qui m'entoure se brouiller. Je bascule sur le côté et pense encore m'étaler dans la boue, mais deux bras tatoués et puissants se refermèrent sur ma taille avant l'atterrissage. Je lutte pour ne pas sombrer, mais je me perds dans ses yeux d'un vert magnifique ; un vert émeraude comme je n'en avais jamais vu. Bizarrement, je n'éprouve aucune peur d'être dans ses bras alors que je ne le connais pas. Je me sens plutôt en sécurité, et c'est sur cette pensée que je sombre pour de bon.

CHAPITRE TROIS

J'ouvre les yeux doucement et les cligne plusieurs fois en regardant le plafond blanc… Le plafond blanc ? Mais le plafond de ma chambre n'est pas blanc ! Je panique et me redresse sèchement en regardant un peu autour de moi. Mes yeux s'arrêtent et mon cœur manque un battement en voyant un garçon sur une chaise qui me regarde sans dire un mot. Étrangement, j'ai l'impression de l'avoir déjà vu.

— Comment j'ai atterri ici ? Où suis-je ? le questionné-je en sentant mon cœur battre la chamade.

Je le dévisage littéralement, pas parce qu'il me dit quelque chose, mais parce que je dois avouer qu'il est assez beau garçon. Habituellement, je n'aime pas quand il y a trop de tatouages, mais les siens sont magnifiques…

Lena redescend ! Tu es dans un lit d'hôpital avec cet inconnu, il y a de quoi s'inquiéter !

— Bonjour à toi aussi. Je t'ai amené à l'hôpital, tu t'es évanouie. Tu te souviens ? me répond-il.

Évanouie ? Je me concentre sur les dernières choses dont je me souvienne et je revois la scène d'hier, ma main qui lâche celle de Kate et… non Kate ! Elle doit se faire un sang d'encre !

— Depuis combien de temps suis-je là ? Mon amie doit faire une crise, elle ne sait pas où je suis et…

Le garçon me coupe la parole en faisant des signes de la main et en se redressant sur sa chaise, toujours aussi calme.

— Ton amie t'a appelée et j'ai répondu. Je lui ai raconté ce qui s'était passé et elle est venue ici. Elle était assez paniquée.

— Où est-elle ?

— Elle a été obligée de partir, sans doute ses parents, mais elle vient te chercher ce matin.

La pauvre, elle a dû avoir si peur...

J'ai soudain une tout autre pensée : depuis combien de temps est-il là ? Est-il resté toute la nuit ? Ma mâchoire se décroche et je me mets une claque mentalement pour reprendre mes esprits. Je ne peux m'empêcher de lui demander :

— Tu es resté toute la nuit ?

— Oui, me répondit-il naturellement.

Je n'en reviens pas qu'il ait patienté et peut-être dormi sur cette chaise, qui m'a l'air très inconfortable, pour s'assurer que je vais bien. Personne ne serait resté pour moi en dehors de Kate et Alex.

— Merci, mais tu n'étais pas obligé.

Il me sourit et, oh mon Dieu ! Il me coupe la respiration tellement son sourire est magnifique. Depuis quand tu réagis comme ça pour un garçon ? me fait remarquer ma conscience. Et elle n'a pas tout à fait tort. Pourtant, ce n'est pas mon style ; même si je n'en ai pas vraiment, je sais que les garçons de son type ne sont pas pour moi.

— Ce n'est rien, tu sais. Je voulais seulement m'assurer que tu ailles bien, me dit-il.

Il me regarde droit dans les yeux et je sens mes joues virer au rouge écarlate pour je ne sais quelle raison. Il détourne le regard au même moment en cachant un sourire.

— Mais dis-moi, pourquoi te précipitais-tu aux toilettes des hommes ? me demande-t-il avec un petit sourire amuser au coin.

Je place mes mains sur mon visage honteux en riant et repense à la catastrophe qui aurait dû être une soirée filles géniale. Je lui raconte alors tout en détail : du début, où je ne voyais absolument rien de ce qui se passait sur la scène, jusqu'à la fin où je me suis faite renverser par la foule et que je voulais simplement me nettoyer avant de rejoindre Kate. Tout le long de ma petite histoire, il écoute attentivement, rit et je trouve ça adorable. À première vue, j'avais pensé qu'il était un de ces garçons au caractère méprisant vu le nombre de tatouages et son style totalement noir. Mais pas du tout ! J'ai même l'impression qu'on s'entend très bien.

— Ça t'arrive souvent ? me demande-t-il, hilare.

— Eh bien… je dirais que bien que je sois une très bonne élève, je n'en suis pas moins… très gauche !

— Je l'étais aussi, bon élève, et gauche sûrement pire que toi !

Il se penche en avant et je ne peux m'empêcher de regarder ses pectoraux se dessiner sous son t-shirt noir. Habituellement, je ne suis pas le genre de fille qui reluque, mais je ne pense pas que ce soit ce que je fasse non plus.

— Tu l'étais ? Mais quel âge as-tu ? Tu ne vas plus à l'école ?

Je ne sais pourquoi, mais je crois voir une pointe d'angoisse dans ses yeux lorsqu'il entend mes questions, et là, tout sourire disparaît.

— Je n'ai que dix-neuf ans… me répond-il tout de même. Je dois partir, encore désolé pour la porte.

Quoi, déjà ? Il se lève, un peu plus sérieux, et je crains d'avoir dit quelque chose de mal. Je veux en savoir plus sur lui, il m'intrigue beaucoup et j'aurais aimé au moins le remercier mieux que ça. Mais en y réfléchissant, je sais que je ne le reverrai sans doute plus jamais.

— Comment tu t'appelles ? lui lancé-je avant qu'il n'ouvre la porte.

Je crois que je n'aurais peut-être pas dû lui poser cette question… Il me regarde d'un air… étonné ? Mais je dois sûrement me tromper, après tout je ne le connais pas. Il a toujours la main sur la poignée de la porte et me fixe quelques secondes avant de me répondre :

— Je m'appelle Jared Welland, j'ai été ravi de te connaître,

Lena Peterson.

Puis il ouvre la porte et part. Je reste sans voix, comment connaît-il mon prénom ?

Après avoir réfléchi un moment, je fais enfin le rapprochement : Kate ! suis-je bête. Plus intrigant encore : son nom, Welland, me dit vaguement quelque chose. Mais je ne l'ai jamais vu de ma vie, je dois sûrement confondre et vu le coup à la tête, ce ne serait pas étonnant. Je suis coupée par mes pensées quand la porte s'ouvre sur Kate, deux cafés dans les mains.

— Lena ! Tu vas bien ? me demande-t-elle inquiète. Je suis tellement désolée, je n'avais même pas remarqué que tu ne me suivais plus… Alex va me tuer !

— Non ça va, je vais bien, ne t'inquiète pas, je lui réponds.

Elle me tend un café bien chaud et s'assied sur la chaise occupée par Jared Welland quelques minutes plus tôt, et pendant cinq bonnes minutes non-stop, elle me parle de lui.

— Il est simplement resté par politesse Kate, soufflé-je.

— Ou peut-être que tu lui plais !

— Ou pas ! Et puis je ne le reverrai plus jamais alors laisser tomber, d'accord ?

— D'accord, ça va, dit-elle en faisant la tête.

Quelqu'un frappe soudain à la porte avant d'y entrer. Mon cœur s'accélère en pensant que ça peut être Jared, mais non… il s'agit seulement d'un docteur. Et puis, ce n'est pas comme si j'avais envie de le revoir.

— Bonjour, dis-je alors que Kate lui sourit.

— Bonjour, je suis le docteur Finn, je viens faire quelques tests, me dit-il.

— Pas de problème, allez-y.

Il me fait quelques examens de routine pour les chocs à la tête et constate que je n'ai rien de spécial.

— Le coup que vous avez pris à la tête n'est pas méchant, vous pouvez donc partir. Mais si vous sentez des vertiges ou des maux de tête, il faudra alors revenir, Mademoiselle… ?

— Peterson, Lena Peterson, je lui réponds.

— Très bien, Mademoiselle Peterson. Bon, et bien je vous laisse, au revoir, nous dit-il en sortant de la chambre.

Kate me ramène ensuite chez moi et j'espère vraiment que ma mère dormira encore, comme ça elle croira que je suis aussi au lit. Par chance, nous sommes samedi, pas d'école alors je ne devrais pas avoir de problème.

— Mais n'empêche que tu aurais pu avoir son numéro ! dit tout à coup Kate en se garant devant chez moi.

— Mon Dieu Kate...

— Bon, sinon ça va aller avec ta mère ?

— Elle doit faire la grasse matinée donc je vais me faufiler dans ma chambre.

— D'accord à plus !

— À plus !

Je sors de sa voiture et me prépare à rentrer sur la pointe des pieds. Je referme tout doucement la porte derrière moi et lorsque je me retourne, mon regard croise celui très en colère de ma mère. Elle me fait signe de venir la voir. Je sens que je vais le regretter...

— Où étais-tu cette nuit ? me crie-t-elle.

Bon... Il ne reste plus que le plan B, raconter un bon mensonge.

— Je... chez Kate. Je ne voulais pas te réveiller pour te le dire, désolée...

— Eh bien tu aurais dû ! Je me suis fait du souci pour toi. qui sait ce qu'il peut arriver, hein ?

Comme si elle en avait quelque chose à faire ! Elle serait bien contente si je me faisais enlever ou même tuer.

— Je sais... Ça n'arrivera plus, désolée, lui dis-je en baissant les yeux malgré ma propre colère.

— Pourquoi n'es-tu pas comme ton frère ? Hein ? Tu es inutile ! me dit-elle avec les yeux rouges qui sortent de la tête.

Ça fait mal. Elle me le dit avec tellement de dégoût et

même de la haine, que c'est l'effet d'un coup de poing dans le ventre. Ses mots m'atteignent toujours. Avec le temps, ça aurait dû s'arrêter, car je sais qu'elle ne ressent aucun amour à mon égard. Je préfère ne pas lui répondre, quoi que je dise ou que je fasse, je serai toujours «l'erreur de la famille». Et puis... je suis fatiguée de lui répondre, alors je préfère monter dans ma chambre et m'affaler dans mon lit, écoutant de la musique jusqu'à ce que la fatigue m'emporte.

CHAPITRE QUATRE

Ce dimanche est le plus ennuyeux de toute ma vie. Je ne veux pas aller dehors ou faire une balade, mais je ne veux pas non plus rester dans cette maison avec ma mère qui a décidé de m'ignorer royalement. Et j'avoue que j'ai encore un peu de mal à digérer ces mots qu'elle m'a balancés à la figure hier. Mais tout ceci a été vite chassé de ma tête pour laisser place à ce Jared Welland. Je ne comprends pas pourquoi je pense autant à une personne que je ne connais pas. Certes, il m'a assommé avec une porte (qui, je dois dire, fait encore un peu mal) et il est resté toute une nuit sur une chaise inconfortable pour voir si j'allais bien, mais il y a plus que ça. Il m'intrigue énormément et je sais que ce n'est une perte de temps de penser à lui parce que je ne le reverrai jamais. Dommage, il me semblait qu'on s'entendait bien. Ne sachant quoi faire de mon après-midi, je décide d'aller rendre visite à mon cher voisin Alex. Je sonne à sa porte et c'est Karen, sa mère, qui m'ouvre.

— Lena, comment ça va ? me dit-elle en me prenant dans ses bras comme à son habitude.

— Très bien Madame Williams, et vous ?

— Ça va très bien merci. Tu viens sans doute pour voir Alex, il est en haut dans sa chambre.

Je passe par le salon où Thomas Williams est assis avec son journal tranquillement, il me sourit avec son faux air d'Arnold Schwarzenegger et me salue. Je me fais la remarque qu'Alex ressemble plus à sa mère avec ses cheveux noirs et un très joli teint hâlé. Je monte les grands escaliers en bois deux par deux, connaissant la maison sur les bouts de mes doigts. D'ici, j'entends Alex jurer ainsi que les bruits de casse d'une voiture. Je frappe tout de même à la porte de sa chambre avant d'entrer.

— Alors, commence-t-il en mettant son jeu vidéo sur pause. Comme ça, tu t'es fait assommer par une bombe tatouée ?

— Kate t'a déjà raconté à ce que je vois...

— Un peu oui, elle a dit qu'elle aurait beaucoup aimé jouer les Cupidon, mais tu n'étais pas d'accord.

— Je ne le connais pas et puis, les grandes «bombes tatouées», ce n'est pas vraiment mon truc.

— Hum, c'est vrai que ces types sont tous des gros cons. Tu trouveras bien mieux de toute façon !

— Si tu le dis, Alex... soufflé-je désespérément.

Comme si quelqu'un s'intéressera un jour à ma petite personne timide et enfermée.

Je ne me suis jamais intéressée à un garçon de toute ma vie, alors pourquoi commencer maintenant ? Et puis ce n'est pas comme si je voulais qu'on s'intéresse à moi.

— Et ta tête, ça va ? Je le savais que c'était risqué !

Alex me fait sortir de mes pensées.

— Je n'ai presque plus mal et Kate n'y est pour rien, je t'assure.

— La prochaine fois, je viens. Vous êtes comme mes sœurs, je ne voudrais pas qu'ils vous arrivent quoi que ce soit. Maintenant, viens faire une petite partie avec moi.

— Passe-moi une manette, demandé-je en m'asseyant à côté de lui.

Je trouve ces jeux complètement stupides, mais qu'est-ce que je ne ferais pas pour Alex ? Il passe de solo à duo et me confectionne une voiture avant de lancer la course.

— Et Kate, que fait-elle ? me demande-t-il, sans lâcher l'écran des yeux.

— Je suppose qu'elle fait ses devoirs en retard ou qu'elle

prend un bain moussant comme chaque dimanche, je réponds en pressant le bouton pour passer la cinquième vitesse.

— En tout cas, elle a eu très peur de t'avoir perdu et m'a supplié de ne pas la trucider, éclate-t-il de rire.

Et moi, je me suis sentie en pleine sécurité avec un parfait inconnu…

Penser à lui me fait perdre le contrôle de ma voiture qui part dans les barrières de sécurité, j'ai beau tenter de rattraper Alex, il finit premier.

— Ne sois pas méchant, c'est en partie ma faute, à moi et ma maladresse ! Je me suis fait écraser par la foule et ma main a lâché la sienne.

— Ouais bah la prochaine fois, je serai là et veillerai sur vous deux. Une autre partie ?

Nous passons la majeure partie de la journée à jouer à la console ou manger les délicieux gâteaux que Madame Williams nous a préparés. Malgré tout, je n'arrive pas à me sortir Jared Welland de la tête. C'est dingue, mais je regretterais presque de ne pas lui avoir demandé de nous revoir. Il m'a intriguée et je ne suis pas du genre à penser à quelqu'un de cette manière. Mais je dois l'oublier. De toute façon, jamais je ne le reverrai et c'est peut-être mieux ainsi. Lorsque je rentre chez moi, je croise ma mère dans la cuisine qui prépare à dîner. Elle fait vraiment comme si je n'existais pas. Je monte dans ma chambre et prends une bonne douche avant de redescendre et voir ma mère à table en train de manger silencieusement. Elle me regarde un court instant avant de s'essuyer la bouche et de se lever de table. Elle part s'enfermer dans sa chambre et me laisse seule.

N'ayant pas vraiment faim à cause des gâteaux mangés chez Alex, je débarrasse la table et commence à faire la vaisselle. Je ne comprends pas ce qui peut la mettre hors d'elle. C'est vrai, ce n'est pas comme si elle avait vraiment été inquiète au point de se ronger les ongles au sang. Ça prouve bien qu'elle me déteste et aime me faire souffrir gratuitement. Une fois mon travail achevé, je monte dans ma chambre et décide d'écrire une chanson sur mon carnet spécial. J'aime beaucoup écrire ce que j'ai sur le cœur, et ça passe le temps. Au bout d'un petit moment et ne trouvant plus d'inspiration pour terminer ma chanson, je m'endors lourdement et rêve de ma première rencontre avec ce Jared Welland.

***

Mon réveil sonne sur What Like about You de The Romantics. Je désactive l'alarme de mon téléphone et me lève sans perdre de temps. Je descends à la cuisine et me prépare un bol de céréales et un jus d'orange avant de me mettre à table. Je déjeune tranquillement et seule, sachant que Victoria dort toujours. C'est étrange qu'elle ne soit pas encore partie travailler.

Une fois fini, je monte dans ma chambre choisir une tenue. J'opte pour une jupe en jean taille haute avec de gros boutons cuivrés et un chemisier couleur moutarde. Je me douche très vite et enfile mes vêtements suivis de mes boots noirs préférés. Je laisse mes cheveux détachés et me maquille comme toujours d'un peu de mascara et de gloss. En bas, je remarque que ma mère dort toujours, je décide de partir sans prendre la peine de lui dire au revoir et sors de la maison. Je mets mes écouteurs et choisis Angel With A Shotgun de Nightcore avant de me diriger en cours, comme toujours à pied…

En arrivant, j'ai pile vingt minutes avant mon cours d'histoire. Comme chaque matin, je me pose contre un arbre et continue ma lecture d'Orgueil et Préjugés. Je suis du genre à tout planifier dans les moindres détails jusqu'au temps que ça doit prendre. Je tiens ça d'Andrew, mon père qui était très strict, et ça m'est venu naturellement de tout contrôler. Je suis déconcentrée de ma lecture par des élèves qui font beaucoup de bruit. Au bout de quelques minutes, je finis par lâcher mon livre des yeux et regarde ce qui se passe. Les élèves, en particulier les filles, poussent des petits cris aigus tout en gloussant. Tout ceci est bizarre, surtout qu'elles courent pour rentrer dans le bâtiment. Curieuse comme je suis, je range mon livre dans mon sac à dos et me dirige vers l'entrée principale.

À peine la porte franchie, ce que je pensais être «bizarre» me semble maintenant plus que bizarre. Tous sont sous tension et parlent sûrement de la même chose. Je tends l'oreille pour écouter et une fille que je ne connais pas ne cesse de répéter : «Pas possible qu'il soit là, oh mon Dieu !» C'est quoi leurs problèmes à tous. qui est là ? me demandé-je intérieurement.

— Lena ! crie soudain une voix derrière moi.

Je pivote et vois Kate qui vient tout juste d'arriver. Elle me serre dans ses bras et regarde tout autour d'elle, les sourcils froncés. À voir sa tête, elle non plus ne comprend pas ce qu'il se passe.

— Je ne sais pas ce qu'ils ont non plus, lui dis-je avant qu'elle ne me pose la question.

— Quelle bande d'excités, je vous jure !

— Ils parlent de quelqu'un, je crois, mais c'est sans importance, si on allait en cours ?

— Sans aucun plaisir ! me dit-elle en me prenant par le bras.

Nous avançons de quelques pas seulement en riant quand un rire des plus atroces et aigu nous brise les oreilles.

— Pourtant on sait tous que tu aimes prendre du plaisir, Kate !

Kate regarde la personne qui a dit ça avec un regard meurtri et, avant qu'elle ne fasse un pas dans la direction de Lucy Jones, je la tire légèrement pour la mettre dans le droit chemin.

— Laisse tomber Kate, c'est une perte de temps.

Elle la regarde une dernière fois avant de lâcher prise et se retourner vers moi.

— Comment fais-tu pour ne pas lui enfoncer la tête dans la cuvette des toilettes, là où est sa place ? me dit-elle en serrant les dents.

— Comme je te l'ai dit, c'est une perte de temps.

— Tu es trop bonne Lena, tu le sais ça ?

— Je suis simplement moi, dis-je avant d'entrer dans la salle où notre cours d'histoire ne va pas tarder à commencer.

J'allais m'asseoir tout au fond comme à ma grande habitude, mais Kate me devance et s'y asseye avec un clin d'œil avant de me montrer la chaise vide juste à côté de Zack Aaron. Elle pense qu'il s'intéresse à moi et qu'il est mignon comme tout. N'importe quoi ! Je m'y assieds avec un long soupir et Zack m'offre un petit sourire que je lui rends par pure politesse. Lorsque le professeur Christopher entre dans la pièce, il nous annonce que demain nous allons travailler sur l'histoire passionnante de Roméo et Juliette. Alors que les soupirs se font entendre de la bouche des élèves, je me réjouis de travailler là-dessus.

***

À la fin du cours, je me dirige aux toilettes pour me laver les mains, j'ai de l'encre partout à force de jouer avec mon stylo, excitée de travailler sur un grand classique de Shakespeare ! C'est tout moi ça ! Bien que je sois une élève avec de très bonnes notes, je n'en suis pas moins très gauche et empotée. Je sors de ma petite bulle et m'arrête de marcher lorsque je vois un groupe d'élèves encercler je ne sais quoi. Sûrement une bagarre. Alex en sort et vient en courant dans ma direction tout en sautillant.

Tous bizarres…

— Devine quoi ! me dit-il joyeusement. Il y a un nouveau et tu ne vas pas me croire !

— Ah bon, pourquoi ? Il se bat déjà avec quelqu'un ?

Mon Dieu, tant d'agitation pour un nouvel élève ? D'habitude, tout le monde se fiche pas mal des nouveaux élèves, ils les regardent seulement de travers et passent leurs chemins. Et puis, ça fait une semaine que nous avons repris les cours, qui viendrait une semaine après le commencement ? Bizarre.

— Non, il signe des autographes ! Lena, c'est un chanteur célèbre ! me dit-il tout excité.

— Un chanteur célèbre, ici, dans notre école ? dis-je en haussant un sourcil.

— Il paraît qu'il a voulu reprendre les cours sur un coup de tête et a choisi notre lycée ! m'explique Alex. C'est fou !

Ne pouvant pas m'en empêcher, j'explose de rire, mais je suis tout de même curieuse de savoir quel soi-disant «chanteur» est tombé bien bas en venant dans notre école qui est si… bref, on va dire qu'il y a mieux comme école. Il aurait pu aller dans une école privée, non ? Pourquoi ici ? Je m'approche un peu avec Alex pour jeter un petit coup d'œil au nouveau et pouvoir partir me laver les mains. Les élèves me bouchent la vue, je m'avance encore un peu en veillant à regarder où je marche, je n'ai pas envie de me retrouver encore sur les fesses. Au moment où je lève les yeux, un élève se déplace, m'offrant une vue parfaite sur le nouveau.

Mon cœur manque un battement et j'ai l'impression que tout s'arrête de bouger autour de moi. Il me faut un petit moment pour comprendre qui est ce nouvel élève/chanteur. Je cligne des yeux plusieurs fois comme si j'essayais de me sortir d'un rêve, mais cette fois-ci, je ne rêve pas : mêmes yeux, même sourire et mêmes tatouages. Pas de doute, ce garçon est le même qui m'a assommé avec la porte des toilettes des hommes : Jared Welland.

CHAPITRE CINQ

J'ai la bouche encore grande ouverte par l'abasourdissement. Il faut que je fasse quelque chose vite ! Mais je suis incapable de bouger, ça ne peut être qu'un rêve, il ne peut pas être là. Et en plus être quelqu'un de célèbre ! Pourquoi ai-je envie de courir le plus vite possible alors que mes pieds sont comme cloués au sol ?

Je n'ai toujours aucune réaction, mes pensées sont embrouillées, mon cœur bondit et tambourine tellement fort dans ma poitrine que je n'entends qu'à peine le brouhaha causé par les élèves autour de lui. Ses yeux rencontrent soudain les miens. Il semble surpris et tout sourire disparaît de son visage, je sais que je devrais partir, mais c'est seulement lorsque son regard se fait plus sombre que j'ai enfin une réaction ; une décharge électrique me parcourt l'échine et me glace le sang.

Puis il prend un bout de papier rose qu'une brune lui tend et son regard change à nouveau. Comme s'il ne m'avait pas reconnue, il continue à signer des autographes. Je me sens tout étourdie et j'ai l'impression d'avoir frôlé l'arrêt cardiaque.

— Lena, est-ce que ça va ? me demande Alex que j'avais complètement oublié.

— Oui très bien, je... je dois y aller, balbutiai-je en partant à l'opposé de tous les élèves surexcités.

Il ne m'en faut pas plus pour comprendre qu'il ne comptait plus jamais me revoir. Je ne comprends pas pourquoi, mais je suis déçue. Je croyais pourtant qu'on s'entendait bien. Et ne m'avait-il pas dit : «j'étais aussi bon élève», ça voulait bien dire qu'il n'allait plus à l'école. Il a dix-neuf ans, il est trop vieux pour le lycée. Une fois éloignée de tout ce brouhaha incessant, je me retrouve seule dans les couloirs. J'avais complètement oublié ce que je voulais faire et j'avoue m'en ficher pas mal après ça. Je rentre dans la salle de mon prochain cours qui est vide et m'assieds au fond, à ma place habituelle près de la fenêtre. Quelques minutes passent avant que la classe ne commence à se remplir et que la directrice Owen nous fasse l'honneur de sa présence, habillée d'un tailleur jupe noire et une chemise en mousseline marron clair. Derrière elle se trouve Jared Welland, le chanteur célèbre... Je ne peux toujours pas y croire. Il fixe un point invisible, entièrement décontracté alors que les élèves le dévorent des yeux, et comme s'il savait exactement où j'étais ; il me fixe, pas d'un petit regard discret, mais d'un regard intense qui commence à me mettre très mal à l'aise et me force à regarder partout ailleurs.

— Bonjour tout le monde, commence Madame Owen. Comme vous le savez tous, nous accueillons un nouvel élève, qui est déjà une célébrité.

Quelques élèves rient tandis que je m'enfonce dans ma chaise, pour échapper à l'intensité de son regard.

— Je vous demande seulement de le considérer comme n'importe quel élève et de ne pas hurler dans les couloirs, sinon nous devrons accueillir ses gardes du corps pour sa sécurité. De plus, vous serez définitivement renvoyés en cas de harcèlement, nous dit assez sérieusement Madame Owen.

Elle balaye ensuite la pièce des yeux, je tourne soudain les yeux vers la chaise vide à côté de moi et commence presque à prier pour qu'elle lui donne la chaise tout à gauche au premier rang.

— Jared hum... je te laisse t'installer... à côté de Lena, lui dit-elle en pointant la chaise vide à côté de moi.

Et merde !

Jared s'avance en soupirant, signe qu'il ne voulait surtout pas s'asseoir à côté de moi. Tous les regards sont sur lui, accompagnés par les gloussements des filles. Bon, je dois dire qu'il y a de quoi. Jared Welland est le genre de garçon très grand aux épaules larges, un sourire de «star» (très ironique). Il a les cheveux brun foncé un peu longs et bouclés et ce regard, que je trouve indéchiffrable, mais qui doit faire fondre toutes les filles. Regard qui fiche aussi pas mal la trouille, pensé-je en imaginant celui dont il m'a gratifiée plus tôt. Il s'avance naturellement sans faire attention à tous ces yeux qui le regardent, ça ne semble pas le déranger. Mais il doit avoir l'habitude, étant donné qu'il est une star. Mon Dieu ! Je n'arrive pas à croire que ce Jared Welland soit le même garçon qui m'a assommée puis emmenée à l'hôpital. Lorsqu'il arrive devant moi, il me regarde encore et je maudis mon cœur de cogner aussi fort dans ma poitrine. Je ne comprends pas pourquoi il me fait un effet pareil. D'accord, c'est une star qui, en plus, m'a envoyée à l'hôpital grâce à un coup de porte des toilettes il y a deux jours. J'étais dans un état pas très présentable et les chances que je le revoie étaient si minces que j'étais persuadée que c'était impossible. Et je ne suis plus très sûre d'avoir envie de revoir ce Jared Welland, il n'a plus rien à voir avec celui de l'hôpital.

Mais ça n'explique en rien pourquoi je réagis ainsi. Lorsqu'il s'assied, ses yeux ne me quittent pas un instant, je fais mine de ne pas le remarquer et regarde droit devant moi, mais c'est dur, je ne sais pas comment réagir. Ce qui est sûr, c'est qu'il ne m'adressera pas la parole. Voyons, il ne faut pas se faire d'illusions, c'est quelqu'un de célèbre, il s'est juste senti obligé de me conduire à l'hôpital parce que je me suis évanouie et nous en resterons là. Madame Christian surgit dans la pièce, habillée de son chemisier à motifs bleus et le cours de maths peut enfin commencer. Je suis bien heureuse de me plonger dans mon cours pour oublier mon voisin de table et les chuchotements de certains sur le fait que quelqu'un comme lui n'a rien à faire assit à côté de moi. Je suis entièrement d'accord et j'espère de tout cœur qu'il finira par changer de place. Mais il est tellement silencieux, qu'il est facile de l'oublier, heureusement.

Enfin... presque.

***

Une fois le cours terminé, je m'empresse de sortir pour respirer un bon coup. J'avais l'impression de manquer d'air, à la limite de l'étouffement. Je profite de ma pause pour manger une pomme et lire Orgueil et préjugés, dont la lecture est déjà très avancée, sous mon arbre favori. Je relève les yeux et le vois arriver à l'autre bout de la cour. Il est en pleine conversation téléphonique alors qu'un groupe de filles l'épie dans un état qui frôle l'hystérie. Mais il semble plus préoccupé par sa dispute au téléphone qu'autre chose.

Je me lève et décide de terminer ma pomme avant de rentrer dans le bâtiment, sans cesser de le fixer, alors qu'il raccroche dans un soupir et se dirige cette fois-ci dans ma direction. Je m'arrête de mâcher et même de bouger jusqu'à ce qu'il soit à quelques mètres de moi. Ce regard colérique me fait perdre tous mes moyens et mon livre m'échappe des mains. Je croyais qu'il s'arrêterait pour le ramasser, mais il le regarde ou plutôt, lit le titre, avant de me jeter un petit regard et de continuer sa route.

Je le regarde s'éloigner tout en ramassant mon livre et j'empoigne mon sac. J'attends quelques secondes pour respirer avant de reprendre ma journée, impatiente de rentrer chez moi. Le reste de la journée est consacré encore et toujours à Jared Welland, et alors que je voulais me rendre discrète, celui-ci ne me quitte pas des yeux sans venir me parler un seul instant. Kate n'en revient pas qu'il soit une starlette, tout le monde le regarde comme si c'était Dieu en personne !

Ça doit être dur d'avoir toujours tout le monde sur le dos. Tous ces regards et ces «un autographe s'il vous plaît» doivent le rendre fou. Au bout d'un moment, j'ai même hésité à aller lui dire un simple «bonjour» ou «comment ça va depuis le coup de la porte des toilettes ?», mais je me rétracte à chaque fois, persuadée qu'il penserait que je lui parle seulement parce qu'il est célèbre.

Et puis... nous ne jouons pas dans la même catégorie, il ne s'intéressera sûrement pas à moi... Et moi aussi, je ne suis pas du genre à être fan d'une star et lui courir après. Certes, j'aime beaucoup leurs chansons et leur talent, mais de là à devenir barge et tout faire pour se faire remarquer, ce n'est pas trop mon truc. Je veux juste être gentille, après tout, il est resté à l'hôpital toute une nuit pour moi.

En rentrant chez moi, des valises trônent dans l'entrée et j'entends ma mère au téléphone. Je me dirige dans la cuisine et la trouve dos à moi, penchée sur la table ; je décide d'écouter un peu sa conversation.

— Pas de problème Monsieur, je pars dès ce soir et l'affaire sera vite réglée. Hum... oui... à demain.

Elle raccroche et rappelle directement quelqu'un d'autre.

— Bonjour, j'aimerais réserver une chambre au nom de Victoria Peterson... parfait, merci.

Elle raccroche et pose son téléphone. C'est à ce moment que je décide de me racler la gorge pour lui montrer que je suis là. Elle se tourne et à peine ses yeux sont-ils posés sur moi qu'elle souffle bruyamment.

— Je pars pour Romford quelques jours, tiens-toi bien sinon tu risques de le regretter, compris ?

— Compris...

— Bien, dit-elle en passant devant moi.

Elle sort de la cuisine sans un regard et je me tourne pour la voir prendre ses valises en main et se retourner vers moi.

— Tu attends quoi pour m'ouvrir la porte ! dit-elle sèchement.

Aussitôt dit, je m'empresse d'aller lui ouvrir et la regarde marcher jusqu'à la voiture, poser les valises dans le coffre avant de faire le tour et de monter à l'intérieur. Elle démarre enfin. Lorsque la voiture disparaît de mon champ de vision, je ferme la porte et regarde la maison, me sentant soudain très seule et très mal. Je prends alors mon téléphone avec une idée derrière la tête et appelle Kate, qui décroche dès la première sonnerie.

— Salut !

— Ma mère vient de partir quelques jours à Romford, lui raconté-je.

— Oh pas cool… soirée pyjama ?

— Je prépare le film et le pop-corn, appelle Alex !

— Ouais ! Je vais le faire tout de suite.

Elle raccroche et je me sens déjà beaucoup mieux. En les attendant, je prends un bon bain moussant et choisis un film d'horreur comme nous les aimons tant. Je passe ensuite le temps en jouant un peu de guitare et en chantant une de mes chansons. La porte s'ouvre d'un coup sur une Kate et un Alex tous excités qui ne manquent pas de me faire sursauter.

— C'est parti ! crient mes amis en chœur.

Je ris et pose ma guitare sur le lit pour les accueillir tous les deux.

— Où est le pop-corn ? demande Alex en regardant un peu partout.

— En bas, mais je ne l'ai pas encore passé dans le micro-ondes, lui dis-je.

— Et bien qu'est-ce que tu attends, j'ai faim moi !

— Tu as toujours faim, Alex, dit Kate en levant les yeux au ciel.

Nous descendons au salon et tandis qu'Alex se jette sur le canapé avec son téléphone en main, Kate et moi allons à la cuisine préparer le pop-corn.

— Alors le beau Jared Welland ? Je veux tout savoir ! me dit Kate, qui pose ses coudes sur la table, impatiente.

Elle ressemble à Barbie girl dans ce pyjama entièrement rose, elle a même les pantoufles assorties.

— Eh bien il n'y a rien à dire vu qu'il ne m'a pas adressé un mot, et d'ailleurs je m'en fous complètement, lui dis-je en jouant l'indifférence.

Bon, peut-être pas tout à fait...

— De un, je ne te crois pas. De deux, il t'a littéralement dévorée des yeux et de trois, toutes les filles étaient jalouses de toi ! Tu aurais dû voir la tête de Lucy !

— Peut-être... mais pourquoi s'intéresserait-il à moi ?

— Parce que tu es extraordinaire, unique, incroyable, talentueuse, en gros la perfection !

— Euh... merci, lui dis-je avec un sourire pas très convaincu.

Une fois le pop-corn prêt, nous rejoignons Alex qui arrache le plat de pop-corn de mes mains et fait un vol plané sur le canapé. Je démarre le film «Souviens-toi l'été dernier» sur Netflix et m'assieds.

— Mais... commence Kate en se tournant vers moi. Heureusement que tu es comme ma sœur sinon je te l'aurais volé !

— Voler quoi ? demande Alex qui est entre nous avec la bouche pleine.

— Il n'est pas à moi et il pensera que c'est parce qu'il est célèbre que je veux lui parler, soufflé-je.

Elle me regarde alors de travers en s'étouffant avec le pop-corn, tandis qu'Alex semble perdu.

— Toi, profiter de sa célébrité ? Tu es bien la dernière personne qui profiterait de quelqu'un.

— Les filles...

— Peut-être, mais lui ne le ne sait pas !

— Alors, montre-lui ! Va le voir et sois juste toi ! me dit-elle plus sérieusement.

Juste moi, c'est suffisant pour le faire fuir... Je suis bien trop banale comme fille et puis... ce n'est pas comme si je m'intéressais vraiment à lui ou que je veuille être son amie.

Et ce regard...

— Lena, arrête de penser, je ne te demande pas de l'épouser ! Seulement de lui parler ! s'énerve Kate, me sortant de mes pensées.

En y réfléchissant... nous parlions très bien à l'hôpital ? Et malgré qu'il ait tout l'air d'être quelqu'un de méprisant par son style, il était adorable comme tout ! Alors ce regard n'était peut-être pas aussi méchant que ça.

— D'accord, tu as gagné. Je vais essayer demain, mais je ne te garantis rien.

Elle me sourit et lève la main pour qu'Alex tape dedans, ce qu'il fait sans comprendre un instant toute cette conversation.

— Petit débriefing, la bombe tatouée et Jared Welland la star de notre école ne font qu'une seule et même personne, dit Kate, un sourire radieux aux lèvres.

— Ah... ça explique tout, dit-il encore un peu troublé.

Puis on se concentre sur le film. Mais je n'y arrive pas, rien que de penser que demain je devrai aller parler à Jared Welland me noue l'estomac. Après le film, Alex rentre chez lui et Kate et moi nous mettons au lit. Mais j'ai un peu de mal à fermer les yeux alors que Kate dort déjà à poing fermé.

CHAPITRE SIX

Aujourd'hui, c'est le grand jour. Je me passe cette phrase en boucle depuis que j'ai ouvert les yeux. J'avoue stresser beaucoup et ça me rend folle. Pourquoi je réagis comme ça ? Ce n'est qu'un simple bonjour à un simple garçon... qui est une star. Il est devenu la nouvelle attraction favorite de tous les élèves et j'ai même vu des photographes le courser hier alors qu'il marchait tête baissée sur le parking.

— Passe-moi les céréales, Lena, me demande Kate avec un petit sourire au coin des lèvres.

Je lui donne la boîte sans y faire attention, je suis complètement dans la lune. Tout en amenant ma cuillère à ma bouche, je ne remarque qu'au dernier moment que le lait m'est tombé dessus.

— C'est à cause de Jared Welland c'est ça ? Arrête d'y penser, ce n'est qu'un bonjour, me dit Kate, la bouche pleine.

— Tu as raison, je vais aller lui dire bonjour et je ne me dégonflerai pas, dis-je avec détermination.

Une fois que nous avons fini notre déjeuner, nous nous préparons à aller en cours.

— Tu es prête ? me demande Kate avant de faire démarrer la voiture.

— Oui, je le suis.

Pendant le trajet si court, je pense à comment je vais m'y prendre et dans tous les scénarios que je me suis imaginés, je me vois partir en courant me réfugier dans les toilettes. Mais non, je ne me réfugierai nulle part. J'ai un léger stress, mais moins qu'au petit-déjeuner. C'est ridicule, je suis ridicule. Je pense que ce serait la moindre des choses après ce qui s'est passé au concert, non ? Et puis, j'ai dit à Kate que je le ferais, si je ne le fais pas, elle va me forcer par tous les moyens et je ne mâche pas mes mots.

En arrivant, je parcours les couloirs à sa recherche, mais je ne le trouve nulle part. Je commence sérieusement à relâcher ma détermination.

Je me dirige donc à mon cours avant d'être en retard, espérant le trouver là-bas. Il est dans les mêmes cours que moi sur trois matières, je crois. Dès l'instant où je franchis la porte de la salle, je m'arrête de marcher lorsque mes yeux se posent sur Lucy Jones, alias la pom-pom girl qui me déteste de tout son cœur si elle en a un. Elle est assise sur les genoux de Jared Welland et elle rit tellement fort et d'une voix si aiguë, qu'elle me perce les tympans. Quand elle me voit, elle me fait un sourire diabolique et se racle la gorge. Jared lève les yeux au même moment sur moi, sans aucune expression, il est figé comme une statue. Puis comme s'il reprenait conscience, il détourne le regard et fait encore comme s'il ne me connaissait pas. Qu'est-ce qui cloche chez ce garçon ? Je continue mon chemin en baissant les yeux pour éviter de croiser le regard de Lucy qui glousse encore sur ses genoux.

— Jeune fille, il y a des chaises à côté, fait tout à coup la voix de Monsieur Christopher qui fait son entrée dans la salle.

Lucy souffle bruyamment et descend des genoux de Jared à contrecœur pour s'asseoir à côté de lui, mais Jared se lève sous le regard interloqué de Lucy et vient s'asseoir juste devant moi. Lucy me foudroie du regard, ainsi que plusieurs élèves. Mais je n'y prête aucune importance, trop occupée à me retenir de vomir après avoir vu cette scène en entrant dans la salle. Pauvre star, pensé-je. S'il savait qui était vraiment Lucy Jones. Mais en y réfléchissant… il ne le sait pas et j'espère qu'il se rendra compte du danger qu'il court.

— Bon, comme je l'ai annoncé hier matin, commence

Monsieur Christopher, nous allons travailler sur Roméo et Juliette de Shakespeare.

— Tellement ennuyeux, commente Lucy en se laissant glisser sur sa chaise.

C'est sûr que peu de chose l'intéresse, mis à part elle-même.

— Tu n'y connais rien... murmuré-je un peu trop fort.

— Pardon ? Qu'est-ce que tu as dit ? me dit-elle en se tournant dans sa chaise.

Même à l'autre bout de la salle, elle m'a entendu. Comme tous les élèves... sauf un, celui devant moi. Et tant mieux, j'ai déjà assez honte comme ça. Mais je me devais de lui répondre quelque chose maintenant.

— J'ai dit que tu n'y connaissais rien, répétai-je. Si tu connaissais l'histoire, tu ne la trouverais pas ennuyante.

C'est moi qui viens de dire ça ? J'ai osé pour la première fois de ma vie répondre à quelqu'un, et ça, devant plusieurs personnes.

— Mais dis-moi, commence-t-elle avec un sourire de garce sur les lèvres. Toi qui connais tout si bien, tu veux me dire quelle est cette histoire merdique ?

Les élèves rient doucement, tandis que Monsieur Christopher attend ma réponse alors que j'aurais aimé qu'il mette fin à cette scène. Mais ce que Lucy ne sait pas, c'est que j'aime cette histoire et que je la connais sur le bout des doigts.

— Eh bien... commencé-je avec tous les regards sur moi. Ça raconte l'histoire de deux familles ennemies, les Montaigu et les Capulet, que seule la mort de leurs deux enfants, Juliette Capulet et Roméo Montaigu, qui étaient amants, parvient à réconcilier.

— En quelle année le livre a-t-il paru pour la première fois ?

— En 1595, au début de la carrière de Shakespeare, Monsieur, dis-je sans réfléchir.

— Très bien Mademoiselle Peterson, heureux qu'il y ait enfin des élèves cultivés dans ma classe, me dit Monsieur Christopher avec un long regard sur Lucy.

Les élèves rient devant la gêne palpable de Lucy. Ça alors, qui l'aurait cru ? Je viens d'humilier Lucy Jones grâce à ma culture des histoires de ce très cher William Roberts Shakespeare. Je n'en parais pas fière pour autant et rougis, n'ayant pas l'habitude de l'attention. Jared me jette pour la première fois un coup d'œil, par-dessus son épaule avec un petit sourire amusé au coin des lèvres que je ne manque pas. Mais je revois sans cesse Lucy sur ses genoux et mon estomac se tord une nouvelle fois.

***

Une fois le cours fini, je ramasse mes affaires et sors de cette salle telle un éclair. Je me sens très mal et j'ai envie de vomir ; il me faut de l'air ! Après une bonne bouffée d'oxygène, je rejoins mes amis que j'aperçois dans les couloirs un peu plus loin.

— Tu fais une drôle de tête, ça va ? me demande Alex.

Je me force à lui sourire avant de lui répondre.

— Oui, tout va bien. Je suis juste un peu fatiguée.

— Ça m'arrive aussi, mais je m'endors toujours quelques minutes après, me dit-il en riant.

— Juste avant de passer chez la proviseure, Alex, lui dit Kate, les mains sur les hanches.

— Doux Jésus, dit ce dernier en fixant quelque chose.

Il balaye la remarque de Kate et on se met à regarder dans la même direction que lui. Je ne suis pas étonnée qu'il s'agisse de filles.

Quel dragueur !

— Bon, je vous laisse, j'ai d'autres chats à fouetter, dit-il avant de partir vers les deux filles.

— Quel lâcheur, tout ça pour draguer ! roule des yeux Kate.

— C'est un garçon, c'est normal et puis... c'est Alex, pas

n'importe qui, dis-je avant de rire.

— Hum, c'est vrai, et toi ?

— Quoi, moi ?

— Tu ne lui as pas encore parlé ? me dit-elle en croisant les bras sur sa poitrine.

Je savais qu'elle parlait de Jared. Mais après avoir vu Lucy perchée sur lui, je pense que je peux oublier ma tentative de lui parler ou même de l'approcher à moins de cent mètres.

— J'ai vu Lucy sur ses genoux en entrant dans le cours d'histoire, soufflé-je.

— Cette salope est vraiment... une salope ! dit-elle, assez remontée.

Je me demande bien pourquoi elle veut à tout prix que je lui parle, mais je crois que je préfère ne pas le savoir.

— que veux-tu que j'y fasse ? J'ai essayé et je ne vais pas lui courir après pour seulement lui dire un «bonjour».

Je soupire et regarde le sol. Après tout... je ne suis pas obligée de lui parler, si ?

— Oh ! Regarde ! Il est là-bas, parle-lui, me pousse Kate.

— Tu es sûre ? dis-je le cœur battant.

— Fonce ! me dit-elle en me poussant encore une fois.

Je marche de quelques pas avant de me retourner pour voir Kate me faire des signes de main dans sa direction, elle m'encourage comme jamais alors je me dois d'essayer.

Je prends une bonne grosse inspiration et avance. Je remarque aussitôt qu'il est en compagnie d'un garçon, un blond aux yeux noisette que je n'ai jamais vu. Il a le même style de vêtements et autant de tatouages que Jared. En y pensant, je ne l'ai encore jamais vu habillé d'une autre couleur que le noir. Je perds mon assurance dès que je vois Lucy débouler dans mon champ de vision avec son grand sourire de peste.

Je doute d'un coup de continuer, mais j'avance. Je suis maintenant à quelques mètres de lui. Lorsqu'il me voit, il lève la tête et m'étudie de haut en bas en me regardant m'approcher sans rien dire. Mon cœur bat la chamade et je me sens sur le bord de vomir tellement ce quelque chose en moi est fort. J'aurais préféré que Lucy ne soit pas présente. Je m'arrête enfin devant lui et je commence à parler.

— Bonjour, dis-je d'une petite voix qui ne me ressemble pas.

C'est tout ce que j'ai pu trouver de mieux à dire. Quelle conne je fais ! Son regard est ancré dans le mien comme s'il lisait en moi, comme si j'étais transparente, puis il ouvre la bouche pour prendre parole :

— Tu vas rester là comme ça ? Tu veux peut-être un autographe ? me dit-il sèchement.

En deux secondes seulement, Lucy et le blond aux yeux noisette se tordent de rire. Tandis que le garçon fait de son mieux pour s'arrêter, Lucy, elle, s'en donne à cœur joie. Mais je suis tellement choqué que je n'y prête pas d'importance.

Mais qui es-tu ?

Ce n'est certainement pas le Jared Welland que j'ai rencontré au concert, qui m'a amené à l'hôpital et qui a été si gentil. Mais tout s'explique maintenant, il a simplement voulu cacher qu'il n'était qu'un gros con. Je passe donc mon chemin, complètement choquée par son attitude. J'entends encore le rire aigu de Lucy résonner dans ma tête jusqu'à ce que la voix de Kate m'interpelle devant son casier, je me dirige vers elle et tente de garder une expression faciale normale.

— Ce soir, il y a une fête chez Steve, tu sais, le DJ et... il t'a dit quoi, Jared ? me demande-t-elle quand elle voit mon visage.

— Rien je... Lucy s'est pointée alors j'ai continué mon chemin, mens-je.

— Quelle garce celle-là ! Bon, écoute-moi bien, tu vas venir à la fête, ça va te faire du bien de t'amuser, d'accord ?

Une fête ? Je n'ai pas très envie de faire la fête après ça, mais en y réfléchissant... Plutôt que de m'affaler dans mon lit et lire ou bien me repasser cette scène en boucle dans ma tête, une petite soirée d'amusement me ferait le plus grand bien. Je ne suis pas une fan de fêtes, surtout chez ce célèbre Steve qui en fait chez lui chaque week-end, mais oublier tout ceci en dansant avec mes amis sera parfait.

— Oui, tu as raison, soufflé-je.

— Bordel de merde ! Lena Peterson accepte de venir à une fête, c'est une première, ça !

— Bah quoi, ça m'arrive de changer de point de vue, non ?

Mon point de vue sur les fêtes se résume à : repérer une fille ou un garçon, boire assez pour attirer son attention, danser avec et finir dans une chambre pour coucher ensemble et le lendemain se dire un fameux «eh merde» ! Et c'est toujours comme ça. C'est pour ça que je n'aime pas ces soirées, mais ce soir, je ferai une exception, seulement pour oublier et danser bien sûr.

— On le connaît tous ton point de vue, mais je suis contente qu'on n'ait pas à te traîner cette fois-ci, me dit Kate.

— Tu as raison, j'ai hâte d'être à ce soir.

Mais j'ai certainement plus envie de m'éloigner le plus possible de Jared Welland qui, maintenant que je connais un peu mieux le type de garçon qu'il est, me semble parfait pour la grande Lucy Jones. En pensant à ça, une grimace se forme sur mon visage et je passe le reste de ma journée avec un mélange explosif de rage et de tristesse.

***

Kate m'attend dans sa voiture tandis que je ramasse quelques affaires de rechange, étant donné qu'elle m'a invitée à dormir chez elle. En arrivant, on décide de faire à dîner et opte pour un plat très facile et rapide : des pâtes à la sauce bolonaise. Une fois prêt, on s'installe à table et nous commençons à manger.

— Tu sais quoi ? C'est moi qui vais t'habiller et te maquiller, me dit Kate.

Je m'arrête de manger et la regarde, un peu paniquée.

— Mais...

— Pas de mais ! me coupe-t-elle. Tu vas voir, tu vas tous les faire baver.

— D'accord... mais pas trop de maquillage et pas de truc trop court, lui dis-je.

— Ne t'en fais pas, tu vas voir, tu seras canon.

Moi, canon ? C'est le monde à l'envers.

— Et puis qui sait, j'ai entendu dire que Jared va peut-être venir !

— Peu importe, je pense que je vais laisser tomber, Kate, soufflé-je.

N'ayant plus faim, je pose ma fourchette dans mon assiette et m'enfonce dans la chaise très confortable.

— Mais pourquoi ? me demande-t-elle avec une pointe de déception.

— Je ne pense pas que nous serons amis tous les deux, réponds-je.

— Si c'est à cause de Lucy, je suis sûr qu'il va se rendre compte que ce n'est qu'une traînée qui veut profiter de lui.

— Mais s'il était comme elle ? Je veux dire... s'il n'était pas le garçon gentil qu'on imaginait ?

Et malheureusement, c'est le cas. C'est dommage, moi qui avais cru qu'il était différent des autres.

— Ce sont les tatouages qui te font dire ça ? Parce que ça ne veut rien dire, tu sais.

— Mais non, ris-je. C'est juste que nous sommes très différents et j'ai déjà de très bons amis.

— D'accord... comme tu veux, souffle-t-elle, déçue.

Après avoir fait les corvées de vaisselle, nous prenons chacune une bonne douche. Je laisse Kate me maquiller sans que j'aie le droit de me regarder, puis elle me coiffe. Une fois finie, elle regarde le résultat avec sourire.

— Perfect ! Ne bouge pas et interdiction de te regarder, d'accord ? me dit-elle en courant dans son dressing avant que je ne puisse répondre.

Elle revient et me jette quelque chose dessus en me disant :

— Mets ça pour voir ce que ça donne.

Je m'exécute et enfile une robe noire. Kate m'aide à la fermer et elle me passe des talons noirs pas très hauts. Je sens que je vais ressembler à un clown.

— C'est bon, viens te voir !

Elle m'attrape par le bras et m'entraîne jusqu'à la porte. Je titube, n'ayant pas l'habitude de porter des talons. Elle me place devant la porte de son dressing où il y a un miroir et mon reflet me crispe.

Est-ce que c'est bien moi ?

— Bon Dieu, Kate…

Je reste sans voix devant son travail. Elle m'a appliqué un mascara qui a recourbé mes cils comme les mannequins qu'on voit à la télé, ce qui fait ressortir le bleu de mes yeux. Mes lèvres sont teintées de rouge et pour une fois, je ne trouve pas ça vulgaire. La robe qu'elle m'a fait enfiler est ouverte dans le dos et m'arrive mi-cuisses me donnant des formes que je ne me connaissais nullement.

— Tu es magnifique ma belle, me complimente Kate, assez fière de son travail.

— Merci, tu es sûre que ce n'est pas trop ? m'inquiété-je.

— Pas du tout, c'est juste ce qu'il te faut !

— Grâce à toi, bonne fée, lui dis-je en riant.

— Allez viens, on va voir si le prince est là ce soir, me dit-elle avec un clin d'œil.

Je lève les yeux et soupire. Si elle savait… elle n'insisterait sûrement pas autant. Mais je préfère ne pas lui dire, du moins pas ce soir. Je n'ai pas envie qu'elle aille le trouver et lui saute à la gorge comme un Rottweiler. Une fois garées de l'autre côté de la route, Kate et moi marchons jusqu'à la maison de ce Steve. Je ne sais pas qui il est, étant donné que je ne vais jamais dans ce genre de fête. À peine la porte ouverte que mes yeux parcourent toutes les jeunes personnes à la recherche de quelqu'un de précis. Et heureusement, je ne le vois nulle part.

— Viens, on va chercher à boire, me crie Kate alors que la musique est plutôt basse.

Elle me propose d'abord un verre d'alcool, mais je refuse et me sers moi-même un verre de Coca-Cola.

— Ah la bonne blague ! entendis-je.

Je pivote sur ma droite et vois Lucy, accompagnée de Jared. Il me détaille sans un mot et j'aurais aimé lui jeter mon verre à la figure, mais par je ne sais quel miracle, je n'en fais rien.

— Qu'est-ce que tu fiches ici ? dit-elle étonnée.

— Je suis venue m'amuser avec mes amis, lui dis-je calmement.

— Tu comptes t'amuser avec du Coca-Cola toute la soirée ?

À croire qu'elle vient se foutre de moi plus souvent depuis qu'elle a rencontré la super star aussi arrogante qu'elle.

— Je ne bois pas d'alcool, je lui réponds, commençant à m'énerver.

— Jamais ? Nom de Dieu, tu n'es vraiment qu'une petite fille ! rit-elle.

— Laisse-la tranquille.

Je rêve ou Jared Welland vient de prendre ma défense ? Je le regarde un peu surprise, mais me ressaisis, je ne vais pas oublier si facilement.

— Tiens, me dit Lucy en me tendant un verre, bois ça.

Jared bouge beaucoup comme s'il était contre, mais qu'il ne pouvait rien dire d'autre. Je vois aussi qu'il est impatient de voir ce que je vais faire. Tout en le regardant, sourcils froncés, je prends le verre que me tend Lucy.

— Lena, tu n'es pas obligée, me dit Kate.

Mais j'engloutis déjà le verre d'alcool. Ma gorge me brûle, mais je le finis en quelques gorgées seulement.

— En espérant que ça te décoince à la fin de la soirée !

Sur ce, Lucy s'éloigne tandis que Jared la suit quelques secondes après m'avoir jeté un regard étrange. Mais je m'en fiche, ce gars est la définition parfaite de la bipolarité à mon avis.

— Comment te sens-tu ? me demande Kate.

— Très bien, d'ailleurs j'en voudrais bien un autre, s'il te plaît.

— Je ne suis pas sûr que ce soit judicieux, je sais que tu ne bois jamais alors tu vas être bourrée très vite, me conseille Kate sévèrement.

— Ça va, j'ai juste soif, je lui réponds.

Je m'en sers moi-même un avec une bouteille de vodka et un Red bull. Je le bois aussi sec que le précédent avant que Kate ne m'entraîne par le bras pour aller danser sur Break The Rules de Charli XCX. Mais je crois que c'est seulement pour m'éloigner de l'alcool.

Nous dansons depuis dix bonnes minutes en nous amusant comme de vraies folles et j'ai l'impression que tout ce qui se trouve autour de moi bouge anormalement, mais pas assez pour me faire arrêter la danse. À un moment, quelqu'un me prend par la taille et me fait tourner de force.

— On s'amuse sans moi ? me dit Alex, qui s'est mis sur son trente-et-un.

— On attendait plus que toi ! lui dis-je.

Nous dansons un peu ensemble tout en riant comme jamais. Je ne sais pas si c'est l'alcool qui me monte à la tête, mais j'oublie tout. Il y a juste moi, mes amis et des rires. Lorsque la musique change pour laisser place à quelque chose de latino, assez sensuel, Alex et moi commençons à rire, puis en jouant le jeu du grand séducteur, il me plaque contre son torse tout en me faisant un sourire plein de charme.

Je ne peux m'empêcher bien longtemps d'exploser de rire. Puis, il me fait tourner sur moi-même et malgré que je voie légèrement trouble, mes yeux s'arrêtent sur quelqu'un qui nous fixe dans la pénombre un peu plus loin. Assis sur un canapé, il nous regarde, ou plutôt... me regarde. Une colère se propage en moi me faisant arrêter la danse, il ne détache pas son regard et s'en est trop.

Mais qui es-tu vraiment Jared Welland ? pensé-je en lui jetant un regard noir.

— Je vais aller me chercher un verre, dis-je à Alex pour pouvoir fuir son regard.

— Pas de problème, ma belle !

Alex se faufile entre les danseurs, tandis que je me fraye un passage jusqu'au minibar de la cuisine. J'allais prendre une bouteille de vodka, mais je vois une bouteille de whisky. Je me rappelle que mon père était dans un état pitoyable lorsqu'il buvait ça. J'hésite un instant en fixant la bouteille. Je sais que boire n'a jamais arrangé l'état de mon père et je devrais plutôt penser à ne pas finir comme lui.

Juste pour oublier ma journée ! Je prends un gobelet et le remplis à ras avant de le boire sec. Le goût est horrible et c'est bien la première fois que je bois comme ça. D'ailleurs, comment dois-je boire le whisky ?

Peu importe ! La sensation que ça me procure est géniale, mais me donne aussi envie de vomir. Ma tête commence à tourner, mais je m'en fiche. C'est donc comme ça qu'on se sent ? Je me suis toujours demandé comment on se sentait lorsqu'on est saoul. J'ai enfin la réponse et ce n'est franchement pas aussi génial que ça, tout compte fait. Mais je ressens le besoin de boire ce soir. J'allais m'en servir un autre bien que ma gorge me brûle encore, quand une main forte, mais douce, se ferme sur mon poignet. C'est une main assez familière que je reconnais sans problème.

— Tu devrais arrêter de boire, me dit monsieur bipolaire, qui n'a toujours pas retiré sa main de la mienne.

— Ça te dérange peut-être ?

Je lui parle tellement sèchement que ma voix pourrait le trancher.

— Non, je te dis juste ce que je pense, me dit-il d'une voix calme.

Il me regarde dans les yeux, tout en retirant sa main, qui au passage m'électrifie et me procure un frisson intense. Réagir comme ça à son contact m'a tout d'abord surprise, mais vite énervée, et je ne sais pas pourquoi, mais les mots m'échappent.

— Tu viens voir si je veux un autographe, c'est ça ? dis-je, prise d'une chaleur suffocante.

— Mais tout le monde en veut un ! me dit-il en souriant.

Il se prend pour qui, lui ?

— Pas moi ! Et si tu penses que je m'intéresse à toi, tu rêves ! Je voulais simplement être gentille avec toi et te dire bonjour, après ce qui s'est passé au concert ! Mais je me suis rendue compte que tu n'étais qu'un arrogant !

Son regard s'assombrit d'un coup et devient même noir comme du charbon. Il s'approche de plus en plus de mon visage, me coupant la respiration, et je reste immobile, il me fait peur. Mais c'est sans doute ce qu'il veut, alors je lève fièrement la tête pour lui montrer que ce n'est pas le cas.

— Tu ne me connais pas, me chuchote-t-il à l'oreille.

Il tourne ensuite les talons et commence à s'éloigner et, sûrement à cause de l'alcool, je l'attrape par le bras, le poussant à se retourner pour me faire face.

— Oui, tu as raison. Je ne te connais pas, mais tu vaux sans doute bien mieux que ce que tu laisses paraître, j'en suis sûre !

Je suis en colère contre lui, j'aurais pu lui dire toutes sortes de choses méchantes et déballer mon sac, mais c'est ce qui est sorti de ma bouche. Son regard qui était noir de colère change complètement. Et je pense qu'il a dû comprendre où je voulais en venir, même si moi-même, je ne le sais pas vraiment. Je décide ensuite de me retourner et de partir à la recherche de mes amis pour mettre fin à cette fête à laquelle je n'aurais jamais dû aller.

CHAPITRE SEPT

Une semaine s'est écoulée depuis la fête ; j'ai eu droit à ma première cuite, qui m'a rendue malade, j'ai aussi insulté pour la première fois un garçon qui est en même temps une star. J'ai renoncé à lui parler et depuis ce fameux soir, j'ai décidé qu'il valait mieux l'éviter et faire comme s'il n'existait pas. Je ne veux définitivement plus voir ce garçon de ma vie ! Mais aujourd'hui, je dois le croiser en cours, comme chaque jour. Je déteste le voir et je déteste aussi voir Lucy lui tourner autour comme un vautour, mais après tout, ils font ce qu'ils veulent.

Lorsque j'entre dans la salle du cours d'histoire, Jared est là, assis sur la chaise devant moi, je ne comprends pas pourquoi il ne s'assied pas avec Lucy ou son ami le blond aux yeux noisette. Bien que ça m'énerve, je m'assieds derrière lui, sans manquer de lui jeter un regard noir.

Adieu les bonnes manières !

— Tu vas me regarder comme ça encore longtemps ? me chuchote Jared en se tournant vers moi.

— Tu comptes rester un gros con longtemps ? chuchoté-je à mon tour.

— Ça te plaît tellement !

Quel... du calme Lena, il fait exprès pour te mettre hors de toi, ne rentre pas dans son jeu. Je l'ignore donc et fixe tout et n'importe quoi sauf lui. Et ça a l'air de bien marcher, car il soupire d'énervement. Bravo Lena, un point pour toi ! fais ma conscience.

Je n'ai qu'une hâte après que les cours se soient terminés,

c'est de rentrer chez moi et nourrir mon ventre qui crie famine. Je me dépêche de poser mes affaires dans mon casier et prendre d'autres livres très lourds avant que mon prochain cours ne commence. Lorsque je ferme la porte du casier, je sursaute, le cœur battant.

— Salut Lena ! me dit Alex, adossé contre le casier juste à côté du mien.

— Alex, tu m'as fichu la trouille ! soufflé-je.

— Désolé… en fait non, c'est ce que j'espérais.

Je lui donne une petite tape à l'épaule en riant.

— Aïe ! s'exclame-t-il en frottant l'endroit touché. Bon, j'aimerais bien savoir pourquoi toi et la superstar, vous vous regardez de travers ?

— C'est si flagrant que ça ? lui demandé-je sans nier quoi que ce soit.

— Oh oui, ça fait quelques fois que je te vois le regarder comme si tu voulais lui crever les yeux. Est-ce qu'il t'a fait quelque chose ?

Alex fronce soudain les sourcils et me semble prêt à lui casser la figure à mon signal. Mais, bien que ça doive être beau à voir, il n'a aucune chance de le battre et Jared ne m'a rien fait à part me pourrir la vie.

— Non, c'est juste que je le trouve trop fier et ça ne me plaît pas, haussé je les épaules.

— C'est une star, c'est normal.

Comme si c'était vraiment normal d'être aussi fier, arrogant, impoli, bipolaire et sans aucune gêne pour le montrer ! Stop Lena, calme-toi.

— Si tu le dis… Bon, j'ai cours dans quelques minutes, à plus, lui dis-je pour mettre fin à cette conversation au plus vite.

Je n'ai pas envie de parler ou bien de penser à Jared Welland aujourd'hui, je veux juste passer le reste de ma journée de cours comme les autres. Alors que je marche tête baissée, plongée dans mes pensées, je ne vois pas qu'il y a quelqu'un devant moi et le percute, ce qui le fait tituber, mais pas tomber. Son livre lui, n'a pas eu cette chance.

— Je suis désolée, m'excusé-je en me baissant pour ramasser le livre.

Je suis étonnée qu'il s'agisse d'Anna Karénine de Léon Tolstoï, mais encore plus lorsque je vois qui en est le propriétaire.

— Encore toi ! me dit-il, les yeux étincellent de rage.

— Tu lis Anna Karénine ? dis-je dans un souffle, sans prêter attention à sa remarque grossière.

— Ça ne te regarde pas, donne-moi ça !

Il m'arrache le livre des mains et je le regarde alors complètement différemment avec beaucoup d'attention, comme si ce garçon-là n'était pas celui que je méprise. Je me rends compte que je ne voulais plus entendre parler de lui de la journée, mais là, il a attisé ma curiosité avec ce livre que j'ai particulièrement aimé. Savoir que c'est Jared Welland, l'arrogante star qui le possède me laisse à me poser des questions.

— Je viens de m'excuser, Monsieur Welland, dis-je sèchement en disant une nouvelle fois adieu à la politesse.

— Ne m'appelle pas comme ça, miss coincée, dit-il avec un sourire moqueur, mais en serrant sa mâchoire de rage.

Mon Dieu qu'est-ce que j'ai envie de le frapper ! Je ne sais pas par quel miracle, mais je me retiens. Pauvre chou, se faire frapper par une fille devant tous les élèves qui nous fixent avec des yeux gros comme des balles de tennis ne serait pas agréable pour lui et sa fierté.

— Tu es méprisant ! lui craché-je en serrant les poings.

Je continue mon chemin tout en l'écoutant ricaner derrière moi. Je bouillonne littéralement, mais je suis toujours focalisée sur le livre. C'est quand même dingue qu'il lise des livres, et en particulier celui-là ! Je n'ai encore jamais vu personne le lire. Ça me déconcerte tout le reste de ma journée.

***

Les cours finis, je me dirige vers mon casier pour poser mes affaires et prendre mon petit sac à dos en cuir. Je ne prends pas la peine de dire au revoir à mes amis et sors du bâtiment. Je marche, complètement perdue dans mes pensées depuis cinq bonnes minutes, quand j'entends des voix au loin. Je relève la tête et vois un petit groupe de trois garçons qui me semblent à peine plus âgés que moi, adossés sur une voiture noire avec un gros motif blanc qui me semble être un serpent ou un dragon qui s'étale sur tout le flanc gauche de la voiture.

J'ai un mauvais pressentiment, mais malheureusement, il n'y a pas trois cents chemins. Lorsque je suis à quelques mètres seulement de les croiser, j'abaisse la tête et sens mon cœur tambouriner dans ma poitrine. Et alors que je me crois sortie d'affaire, une grosse masse sombre se place devant moi et me barre le passage.

— Bonsoir, ma belle, où vas-tu comme ça ? me dit un des garçons avec un sourire qui me fait froid dans le dos.

Il a les cheveux aussi noirs que ses yeux et est bien plus grand et costaud que moi. Lorsqu'il fait un pas de plus et se retrouve à quelques centimètres de moi, ma peur me paralyse, mais j'essaye de paraître calme.

— Je rentre chez moi, lui répondis-je en le contournant à toute vitesse.

— Attends un peu, tu ne vas pas nous abandonner comme ça ? me dit-il en attrapant mon poignet.

Les deux autres garçons commencent à rire en se regardant comme s'ils savaient exactement ce qui allait se passer. Je me rends compte que je suis mal barrée. Je commence à paniquer et laisse paraître ma peur.

— Lâchez-moi tout de suite ou je hurle comme une folle ! menacé-je.

— Essaye pour voir ! me dit-il sèchement.

Son regard s'assombrit et il serre de plus en plus fort mon

poignet. Mon visage se tord dans une grimace causée par la douleur. Je me débats de toutes mes forces, mais il serre encore plus fort, mon poignet me faisant lâcher un cri de douleur atroce. Je suis à présent à bout de souffle et je crains que le pire ne soit pas encore passé. Mais je ne vais pas me laisser faire et je décide de faire ce qui me passe par la tête pour le forcer à me lâcher ; je lui balance un coup de genou dans les parties intimes, mais il ne fait que se plier en deux et se mettre davantage en colère.

— Espèce de salope !

Il lève son autre main en l'air et automatiquement, je ferme les yeux pour accueillir un coup. Mais un énorme bruit de dérapage sur le bitume attire l'attention de tout le monde. Je me tourne aussi et vois une Mustang GT noire avec deux bandes rouges sur le toit et le capot. Un garçon en sort, mais la lumière des phares m'empêche de voir son visage. Pensant qu'il est avec eux, je ferme encore les yeux.

— Tu veux quoi toi, dégage ! dis le garçon qui me retient.

Quoi, il n'est pas avec eux ? J'ouvre alors les yeux et à ma plus grande surprise, Jared Welland s'élance pour frapper à coups de poing le garçon aux cheveux noirs, qui lâche mon poignet avant de tomber à terre.

— Monte dans la voiture, me dit Jared.

Mais je suis clouée au sol, paralysée par la peur. Pourquoi je reste ici ? Je tremble comme une feuille.

— Monte dans la voiture ! me crie-t-il cette fois-ci.

Mes pieds décident enfin de décoller et je cours comme jamais je ne l'ai fait. J'ouvre la portière côté passager et entre le plus vite possible dans la voiture. Je me mets en boule en repliant mes genoux sur ma poitrine et entends quelques cris de douleur. Mon cœur se serre à l'idée que Jared se fasse tuer. Ils sont trois et lui, seul. Je déplie mes genoux et ouvre la portière quand quelqu'un entre dans la voiture.

— Qu'est-ce que tu fais ?

Je me sens tellement mieux maintenant qu'il est là, sain

et sauf.

— Je croyais qu'ils allaient te tuer, je voulais t'aider, je réponds en fermant la portière.

— Bon Dieu, tu es complètement folle !

Sur ce, il démarre en faisant patiner la voiture. Après quelques minutes, je me demande où nous roulons et pourquoi nous sommes aussi silencieux après ce qui vient de se passer, ou alors que faisait Jared là-bas ? Je me rends aussi compte que mes joues sont humides, je n'ai même pas remarqué que je pleurais. Au bout d'un moment, le silence est vraiment gênant et je ne sais toujours pas où nous allons.

— Où est-ce qu'on va ? lui demandai-je d'une petite voix.

Jared ne quitte pas la route des yeux et ne me répond pas. Alors je préfère ne plus rien dire. Nous arrivons enfin devant un grand portail blanc. Jared attrape une petite télécommande dans le pare-soleil et appuie sur un bouton qui ouvre le portail. Bien que je sois encore sous le choc, je suis émerveillée par la beauté de la maison devant nous. C'est donc ici qu'il habite ? Même s'il doit avoir des maisons dans le monde entier. Nous entrons par une porte dans le garage et je suis Jared en silence jusqu'à la pièce que je présume être le salon.

— Assois-toi sur le canapé, me dit-il.

J'ai plus l'impression que c'est un ordre, mais j'obéis sagement. Je m'assieds sur le grand canapé en cuir blanc. Il s'assied à côté de moi et, délicatement, prend mon poignet. Pendant qu'il l'examine, je me rends compte que j'ai très mal, mais c'est supportable. Je grimace légèrement lorsqu'il le retourne.

— Ça va ? me demande-t-il en fronçant les sourcils.

— Je pense que oui, juste un peu douloureux.

— Je ne pas parlais pas de ton poignet, Lena.

Il a ce regard doux et soucieux, pas le moins du monde méchant, à mon égard.

— Oh... eh bien, oui tout va bien.

Pour je ne sais quelle raison, il me sourit.

— Lorsque je t'ai assommée, tu as dit pratiquement la même chose avant de tomber dans les pommes.

Il me parle tellement gentiment que je me demande qui est vraiment ce garçon. Pourquoi est-il si gentil et si méchant avec moi ?

— Oui, c'est vrai.

Je ne comprends pas, je viens d'échapper à une mort ou un viol certain et je souris à celui qui, jusque-là, était un vrai connard avec moi et maintenant un garçon très gentil qui vient de me sauver la vie. Pourquoi est-ce que je me sens si bien ? Pourquoi ma peur s'envole-t-elle alors que je devrais être encore en train de pleurer ?

— Tu n'as rien de cassé, me dit Jared en lâchant mon poignet.

Je pense que c'est le moment des remerciements.

— Jared... merci, sans toi je ne sais pas... merci.

Je sens une larme couler le long de ma joue alors je l'essuie rapidement et regarde ailleurs. Je déteste pleurer devant quelqu'un, et en particulier devant lui.

— Pourquoi tu étais seule là-bas ? me demande-t-il. C'est un quartier très mal fréquenté.

— Je sais, mais je rentrais chez moi, lui répondis-je.

— Personne n'est venu te chercher ?

— Personne ne vient jamais me chercher, je rentre toute seule.

Ça me semble naturel, je ne vois pas pourquoi il a l'air surpris.

— Quoi ? Mais pourquoi ?

— Ma mère ne veut pas venir me chercher parce qu'elle dit que si j'ai des jambes, ça sert à marcher.

Je suis surprise de lui avoir dit ça, c'est bien la première fois que je parle de mes problèmes familiaux à quelqu'un. Mais plus bizarre encore, ça ne me fait pas honte alors que j'ai mis un sacré temps à dire à mes amis que j'ai un monstre pour mère.

— Et... ton père ?

— Il est parti il y a trois ans avec une femme rencontrée dans un bar. Ma mère n'est jamais à la maison alors... mais ça ne me dérange pas du tout de marcher.

Je me mords l'intérieur des joues, je n'arrive pas à croire que je lui raconte tout ça, il ne peut pas me comprendre, il a une vie de rêve.

— Eh bien... commence-t-il en réfléchissant. Tu as un chauffeur maintenant.

— Quoi ? Mais...

— Pas de mais, je viendrai te chercher et te ramènerai, un point c'est tout.

— Mais...

— Lena pas de mais ! me coupe-t-il.

— Pourquoi tu fais ça ? Après tout ce que je t'ai dit à la fête et toute la semaine.

— Disons que je commence à aimer ton mauvais caractère, me dit-il en riant.

— Moi un mauvais caractère ? Tu n'as pas vu le tien ! Monsieur «tu veux peut-être un autographe ?» imité-je.

— Bon, si je te dis que je suis désolé d'être «un gros con bipolaire» comme tu le dis si bien, ça ira mieux ?

Il semble apprécier notre conversation.

— Je te répondrais que peut-être, j'accepte tes excuses.

Est-ce moi qui viens de dire ça ?

— Et on essayera de s'entendre ?

Je réfléchis un instant et pense que je peux lui donner une chance. Après tout, il vient de me sauver la vie.

— D'accord... dis-moi, j'ai une question à te poser.

— Je t'écoute ? dit-il, tout de même méfiant.

— Tu lis vraiment Anna Karénine ?

Jared a un fin sourire au coin et étrangement, il me répond :

— Je t'aime, et j'ai toujours aimé ; quand on aime ainsi

une personne, on l'aime telle quelle est, non telle qu'on la voudrait.

Je fronce un peu les sourcils, me demandant pourquoi il me dit ça, puis je me souviens que c'est dans le livre.

— En effet, il lit, dis-je comme s'il n'était pas présent.

— Ça te surprend que je lise alors que je passe mon temps à être arrogant et tout le reste, pas vrai ?

— Au moins, on aura un petit truc en commun, car je suis folle des livres en tous genres, ris-je.

Je rêve, j'ai une conversation amicale avec Jared Welland, avec qui je croyais ne plus jamais m'entendre.

CHAPITRE HUIT

J'ouvre les yeux avec difficulté, je me sens courbaturée et chacun de mes mouvements est une torture. J'abandonne l'idée de me rendormir et tourne légèrement la tête vers mon réveil qui m'indique qu'il est sept heures vingt-huit. Je souffle et referme les yeux, j'ai soudain comme un flash-back, tous les souvenirs de la veille me reviennent en pleine face. J'aurais préféré oublier tout ceci. Je finis par sortir de mon lit, n'ayant plus envie de traîner. Je préfère être active, ça m'aide à oublier d'habitude.

Je prends une bonne douche et me prépare comme je peux, mon poignet me faisant souffrir. Mais heureusement, ce n'est pas la main dont je me sers pour écrire, étant donné que je suis gauchère. Et puis, je me souviens que Jared m'a dit qu'il n'était pas cassé, c'est donc l'affaire de quelques jours. Jared... Je revois parfaitement la scène : lui, arrivant avec sa voiture et mettant en pièces ces trois types à lui tout seul. Je n'ai jamais eu aussi peur de toute ma vie. Mais... certainement plus pour lui. C'était insupportable de devoir l'attendre dans la voiture alors qu'il était dehors à se battre pour moi. Je n'avais pourtant rien fait pour mériter d'être sauvée. C'est pour ça que je vais faire de gros efforts, je veux essayer d'être gentille avec lui, et découvrir qui il est vraiment.

Ça ne va pas être du gâteau !

Une fois mon rituel du matin fini, je descends où je trouve ma mère en pleine conversation téléphonique. Je me souviens qu'elle est rentrée très tard cette nuit. J'entre dans la cuisine sans faire de bruit et me sers un verre de jus d'orange. Lorsque ma mère raccroche, elle se tourne directement vers moi et je fais tout pour cacher mon poignet sous ma manche longue, car il est d'une couleur violacée et porte la marque des doigts de ce connard.

— Dis-moi, quand je suis partie, commence ma mère en s'approchant de moi. Je t'avais dit de rester tranquille ?

— Oui... déglutis-je.

— Mais tu aurais aussi pu remplir ce foutu frigo ! Maintenant, c'est à moi d'y aller, espèce d'incapable, me dit-elle en prenant son sac à main et en sortant comme une furie.

Ouf... j'ai cru que ça allait être pire. Je regarde l'heure sur la pendule et constate que je dois y aller si je ne veux pas être en retard. Je prends mon sac à dos et sors de chez moi avec un gros soupir avant de me diriger vers l'allée. Un raclement de gorge attire mon attention et mon cœur manque un battement lorsque je vois Jared devant moi. Je n'en crois pas mes yeux. Il est là, assis sur le capot de sa Mustang que j'aurais pu reconnaître entre mille. Et je me souviens qu'il m'avait dit «maintenant tu as un chauffeur».

— J'ai failli t'attendre, me dit-il avec un sourire en coin. Bon, tu vas rester plantée là ou on va en cours ?

— Oui, je... j'arrive, bégayé-je.

Mince alors ! Je contourne la voiture en silence et vais à l'intérieur timidement. Jared fait de même et se tourne dans le siège pour me faire face. Il me regarde avec ce sourire que je déteste tant, mais je dois faire des efforts avec ce garçon.

— Hum, à voir ta tête, tu as cru que je n'allais pas venir, avoue-le ! me dit-il, assez amusé de ma réaction.

— J'avoue être surprise, je pensais que tu allais encore faire comme si je n'existais pas.

— Je n'ai jamais fait ça, j'attendais que tu viennes me parler, mais tu as pris ton temps.

— Et tu m'as rembarrée et ensuite, je n'ai plus eu envie

de voir ta tête.

— Mais je t'ai présenté mes excuses et tu m'as pardonné, fin de l'histoire.

— Un point pour toi, mais tu n'étais pas obligé de venir jouer les chauffeurs.

— Qu'est-ce que tu peux être têtue, ma parole, souffle-t-il. Et je suppose que tu étais partie pour aller à pied en cours ?

— Oui, dis-je en regardant devant moi puis le sol pour ne pas affronter son regard.

— Tu es complètement folle comme fille, tu le sais ça ? Tu n'as pas peur de recroiser ces connards et qu'ils finissent ce qu'ils comptaient te faire ? s'énerve-t-il.

— Je ne pensais pas que tu allais vraiment venir, car aux dernières nouvelles, on ne s'apprécie pas !

— C'est sûr que je n'ai jamais vu quelqu'un comme toi, me dit-il en levant les yeux au ciel.

— On est deux alors !

Je ne sais pas pourquoi, mais on commence à rire ensemble. Waouh, je n'aurais jamais cru qu'un jour, nous puissions rire ensemble, c'est assez bizarre. Mais sympa même si je le trouve toujours arrogant, trop fier... bref, trop Jared Welland quoi.

— Alors... comment te sens-tu ? me demande-t-il.

Tout en baissant ma manche, j'étudie sa question. Mais voyant mon mouvement, Jared prend mon bras et dévoile les bleus, ne manquant pas de me faire mal au passage. Je vois dans son regard qu'il est contrarié.

— Je me sens bien, Jared, lui dis-je en reprenant mon bras.

Ses yeux d'un vert émeraude me transpercent et je reste sans voix. Puis il détourne le regard et fait démarrer la voiture. Le trajet se passe dans le silence total et je repense à sa question. C'est étrange, car je ne suis pas traumatisée, du moins, jusqu'à ce que je sois avec Jared chez lui. Je crains donc que tout ceci ne soit grâce à lui. Nous sommes presque arrivés et une question me brûle les lèvres.

— Pourquoi tu es venu ici ? lâché-je, ne pouvant m'en empêcher.

Jared tourne la tête d'un coup et me regarde avec un regard qui semble agacé, mais je veux savoir. Il regarde à nouveau la route, mais je le fixe, attendant une réponse. Il finit par souffler et réfléchit sûrement à la réponse qu'il va me donner.

— J'ai décidé de faire une pause dans ma carrière et de reprendre un peu les cours, j'ai quitté le lycée trop tôt, dit-il simplement.

Réfléchir si longtemps pour dire ça ? Ça m'intrigue, énormément même, je veux en savoir plus sur lui, mais le brusquer n'est pas la meilleure chose à faire. Et puis nous sommes déjà arrivés à destination. Une fois garés, nous sortons de la voiture et nous marchons côte à côte. Les élèves nous dévisagent littéralement, et là, j'aurais aimé me cacher dans un buisson, mais ce serait une mauvaise idée. Tout le monde nous regarde sans exception, les yeux écarquillés et la bouche grande ouverte. Je n'ai pas besoin de me voir dans un miroir pour savoir que je suis rouge pivoine. Je déteste être le centre de l'attention. Quand Jared me voit ainsi, il se met à rire aux éclats, bien qu'il ait un rire charmant et que je doive faire des efforts, je lui lance un regard noir.

— Tu es mignonne quand tu rougis, me taquine-t-il.

Je n'ai pas le temps d'ouvrir la bouche pour répliquer, qu'une masse sombre aux cheveux blonds lui saute dessus. C'est le garçon qui reste toujours avec lui et qui s'est moqué de moi lorsque Jared m'a gentiment demandé si je voulais un «autographe».

Des efforts, des efforts !

— Désolé pour cette scène, moi c'est Jacob Carter, je suis le meilleur ami de Jared depuis... depuis toujours ! Et je croyais que vous vous détestiez parce que Jared m'a dit...

Il n'a pas eu le temps de finir sa phrase que Jared met sa main sur sa bouche pour le faire taire en ajoutant :

— On a fait la paix, Jacob, lui dit-il avec un regard plein de menaces.

— Ah... heureux pour vous alors...

Je jette un regard intrigué à Jared avant de sourire à son ami.

— Moi c'est Lena Peterson, heureuse de te connaître, Jacob.

Jacob me regarde étrangement avec un grand sourire aux lèvres et je dois dire qu'il est très mignon comme garçon. Il me rappelle vaguement les surfeurs californiens au bronzage de rêve.

— On a cours tout de suite, Lena, dit tout à coup Jared en me tirant par le bras.

J'ai l'impression de me faire arrêter par la police, bien que ça ne me soit jamais arrivé.

— D'accord c'est bon pas la peine de m'arracher le bras ! m'énervé-je.

— À plus tard Jacob, dit-il sans écouter ma plainte en me traînant toujours.

— Tu vas finir par m'arracher le bras, je te signale que mon poignet est encore douloureux !

Je suis presque obligée de courir pour rester à sa hauteur. Mais qu'est-ce qui lui prend ? Bien entendu, tous les yeux sont posés sur nous, surtout sur la main de Jared fermée autour de mon bras. Il aurait dû me lâcher en entrant et mettre un peu de distance entre nous, je ne pense pas qu'il va être bien vu avec moi. Je dois être rouge tellement tout le monde nous regarde avec des yeux surpris. C'est sûr, depuis qu'on se connaît, on a l'habitude de se donner en spectacle avec nos disputes et de nous tuer avec des regards. Nous entrons dans la salle d'histoire et je vois Kate ouvrir les yeux en grand. Je lui fais un petit sourire désolé qui veut dire «je t'explique plus tard» avant de m'asseoir à ma place habituelle. Mais, impatiente qu'est Kate, elle vient se glisser sur la chaise à côté de moi.

— Les élèves parlent d'une fille avec qui Jared Welland est venu, mais merde, je ne pensais pas que c'était toi !

— Il m'a juste gentiment proposé de m'amener, lui chuchoté-je avant de regarder par la fenêtre.

— Tu me le dirais si tu sortais avec lui ?

Je tourne brièvement la tête sur Jared en pensant qu'il a dû entendre et j'espère que non.

— Jamais de la vie ! Mais oui, tu serais la première informée, chuchoté-je encore plus bas.

Je ne peux pas lui dire la vraie raison qui fait que Jared m'a amené en cours aujourd'hui et sûrement tous les autres jours. Elle ferait une crise et se transformerait en mère poule.

— Mademoiselle Peterson et Mademoiselle Beauchamp, ici on est là pour apprendre, pas pour discuter, nous dit sévèrement Monsieur Christopher.

— Désolée...

Elle se lève alors et part s'asseoir à sa place. J'ai un peu de mal à me concentrer sur ce que dit Monsieur Christopher. Des milliers de pensées affluent dans mon esprit et me déconcentrent. En sortant du cours, je marche dans les couloirs pour rejoindre Kate et Alex en réfléchissant à un mensonge à propos de ma venue avec Jared, et en un battement de cils, on m'attrape par le poignet à l'endroit même où mon agresseur me l'a broyé la veille. Je grimace de douleur et me laisse traîner dans les toilettes pour me retrouver face à Lucy Jones.

— Tu ne t'approches plus de Jared, il est à moi, si je te revois lui tourner autour, tu vas le regretter ! me dit-elle en me bousculant.

Qu'est-ce qui lui prend à celle-là ? La colère me monte tout à coup. J'en ai marre que tout le monde s'en prenne à moi.

— Je ne lui tourne pas autour, d'accord, et tu ne m'interdis rien, je fais ce que je veux, espèce de garce, lui répondis-je aussi sèchement que je peux.

Son regard maquillé comme un vrai pot de peinture, façon Taylor Swift avec son trait bleu sous les yeux, s'assombrit de plus en plus.

— Tu crois vraiment qu'il s'intéresse à une moins que rien comme toi ? Il joue avec toi, pauvre chérie.

Elle rit à gorge déployée, me brisant les tympans et elle tourne les talons pour sortir dans une démarche grossière qui me fait envier les aveugles. J'essaye de calmer ma colère en soufflant un peu. Elle a peut-être raison. Elle ne peut qu'avoir raison… Jared est une star tandis que moi, je suis une moins que rien. Il joue sans doute avec moi pour je ne sais quelle raison. Comment ai-je pu être aussi naïve ?

Je finis par sortir des toilettes et continue le reste de la journée à me demander pourquoi Jared agit de la sorte avec moi. Ce que Lucy m'a dit m'a ouvert les yeux. J'étais fortement attristée au début, mais au final, ça m'a rendue en colère.

À la fin des cours, je sais que Jared va venir me chercher pour me ramener. Même si la peur me noue le ventre, je rentre seule chez moi. Au bout de cinq minutes, j'entends une voiture s'approcher lentement, mais je n'y fais pas très attention, du moins, jusqu'à ce que je l'entende ralentir à ma hauteur. J'ose un regard et souffle bruyamment en constatant que c'est la Mustang qui roule au pas à côté de moi. Son propriétaire baisse la vitre avant de me dire :

— Tu fais quoi, là ? Monte tout de suite !

Je fais mine de ne pas l'entendre et continue mon chemin. Faites qu'il s'en aille…

— Lena, ne me force pas, insiste-t-il.

Je ne réponds toujours pas et marche plus vite encore, je pense l'avoir semé bien qu'il possède un bolide très rapide, car je n'entends plus le ronronnement de celui-ci. Je me retourne tout de même pour vérifier et je le vois sortir de la voiture avec un regard qui fait froid dans le dos. Il marche rageusement et ne tarde pas à me rattraper, alors je cours. Oui c'est immature de ma part, mais je n'ai aucune chance sinon. Je pousse un cri de surprise lorsque ses deux bras tatoués parviennent à m'attraper par la taille et me soulèvent comme un vulgaire sac à patates.

— Jared, lâche-moi ! grogné-je en essayant de me dégager de son étreinte.

Il ne dit pas un mot et nous ramène à la voiture sans effort. Il ouvre la portière et me dépose brusquement, mais sans me cogner.

— N'essaye pas de repartir, j'en ai marre de te courir après ! me dit-il en fermant la portière.

Où veut-il en venir ? Je croise les bras comme une vraie enfant et attends qu'il entre dans la voiture pour lui lancer un regard noir. Mais il ne rivalise sûrement pas avec le sien.

— C'est quoi ton putain de problème ? J'ai fait quoi cette fois ? me dit-il en attachant sa ceinture de sécurité.

Il se fout de moi !

— Tu joues avec moi, voilà le problème ! Lucy m'a tout raconté.

— Quoi ? Mais c'est complètement faux ! dit-il comme si on venait de lui asséner un coup dans l'estomac.

— Elle m'a interdit de t'approcher sinon je risquais de le regretter et je la connais, je sais de quoi elle est capable !

Eh merde ! Je n'avais pas l'intention de lui dire ce petit détail, juste de l'éviter toute ma vie au risque de me prendre la foudre de plein fouet.

— Quoi ? Mais... tu avais l'intention de l'écouter ? me dit-il ahuri.

— Ai-je le choix ? je lui réponds. Tu ne connais pas Lucy Jones depuis longtemps ça se voit.

— Non, mais je connais très bien ce genre de fille.

— Ça, je n'en doute pas Jared, maintenant ramène-moi chez moi et laisse-moi, il vaut mieux qu'on ne se voie plus.

— Il en est hors de question, je vais m'occuper de Lucy, je te promets qu'elle ne te touchera jamais.

— Essaye si tu veux... De toute façon, elle ne reçoit d'ordre de personne.

— Elle le fera, mais s'il te plaît, ne me fuis pas.

Je perds tous mes mots devant ce regard qui me déstabilise et me désarme complètement. C'est la première fois que Jared me parle et me regarde ainsi. Peut-être qu'il est sincère tout compte fait.

— C'est d'accord, finis-je par dire sans vraiment m'en rendre compte.

Il me sourit avant de démarrer. Quelques minutes passent, quand mon téléphone sonne sur Smoke On The Water de Deep Purple.

— Bonne sonnerie, remarque Jared avant que je ne réponde à ma mère.

— J'ai oublié de te prévenir que je suis encore partie pour une semaine. Le frigo est plein alors fais en sorte qu'il le soit encore à mon retour.

— D'accord, soufflé-je.

Elle raccroche et je souffle une nouvelle fois tout en m'enfonçant dans le siège très confortable. Encore une semaine seule, chouette...

— Tout va bien ? me demande Jared.

— C'est juste ma mère, elle est partie travailler une semaine je ne sais où, lui dis-je en me forçant à sourire.

— Tu restes toute seule chez toi. Tu n'as pas peur ? me dit-il.

Je tourne la tête pour le regarder et j'ai vaguement l'impression qu'il est inquiet pour moi avec ses sourcils froncés.

— Pas vraiment non, et j'ai Alex, c'est mon voisin.

Son regard se durcit et il fronce encore plus les sourcils. Qu'est-ce qui lui prend encore ? Il ne dit plus un mot jusqu'à ce qu'on arrive devant chez moi.

— Merci chauffeur, lui dis-je avant de sortir de la voiture.

Je m'avance vers la porte et prends la clé sous le paillasson. Je commence à ouvrir quand j'entends le bruit d'une portière se refermer. Je tourne la tête et vois Jared s'avancer tout en fermant à clé sa voiture.

— Tu fais quoi là ? lui demandé-je.

— Je m'invite chez toi, ça ne se voit pas ?

— Et si je n'ai pas envie que tu entres chez moi ? lui dis-je en barricadant la porte d'entrée avec mon corps.

Il me sourit de toutes ses dents et se rapproche un peu plus de moi jusqu'à être à quelques centimètres de mon visage. Je sens son souffle me caresser la peau, suivie d'une odeur de fruit qui me fait inspirer à pleins poumons.

Mon Dieu, qu'est-ce qu'il sent bon.

— Tu sais de quoi je suis capable, me dit-il avec un autre sourire, cette fois amusé.

On se regarde un moment droit dans les yeux jusqu'à ce que je cède.

— Je ne peux pas refuser que «Monsieur Welland» entre chez moi, ce n'est pas correct.

— Ne m'appelle pas comme ça ! grogne-t-il.

Je le laisse entrer en pensant que c'est une très mauvaise idée d'inviter une star chez moi. En particulier le mystérieux Jared Welland. Mais je pourrais en savoir davantage sur lui.

CHAPITRE NEUF

Je traverse le salon et entre dans la cuisine, suivie silencieusement par Jared. Je pose mon sac et prends le téléphone fixe avec l'intention de commander des pizzas.

— À quoi préfères-tu ta pizza ? lui demandé-je en tournant sur moi-même. À moins que…

Ma voix meurt dans ma gorge lorsque je constate qu'il est juste derrière moi.

— Quatre fromages, chorizo ou encore chèvre et miel, dit-il en me fixant.

— Je… oui, dis-je en secouant soudain la tête. Tu peux arrêter de me regarder comme ça ?

— Comme quoi ? sourit-il, parfaitement conscient de ce qu'il fait.

— Ça me perturbe, tu me perturbes, rectifié-je.

— Heureux de l'entendre, me dit-il, un peu plus sérieux.

J'appelle alors et en attendant qu'on me décroche, je rajoute :

— Il n'y a pas mieux que chèvre et miel.

Jared acquiesce et je commande. Puis je me dirige vers les escaliers, toujours talonnée de près et au moment où j'ouvre la porte, Jared passe devant moi et s'affale sur mon lit en croisant les bras. Il contemple ma chambre tandis que je lève les yeux au ciel, avant d'aller poser mes affaires sur le minuscule bureau qui trône au fond de la pièce.

— Alors, on fait quoi ? demande-t-il avec un sourire en coin.

Il est toujours allongé et mes yeux se sont posés sur son

t-shirt légèrement remonté qui me laisse apercevoir une partie de son ventre tatoué et... très musclé. Je ne sais pas pourquoi, mais je sens qu'il essaye de me mettre mal à l'aise. C'est devenu une sorte de passe-temps depuis qu'il est entré dans la maison. C'est insupportable, mais j'ai soudain une idée en tête.

— Si on parlait de toi, «Monsieur Welland», lui dis-je en m'affalant à côté de lui pour tenter de l'éjecter du lit.

Il manque de tomber, mais ne dit pas un mot. Son sourire a complètement disparu, ça veut dire que ça marche. À son tour d'être mal à l'aise ! Mais j'espérais tout de même qu'il me parle un peu. Je veux vraiment en savoir plus sur lui. Il est la personne qui m'intrigue le plus, alors je ne vais pas abandonner. Il finit par céder au bout de quelques secondes en levant les yeux au ciel.

— Je suis né ici, à Londres. C'est un peu pour ça aussi que je suis revenu, ça me manquait et je dois dire que rien n'a vraiment changé, commence-t-il avec un petit sourire satisfait.

Il marque une pause et ses deux émeraudes changent d'aspect, je ne le connais pas encore assez pour savoir ce que ça signifie, mais je pense que c'est de la douleur. Peut-être que Londres lui manquait vraiment ? Ou alors qu'il voulait rester, mais sa carrière l'en a empêché ? Quoi qu'il en soit, ça l'a touché profondément, là où personne ne peut accéder.

— Puis je me suis intéressé au chant à mes dix ans et après je suis devenu célèbre, fin.

— D'accord, lui dis-je simplement.

— Attends un peu, dit-il en se redressant surpris, tu n'insistes pas pour en savoir plus ?

— Hum... non, pourquoi, tu préférerais ? lui demandé-je.

Il fait soudain semblant d'être choqué et ouvre la bouche en grand. Voyant sa tête, j'explose de rire.

— Où est passée Lena ! Lena, tu m'entends ? me dit-il en

me secouant comme si j'étais une poupée de chiffon.

— Bah quoi ! Tu n'as pas envie de parler, je ne vais pas te mitrailler de questions comme si j'étais une de tes fans !

— Oh ! Ça, je sais très bien que tu n'es pas fan de moi ! me dit-il avant de rire.

Je me demande bien pourquoi il est si sûr de lui, pas que je le sois, loin de là !

— Et pourquoi Monsieur en est-il si sûr ?

Il s'arrête de rire et un petit sourire se dessine au coin de ses lèvres. Peut-être que j'aurais dû me taire.

— Parce que... commence-t-il en s'approchant dangereusement de mon visage.

Mon cœur tambourine dans ma poitrine et je suis hypnotisée par ses yeux émeraude. Comme si un lien magique me poussait à me laisser faire en toute confiance. Quelques centimètres séparent maintenant nos lèvres. Mais que veut-il me prouver ? Dans tous les cas, je ne bouge pas, curieuse de voir, mais craintive de ce qu'il va faire. Va-t-il... m'embrasser ? Je voudrais sentir ses lèvres sur les miennes... À cette pensée, je recule brusquement.

— Tu vois, si tu avais été fan de moi, tu n'aurais jamais reculé, me dit-il, assez fier de lui.

Je suis surprise avec des yeux sûrement ronds comme des soucoupes. Pas parce qu'il vient de me tester, mais parce que j'ai eu envie qu'il continue d'avancer pour sentir la douceur de ses lèvres sur les miennes. Je deviens folle, ma parole !

— C'est sûr «Monsieur Welland», jamais je ne serai fan de toi.

— Je déteste que tu m'appelles comme ça, arrête ! grogne-t-il.

Donc ce surnom le met en colère. C'est bon à savoir. C'est même très bon.

— Mais bien sûr Monsieur...

Je n'ai pas eu le temps de terminer ma phrase que Jared m'attrape par la taille et me soulève en mode princesse.

J'essaye de me débattre, je lui crie de me lâcher, mais il ne fait que rire, et ses bras me tiennent fermement, il entre au hasard dans ma salle de bain et un sourire sadique se dessine sur ses lèvres.

— Oh, une salle de bains, c'est utile ! dit-il en s'approchant de la baignoire.

— Non s'il te plaît, je te jure, je ne dirai plus jamais ça ! lui criai-je.

Je sais ce qu'il va faire, il entre dans la baignoire et me pose devant lui avant d'ouvrir le robinet et me placer juste en dessous. Quand l'eau me tombe sur la tête, j'ai l'impression que je vais me transformer en glaçon tellement elle est froide.

— Jared, c'est glacé !

Je m'agrippe au col de son t-shirt tout en hurlant comme une vraie folle, puis je le tire contre moi pour qu'il soit lui aussi trempé jusqu'à l'os. Il ferme enfin le robinet et j'ouvre les yeux pour le regarder. Mais je me rends compte qu'il me dévisage et que ses bras m'entourent toujours. Trouvant ça très gênant, je veux mettre de la distance entre nos corps trop proches et mouillés, mais ses bras se referment plus fort sur moi : coincée. Je lève alors les yeux vers lui et constate qu'il me regarde étrangement. Quand il se rend compte de son propre geste, il desserre un peu son emprise et sourit, visiblement gêné.

— Alors tu comptes m'appeler comme ça encore une fois ou tu préfères éviter les douches ?

Il était comme dans la lune il y a un instant, et maintenant, il est redevenu le Jared que je connais de mieux en mieux. Comment fait-il pour garder ce masque ridicule de bad boy bipolaire ? La deuxième fois que je l'ai vu, il m'avait terrifié avec un regard des plus sombres, comme si le garçon de l'hôpital et lui n'étaient pas la même personne. Mais maintenant que j'apprends à le connaître, je me rends compte qu'il s'agit bien d'une sorte de masque de protection et puis… voir le livre d'Anna Karénine aurait dû me mettre la puce à l'oreille. Personne ne lit ce livre ! Enfin, à ma connaissance.

— D'accord, c'est bon, je ne t'appellerai plus comme ça...

— Très bon choix pour toi, au moins tu sais de quoi je suis capable maintenant.

Son sourire s'élargit. Et je ne peux m'empêcher de penser qu'il est incroyablement beau. Ses yeux d'un vert émeraude ont pris une couleur plus claire, ses cheveux bouclés sont maintenant imbibés d'eau et lui retombent sur le visage. Et il a cette manière de serrer la mâchoire lorsqu'il est contrarié, c'est bête, je sais, mais... je le trouve magnifique... enfin, quand il n'est pas arrogant et tout le reste. Le bruit de la sonnette me fait redescendre sur terre.

— Le livreur de pizza, balbutié-je, envoûté par ses yeux.

Jared pousse un long soupir avant de me lâcher à contrecœur, enfin, c'est ce dont j'ai eu l'impression, mais je dois me faire des idées. Nous nous enroulons dans des grandes serviettes avant de descendre chercher la pizza. Jared insiste pour la payer, mais je le devance. Avant qu'on ne mange, je me change et enfile un legging noir et un débardeur blanc, je donne de vieux vêtements de mon frère à Jared ; par chance, ils font presque la même taille. Puis nous mangeons en bavardant de tout et rien assis par terre, devant le canapé alors qu'on aurait pu aller à table. C'est d'ailleurs la première fois de ma vie que je mange de la pizza assise à même le sol.

— Alors, dis-moi, commencé-je en avalant. Quel est ton plat préféré ?

— Hum... les lasagnes, je pourrais en manger des tonnes !

— Chocolat ou beurre de cacahuète ?

— Beurre de cacahuète.

— Hum... ton superhéros favori ?

— Sans hésiter Batman, je suis sûr qu'il peut mettre une raclée à Superman sans problème. Attends, à moi de poser des questions.

Il réfléchit un instant avant de me dire :

— Petit ami ?

— Eh bien… non, avoué-je, un peu surprise par sa question.

— Pourquoi ça ?

Il boit une gorgée de thé glacé et attend ma réponse.

— Je n'ai encore jamais voulu quelqu'un et la gent masculine ne pense qu'à une seule chose.

— Et personne ne s'est jamais intéressé à toi ?

J'y réfléchis sérieusement et ne vois personne. Je préfère changer de conversation.

— Non, pas que je sache en tout cas… Ton fruit préféré ?

— Les pommes.

Un sourire se dessine sur ses lèvres ainsi qu'un regard presque heureux.

— Mais d'où viens-tu toi ? souffle-t-il dans un murmure.

Ça m'a paru ne pas être une question.

— Pourquoi ? ris-je.

— Je crois que tu es la première personne qui me demande quel est mon fruit ou mon plat préféré. On me harcèle de questions sur ma carrière ou même mon plus gros secret, mais pas toi.

— Je me suis dit que tu préférerais parler d'autre chose.

Il ne me répond pas et je souris timidement, sentant le rouge me monter aux joues. J'ai en fait un tas de choses à lui demander, mais j'ai remarqué qu'il se fermait lorsque je pose trop de questions intimes. Et puis… ce sont toutes ces petites choses qui font que j'arrive à apprécier Jared. Même s'il ne parle que très peu, c'est déjà un bon début. Nous décidons ensuite de regarder un film dans ma chambre.

— On regarde quoi ? lui demandé-je en lui donnant mon ordinateur portable.

Il regarde un moment, faisant défiler les films sur Netflix, et finit par choisir le dernier film que j'aurais cru qu'il choisirait, Le Temps d'un Automne.

— Sans blague ? dis-je en m'efforçant de ne pas rire.

— Bah quoi, je n'ai jamais vu ce film !

Surprenant. Jared qui aime les films à l'eau de rose, ça ne colle pas du tout avec sa carrure de bad boy tatoué.

— On va bien pleurer comme ça, lui dis-je en m'installant à côté de lui.

Le film débute, mais je suis trop préoccupée à le regarder pour me concentrer sur le film. Lorsque la fin arrive, mes paupières se ferment de fatigue. J'ai versé quelques larmes, ce film est tellement triste et les personnages m'ont fait vaguement penser à Jared et moi, parce qu'ils se détestaient et se disputaient sans arrêt au début, un peu comme nous. Sauf que «nous», il n'y en a pas.

Je commence à sombrer dans le sommeil tandis que Jared est à fond dans le film. Au bout d'un moment, je sens la couverture me couvrir et quelque chose de chaud et doux sur mon front. Je suis entourée par quelque chose de fort, je me sens tellement bien que je m'endors instantanément.

CHAPITRE DIX

— Hum... pas maintenant, je me plains lorsque j'entends la douce musique de What Like about You de The Romantics. Je l'éteins aussitôt et me tourne dans le lit avec difficulté, en sentant quelque chose me serrer. Je baille et lorsque mes yeux se posent sur le beau visage endormi de Jared, je ne peux m'empêcher de le contempler. Ses yeux sont fermés par de beaux cils noirs, ses cheveux bouclés sont en bataille, mais toujours aussi beaux. Ses lèvres rosées me semblent sourire, fait-il un beau rêve ? Plus je le regarde et plus je vois sa beauté me frapper aux yeux. Le voir là, endormi profondément, si paisible, me fait sourire bêtement.

Une petite minute... que fait-il ici ? Enfin, dans mon lit là où je dors ! S'est-il endormi ? Bon, pas de panique, il n'y a pas de quoi fouetter un chat, ce n'est pas grave entre amis, ça arrive de partager le même lit... non ? À vrai dire, je ne sais même pas ce qu'on est... Doucement, je sors de mon lit et prends de quoi m'habiller avant d'aller sous la douche, tout en pensant encore et toujours à Jared.

Jamais personne ne m'a intriguée comme ça. Et pourquoi se comporte-t-il aussi bizarrement avec moi ? Il est bipolaire, lunatique, ou quelque chose comme ça ? Je ne comprends pas pourquoi il m'attire d'une façon que je ne peux expliquer. Je n'ai aucun sentiment pour lui, mais il y a quelque chose qui m'attire étonnamment chez lui.

J'arrête de faire couler l'eau et m'enveloppe d'une serviette. Je m'habille d'une robe couleur pourpre à manches mi-longues et enfile des collants noirs. Je tresse mes cheveux sur le côté et ne m'applique rien d'autre que du baume à lèvres avant de sortir de ma salle de bains sur la pointe des pieds. Je m'arrête soudain et le regarde dormir à poings fermés. Je devrais me sentir tout sauf extrêmement gênée d'avoir partagé mon lit avec Jared Welland, le chanteur célèbre ! Mais je ne sais pas, je trouve ça si improbable que la personne que je détestais le plus (juste après Lucy Jones) dorme chez moi. Je lève les yeux au ciel tout en souriant, avant d'avoir l'idée de nous préparer à déjeuner. À la cuisine, je sors simplement deux bols de céréales et du jus de fruits avant d'aller réveiller Sa Majesté. Je commence à monter les marches, lorsque j'entends un cri des plus atroces. Je sursaute, le cœur battant, et termine de monter les marches quatre à quatre. J'ouvre la porte de ma chambre sèchement. Je n'en reviens pas, Jared est en sueur et se débat contre... Casper ? Quoi qu'il en soit, j'accours vers lui.

— Jared, réveille-toi, dis-je doucement pour ne pas le brusquer.

Mais il semble vraiment avoir mal et crie d'une voix rauque : «Arrête ! S'il te plaît, arrête !».

— Jared, réveille-toi ! lui hurlé-je cette fois-ci en le secouant par les épaules.

Je monte carrément sur lui pour pouvoir mieux le secouer et il finit par ouvrir d'un coup les yeux en me saisissant le poignet avec force. Un cri de surprise et de douleur m'échappe. Pourquoi tout le monde s'acharne sur mon poignet ? Mais je n'y prête plus d'importance lorsque je vois son visage horrifié. Voyant qu'il me faisait très mal, il lâche ma main et respire très fort comme s'il venait de courir un marathon.

— Lena, je...

— Tu vas bien ? le coupé-je en le dévisageant avec inquiétude.

Je ne cache pas que j'ai eu très peur. Je ne sais pas ce qui s'est vraiment passé, mais le voir dans cet état m'a complètement terrifiée. Jared me regarde, complètement perdu pendant quelques instants, puis agrippe mes hanches pour me dégager de lui et se lever d'un bond du lit.

— Je dois partir, je suis désolé, me dit-il en se précipitant à la porte de ma chambre et en sortant aussi vite qu'un éclair.

Mais qu'est-ce qui vient de se passer ? Il était si paisible... Après quelques minutes à me calmer, je descends et déjeune seule. Il est parti et je dois maintenant me dépêcher pour ne pas être en retard. Mais ses yeux si terrifiés sont comme gravés dans mon esprit. Je ne peux pas y croire, je me demande aussi si ce masque qu'il porte n'a pas un rapport avec cette peur. Mais peur de quoi ? Trop de questions se bousculent dans ma tête et je ne sais pas quoi faire.

En arrivant, je cours dans les couloirs presque vides, et entre dans la salle de cours d'histoire, essoufflée par mon sprint. J'ai à peine trois minutes en retard, mais pour moi, c'est déjà trop. Monsieur Christopher me gratifie d'un regard un peu surpris, et il y a de quoi ; c'est la première fois que j'arrive après tout le monde. Mais il ne fait pas la moindre remarque. Je m'assieds à ma place et souffle en ramenant ma tignasse de fauve en arrière alors que ma tresse ne ressemble plus à rien. Kate prend soudain la place à côté de moi et me demande en chuchotant :

— Où est ta superstar ?

Je lève les yeux devant moi, je n'avais pas remarqué sa place vide.

— Je t'explique après le cours, lui dis-je avec un long soupir.

— Très bien, pouvez-vous me dire où est Jared Welland ? demande Monsieur Christopher qui arpente la salle de ses yeux gris.

— Je crois qu'il est malade, Monsieur. Hier, il ne se sentait pas en forme, mens-je sans hésitation.

— Dommage, il ne pourra pas nous faire de concert, plaisante-t-il avant de noter son absence.

Je souris faiblement et remarque le regard de Lucy à l'autre bout de la salle. Je ne saurais le dire, mais je pense qu'elle n'y croit pas un seul instant. Qu'est-ce que ça peut bien lui faire que je mente ? Pendant le cours, j'ai eu le temps de réfléchir pleinement à ce que je veux dire à Kate. Bien qu'elle soit digne de confiance et muette comme une tombe, je ne pense pas que Jared apprécierait que quelqu'un sache ce que j'ai vu ce matin. D'ailleurs, je ne sais même pas ce que j'ai réellement vu. Un simple cauchemar ou du somnambulisme très violent peut-être. Pourtant, j'entends encore ses cris disant : «Arrête ! S'il te plaît, arrête !». que t'est-il vraiment arrivé, Jared ?

— Donc il est malade ? me demande Kate qui doute de mon récit fait dans la salle pour l'excuser.

— Oui, il m'a raccompagnée et puis il est parti légèrement mal. Mais je suis sûre qu'il a pris froid ou quelque chose comme ça.

— Ou il voulait sécher et comme c'est Jared Welland, personne ne dira quoi que ce soit.

— Peut-être, va savoir...

Le mensonge ne me réussit visiblement pas, mais Kate a l'air de marcher. Je suis une vraie menteuse depuis que je connais Jared Welland ou je rêve ? Dès l'instant où il m'a assommée, il a dû me faire perdre pas mal de neurones et ses humeurs bipolaires n'ont rien arrangé. Mais bien que je ne sois pas le genre de fille «groupie» ou qui traîne exclusivement avec des bad boys, je ne peux m'empêcher de voir une autre personne en lui.

— Je suis sûr qu'il a une bonne raison de ne pas être présent alors arrête de penser autant, Lena, me dit Kate en me bousculant d'un coup d'épaule pour me sortir de mes pensées.

— Je ne m'inquiète pas, d'ailleurs, j'ai cours dans cinq minutes, je dois y aller, à plus.

— Ce soir, film chez moi ! me crie-t-elle alors que je

marche au pas de course.

— Oui d'accord, je partirai avec toi !

Elle lève les pouces en l'air et je continue de marcher, mes livres en main, tout en soufflant. Pourvu qu'il aille bien et vienne me parler lorsqu'il sera calmé...

***

Les jours suivants, Jared est revenu, mais il ne me dit pas un seul mot. J'ai préféré ne pas lui poser de questions et le laisser tranquille bien que je brûle de savoir ce qui s'est passé. Ça me blesse qu'il ne me parle pas. Et revoir l'expression de son visage grimaçant de douleur, on aurait dit qu'il se faisait torturer et je peux parier tout ce que j'ai que ce n'est pas la première fois que ça lui arrive.

Je suis actuellement chez moi avec Kate ; je lui ai demandé de me ramener pour laisser Jared un peu seul. Nous sommes sur le canapé lorsqu'elle me propose quelque chose :

— Si on allait faire les magasins ? Ça te changera les idées, je te sens un peu étrange depuis quelques jours.

Je suis horrible, depuis tout ce temps je ne lui ai rien dit de tout ce qui s'est passé, mais j'ai peur qu'elle se vexe et Jared n'apprécierait pas que je raconte ce qui s'est passé.

— Bonne idée, en plus, je ne sais pas comment m'habiller pour ce soir, réponds-je en me levant.

— Sans blague, tu vas revenir à une fête ?

— Oui, mais hors de question que je touche à un seul verre.

La dernière fête a été catastrophique, avec pour seul résultat que je déteste encore plus ce genre de soirée. Mais faire plaisir à Kate et m'amuser un peu (sans alcool) me fera peut-être sortir Jared de la tête. N'est-ce pas ce que j'avais dit la dernière fois ?

— Allez, on prend ma voiture, me dit Kate, heureuse comme tout.

Lorsqu'on arrive au centre commercial, là où se trouvent toutes les boutiques de chaussures et de vêtements dont Kate raffole, nous commençons par les boutiques de vêtements, du moins Kate. J'apprécie les jolies choses, mais je ne suis pas vraiment fan de la mode. Les tenues que Kate me propose ne sont pas vraiment à mon goût, trop court, trop décolleté ou même trop tout court !

— Tu es un cas désespéré, Lena, souffle-t-elle avec une robe bien trop moulante en main.

— Désolée... si on allait manger une glace à la pistache, on reprend après ?

— D'accord !

Nous nous dirigeons vers un glacier et prenons chacune deux boules à la pistache à Martin qui a l'habitude de nous voir depuis des années. On se balade un peu, n'ayant pas le droit de rentrer dans les boutiques avec les glaces quand je vois au loin une personne familière.

Je réfléchis un petit moment avant de me souvenir de son prénom. Jacob Carter. Lorsqu'il me reconnaît à son tour, il m'offre un très beau sourire.

— Lena, comment ça va ? me dit-il, une fois à notre hauteur.

— Très bien, merci.

— Dis-moi, tu vas aller à la fête chez ce DJ ?

— Oui, j'y vais avec Kate, répondis-je en la lui montrant.

— Salut, moi c'est Jacob Carter, se présente-t-il.

— Et moi, Kate Beauchamp.

Jacob lui sourit gentiment avant de reporter son attention sur moi.

— Tu me réserveras une danse dans ce cas ? me demande-t-il timidement.

— Pourquoi pas ? dis-je en haussant les épaules.

— Super ! Alors à ce soir, me dit-il tout excité.

Une fois qu'il est un peu plus loin, Kate me fusille du regard.

— C'est qui ce blond ? me dit-elle presque en bavant.

— Le meilleur ami de Jared, on s'est parlé quelques fois,

il est sympa, lui dis-je.

— En tout cas, il est sexy, me dit-elle avec un clin d'œil.

C'est vrai qu'il est assez beau garçon, mais il n'est certainement pas aussi beau que Jared… Et il faut vraiment que j'arrête de tout comparer à lui.

— Bon, on fait une dernière boutique et tu es obligée de t'acheter quelque chose, me dit Kate.

— D'accord, soufflé-je.

Nous entrons dans une boutique qui s'appelle «Made in Blue» et qui est décorée dans le style paradisiaque d'Hawaï. C'est très joli pour une boutique de vêtements.

— Mon Dieu, Lena ! fait Kate en se précipitant sur une petite robe, elle est faite pour toi !

Je dois dire qu'elle est très jolie, pile dans mon style.

— Celle-ci me plaît beaucoup, je la prends ! lui dis-je.

— Yes ! Il était temps.

Kate se trouve elle aussi une très jolie robe avec tous les accessoires et nous sortons du centre commercial, comblées. Sur la route du retour, je me demande bien si je dois oui ou non aller lui parler, lui dire que tout va bien. C'est vrai, peut-être qu'il a des remords de m'avoir broyé le poignet ? Dans ce cas-là, il faut qu'il sache que ce n'est rien de grave.

Oui, il faut que je lui parle.

CHAPITRE ONZE

Une fois rentrée chez moi, on passe à la douche et on se maquille. Kate me fait un joli trait fin d'eye-liner et, ne voulant pas trop me maquiller, je laisse mes lèvres nues. Je lâche ma crinière de lionne et essaye de les attacher avec une petite pince. Au bout de cinq minutes, j'arrive enfin à manipuler mes boucles rebelles et faire quelque chose qui me plaît assez. J'enfile ensuite la robe et admire le résultat ; qui n'a rien à voir avec ce que je m'étais imaginé. La robe est très simple : blanche à bustier et m'arrive juste en dessus des genoux. Bizarrement, je me trouve belle, mais c'est sans doute la robe.

— Comment me trouves-tu ? me demande Kate qui tourne sur elle-même.

Elle porte une robe bleu marine qui s'accorde parfaitement avec ses courbes et des talons hauts noirs. Ses cheveux sont attachés en chignon un peu décoiffé.

— Tu es parfaite, cette robe te va à merveille, Kate, dis-je, en admiration.

— Merci, tu es magnifique aussi, je suis sûr que ça va plaire à Jared, me dit-elle avec un jeu de sourcils.

— Je ne pense pas qu'il viendra en fait, dis-je soudain, reprise par la vague de question que je me pose.

J'avoue que ça me rend bien triste, mais après tout, je ne pense pas avoir fait quelque chose de mal. Alors pourquoi me fuit-il alors que lui-même m'avait demandé de ne pas le fuir ?

— Bon, on est prêtes ? me demande Kate.

— Oui, allons-y, dis-je en secouant la tête comme si ça allait me le faire sortir.

J'enfile des ballerines noires pour être à l'aise et ferme la maison. Le trajet est court, à moins que mes pensées ne me fassent perdre totalement la notion du temps. Nous entrons dans la maison où la musique me perce les tympans. Je me demande pourquoi il n'y a pas de plaintes ou même la police qui débarque, car on doit l'entendre à plusieurs pâtés de maisons.

— Je vais me chercher un verre, tu viens ? me crie Kate.

— Je t'accompagne !

Je la suis et la regarde se servir un verre.

— Je peux au moins en boire un seul, non ?

J'ai soif et je veux au moins faire quelque chose, car j'ai déjà envie de repartir, alors que ça fait à peine cinq minutes que nous sommes ici. Décidément, je n'aimerai jamais ces fêtes. Kate me regarde sévèrement, mais me donne le verre qu'elle vient de se servir.

— N'abuse pas, me dit-elle.

Elle se sert un autre verre et nous nous frayons un passage jusqu'au canapé pour siroter nos verres tranquillement.

— Oh ! fait soudain Kate en me martelant la cuisse. Dimitri... tu crois que je devrais aller lui parler ?

Kate a toujours eu un faible pour Dimitri Evans, un des joueurs de l'équipe de football américain de notre école, qui est aussi quelqu'un de très populaire et mignon.

— Fonce ! l'encouragé-je.

— D'accord... ça ne te gêne pas que je te laisse quelques minutes ?

— Pas du tout.

— Je reviens ! me dit-elle en se dirigeant tout droit sur Dimitri.

Je ne connais pas très bien Dimitri, mais c'est un garçon très gentil et aussi très amusant, alors je pense qu'il saura apprécier Kate. Ça fait près de dix bonnes minutes que je suis assise à siroter le même verre tout en regardant les autres danser. De temps en temps, je vois Kate qui semble être aux anges avec Dimitri, elle me fait des regards pour s'excuser de me laisser toute seule, mais de toute manière, je n'aurais pas été de très bonne compagnie.

Tout le monde s'amuse et moi, j'ai la tête ailleurs. Je n'ai pas envie de danser, mais seulement de rentrer chez moi. Mais Kate a l'air de si bien s'amuser que lui demander de partir ne serait pas digne d'une bonne amie. Alors je me contente d'écouter la musique et de patienter jusqu'à la suivante. Je suis soudain aspergé de quelque chose de collant qui me réveille en moins de deux. Je lève les yeux sur un garçon complètement bourré qui manque de trébucher plusieurs fois.

— Je suis désolé, me dit-il. Tu veux une serviette ou quelque chose ?

— Non merci, je vais aller en haut, lui dis-je d'un signe de tête.

— D'accord et encore désolé.

Au moins, j'ai quelque chose à faire.

Après avoir zigzagué pour me faire un passage jusqu'aux escaliers, je monte et cherche quelque chose qui ressemble à une salle de bains. Mais c'est un vrai labyrinthe avec plusieurs portes. J'ouvre les portes au hasard, mais en ouvrant celle-ci, je vois une fille à moitié nue à califourchon sur un garçon.

— Casse-toi, princesse ! fit la voix du garçon.

— Désolé ! leur dis-je en fermant aussitôt la porte, le cœur battant.

Faites que la prochaine soit la bonne. Lorsque j'ouvre une seconde porte, je trouve enfin une salle de bains. J'ouvre un placard et trouve une serviette. Je la passe sous le robinet et frotte ma robe et mon bras. Une fois nettoyée, je sors de la salle de bains et me dirige vers les escaliers pour retrouver ma place sur le canapé. Je m'arrête un instant lorsque j'aperçois dans mon champ de vision, une fille en mini-robe fluorescente (qu'on ne peut que voir) se jeter sur un garçon dans un coin sombre pour l'embrasser. Ils n'ont pas de gêne, ceux-là ! Je lève les yeux au ciel, me disant que j'aurai une nouvelle fois dû rester chez moi. J'allais descendre quand une lumière projette une couleur violette m'offrant une vue parfaite sur eux. Lucy et... Jared ? Avant qu'ils ne puissent me voir, je dévale les escaliers et bouscule violemment quelqu'un au passage.

— Désolé, dis-je, encore estomaquée par la scène à laquelle je viens d'assister.

— Lena ! Tu es magnifique, me dit ce dernier.

Je lève les yeux pour voir à qui j'ai affaire et constate qu'il s'agit de Jacob Carter.

— Oh euh... merci, dis-je en me forçant à sourire.

— Tu es toute pâle, tu vas bien ? me demande-t-il, inquiet

Non pas vraiment...

— Oui, c'est juste que quelqu'un m'a renversé un verre dessus...

Ce n'est pas tout à fait un mensonge, mais ce n'est pas non plus la vraie raison.

— Oh, je vois, tu veux aller boire quelque chose ? me propose-t-il, promis je ne viderai pas mon verre sur toi !

— Très drôle ! D'accord, je veux bien.

Je me détends un peu, mais pas assez pour oublier que je viens de voir Lucy et Jared s'embrasser. Tandis que Jacob va chercher de quoi boire, je l'attends sur le canapé où, à quelques mètres de moi, une fille est allongée à même le sol dans un état qui me laisse croire qu'elle est droguée. Quelqu'un vient s'asseoir à côté de moi et mon cœur fait un bon dans ma poitrine, mais je décide de l'ignorer et regarde un point invisible devant moi.

— Ça ne va pas ?

Mon Dieu ! Je meurs d'envie de répondre méchamment, mais je n'en fais rien et continue de regarder droit devant moi.

— Très bien... comment va Lucy ? lui demandé-je en regrettant tout de suite mes mots.

Mais il n'a pas l'air de comprendre où je veux en venir. Lui qui disait s'occuper d'elle, je ne pensais pas à cette manière ! Dégoûtant, il me dégoûte. Lorsqu'il s'apprête à dire quelque chose, Jacob arrive enfin et pose une bouteille de whisky et une autre de Coca-Cola avec des gobelets sur la table basse.

— Jared, tu te joins à nous ? lui propose Jacob qui vient s'asseoir entre nous.

— Je pense qu'il a mieux à faire pas vrai ? dis-je en foudroyant Jared du regard.

En guise de réponse, il hausse les épaules et empoigne un des gobelets rouges que Jacob a amenés. Je ne compte même plus combien de fois je me suis resservie ou combien de fois j'ai ignoré Jared alors qu'il essayait de me parler. J'abuse peut-être, mais je suis en colère et remets en doute ce que m'a dit Lucy ; qu'il jouait avec moi.

— Tu comptes me mettre saoul pour me faire dire tous mes secrets ? me dit Jacob alors que je vide le reste du contenu de la bouteille dans son gobelet.

— Non, je compte juste boire avec toi et je te dois bien une danse ?

— C'est vrai, j'avais oublié, me dit-il en me souriant.

— Comment ça, tu lui dois une danse ? me demande Jared qui ne comprend pas un mot de notre conversation.

— On s'est croisé au centre commercial, lui répond Jacob à ma place, et je l'ai invitée à danser.

Même si ça me brûle la gorge, je bois le reste de mon gobelet en quelques gorgées seulement. Moi qui disais ne plus vouloir boire...

— Ça suffit ma grande, t'as assez bu, je crois ! me dit Jacob qui me retire mon gobelet.

Je souffle et me lève du canapé.

— Tout est... bancal...

Avant même que je m'en rende compte, Jacob s'est levé et

me retient par la taille pour que je ne tombe pas.

— Tu veux toujours aller danser ou tu préfères rester ici ? me demande-t-il avec inquiétude.

— Je crois qu'il faudrait qu'elle reste ici, lui dit Jared, la mâchoire crispée.

— Non je me suis juste levé trop vite, mens-je.

— Tu es sûre ? me dit Jacob.

Je tourne la tête vers Jared, qui a l'air très en colère, et malgré la musique qui est forte, je l'entends respirer bruyamment.

Mais quel est ton problème à la fin ?

— Allez, viens ! dis-je en tirant Jacob par le bras.

Je ne sais pas combien de temps ça fait que l'on danse ensemble, on rit beaucoup et s'amuse très bien, bien que je me tienne très mal sur mes jambes. À un certain moment, Kate est venue me demander si je voulais rentrer, car elle s'inquiétait sans doute de mon «état», mais j'ai refusé et continué de danser. Puis quelques minutes après, une main large se pose sur mon épaule et me force à me retourner sur moi-même.

— Je te ramène, me dit sèchement Jared avant de descendre sa main le long de mon bras pour attraper mon poignet.

— Je suis très bien ici, lui dis-je aussi sèchement.

— Je ne t'ai pas demandé ton avis ! me dit-il en criant, ce qui me fait sursauter.

— Elle a dit qu'elle ne voulait pas venir avec toi alors lâche-là, Jared, lui dit Jacob qui se place entre lui et moi. Qu'est-ce qui t'arrive, mec ?

Jared le fusille de son regard noir et je remarque qu'il serre les poings, prêt à frapper. À frapper son meilleur ami ? Il n'oserait pas... si ?

— D'accord, ramène-moi chez moi ! lui dis-je.

Je n'ai pas envie de savoir s'il en serait capable ou non.

— On se voit lundi en cours, dis-je à Jacob en lui souriant.

— D'accord, dit-il, en regardant une dernière fois Jared avant de tourner les talons et de s'engouffrer dans la foule.

Je me retourne vers Jared et lui offre un regard aussi noir que le sien, avant de partir dire à Kate que «Monsieur Welland» me ramène chez moi. Sur le trajet du retour, personne ne dit un mot. Je regarde par la fenêtre tout le long, mais n'arrive qu'à voir flou. Plus jamais d'alcool ! Dès l'instant où la voiture s'immobilise devant chez moi, j'ouvre la portière et sors comme une vraie furie. Je manque de tomber deux fois, mais je ne m'arrête pas. Je prends la clé sous le paillasson et essaye d'ouvrir la porte sans succès.

— Donne-moi la clé, je vais ouvrir, me dit tout à coup Jared, ce qui me fait sursauter.

— Ne perds pas ton temps avec moi, tu peux partir, lui dis-je sèchement.

Il me prend la clé des mains et ouvre la porte en grand, me faisant signe d'entrer. Je lui passe devant et réussis à aller jusqu'au canapé où je me jette en essayant d'y voir un peu mieux, car toute la pièce tourne beaucoup trop pour moi.

CHAPITRE DOUZE

J'ai la même sensation que si je venais de faire le grand huit. Ça m'a donné envie de vomir alors je prends une grande respiration pour empêcher un massacre du tapis gris à poils de ma mère. Elle me tuerait sur-le-champ si je l'abîmais. J'entends soudain la porte d'entrée s'ouvrir et se refermer sèchement, suivi de pas rapide se dirigeant dans ma direction.

— Bon, tu vas me dire ce que j'ai fait ? fit la voix énervée de Jared.

Il s'avance devant moi et affiche une mine sérieuse et très colérique tout en posant ses mains sur ses hanches.

— Tu te fiches de moi ? dis-je en me tenant le crâne alors qu'une petite douleur se fait ressentir. Ça fait des jours que tu es distant et froid et c'est à moi que tu demandes ça !

— Je suis comme ça, d'accord ? Alors, excuse-moi. Je suis vraiment désolé de m'être comporté comme un vrai connard, crie-t-il, la mâchoire serrée.

Il s'assied à côté de moi dans un gros soupir puis continue d'une voix plus douce :

— Je suis désolé de m'être comporté comme ça, ces derniers jours.

Vient-il de s'excuser ou c'est l'effet de l'alcool ? Je le connais depuis presque un mois, et c'est bien la première fois qu'il s'excuse de manière si sincère.

— Je suppose que tu ne vas pas me dire pourquoi tu t'es enfui comme un voleur et m'as fui comme si j'avais la peste ? lui demandé-je en croisant les bras dans l'attente d'une réponse.

Il baisse les yeux à la simple pensée de ce qui s'est passé. Il réfléchit un instant et plonge ses magnifiques yeux émeraude dans les miens. Magnifiquement séduisants...

Je secoue ma tête, ce n'est pas le moment de penser à ça. Il me regarde toujours et j'ai l'impression qu'il se retient et n'a qu'une envie, de m'avouer enfin la raison. Pourquoi se retient-il ?

— Je ne peux pas, me souffle-t-il.

Sérieux ? Il fait tout ce cinéma et s'excuse, mais ne veut pas me dire pourquoi Monsieur s'est battu comme un sauvage et s'est enfui avec cette peur dans les yeux.

— D'accord ! lui dis-je rageusement en me levant d'un coup.

La pièce se met à tourner et je retombe assise à ma place. Foutu alcool !

— Pourquoi as-tu bu comme ça ? C'est à cause de Jacob ? me demande-t-il froidement.

— Non, et ça te dérange si je bois avec lui ?

— Pas du tout, mais si tu as envie de mal finir au petit matin c'est ton problème, rétorque-t-il.

— Alors pourquoi es-tu resté avec nous ? Pourquoi restes-tu ici avec moi ? Pourquoi n'es-tu pas resté avec Lucy ? crié-je.

— Parce que tu ne le connais pas comme moi je le connais ! Et je me fiche complètement de Lucy ! dit-il rageusement.

— Arrête de me mentir, je vous ai vu vous embrasser tout à l'heure !

Il ouvre la bouche pour me crier quelque chose, mais la referme aussitôt lorsqu'il comprend que je les ai vus. Comme ça, il pensera que je suis jalouse, bravo Lena !

— Tu nous as vus nous...

— J'ai vu assez pour constater que «m'occuper de Lucy», comme tu l'as dit, n'est qu'une promesse en l'air.

Je me sens blessée, je croyais qu'il voulait vraiment être mon ami, qu'il allait me protéger et me parler en toute confiance, mais je me suis trompée.

— C'est donc pour ça que tu étais si remontée contre moi toute la soirée, dit-il se retenant de sourire. Mais c'est elle qui s'est jeté sur moi, je l'ai repoussée et elle l'a très mal pris en disant «personne ne rejette Lucy Jones» avant de partir comme une furie.

— Comment je pourrais te croire ? Et je me fiche que tu l'aies embrassée ou je ne sais quoi d'autre... Tu m'avais promis, Jared.

Je sens que je peux lâcher les larmes qui menacent déjà de couler.

— Lena, crois-moi, je t'ai promis que je t'aiderais et c'est ce que je faisais jusqu'à ce qu'elle se jette sur moi. Elle était saoule et ne voulait pas m'écouter, je lui ai dit de te laisser tranquille, crois-moi.

Je ne sais pas quoi en penser, et puis c'est du Lucy Jones tout craché de faire ça, mais Jared et tellement dur à comprendre...

— Allez, crois-moi... continue-t-il en me regardant dans les yeux.

— Je te crois... soufflé-je. Et je suis désolée.

— Alors tu n'es plus fâchée contre moi ? me dit-il, étonné.

— Non je ne le suis plus, mais je suis tout de même blessée que tu ne te confies pas à moi. Je ne sais pas ce que la définition «d'amie» signifie pour toi, mais pour moi, c'est se confier et être là, dis-je, ne mesurant pas mes mots.

L'effet de l'alcool me fait dire les quatre vérités, comme si la Lena timide et renfermée avait disparu et laissé place à une Lena plus confiante.

— Un jour peut-être, Lena, c'est bien trop sombre pour que je te fasse changer de point de vue sur moi, me répond-il avec un regard doux.

— Mauvais garçon tatoué au caractère bipolaire ?

demandé-je avant de me mordre l'intérieur des joues.

— C'est donc ça ton point de vue ? Je sens que ça cache quelque chose, dit-il, assez amusé.

— Du genre, Jared Welland ? dis-je, me sentant de plus en plus éméchée par l'alcool.

Sans m'en rendre compte, je me suis penché en avant avec un petit sourire devant Jared qui se mordille la lèvre inférieure en observant mes lèvres. Je crains que l'alcool me rende complètement parano, car je vois dans ses émeraudes quelque chose qui ressemble à du désir. Je me recule plus brusquement que je ne l'aurais voulu et me lève du canapé. Bien sûr, je perds encore l'équilibre, mais Jared m'agrippe par les hanches et me voilà sur ses genoux à quelques centimètres de sa bouche entrouverte qui semble m'appeler.

— Désolée... soufflé-je en restant immobile contre ses muscles durs comme de la pierre.

D'un mouvement, il me soulève et marche jusqu'aux escaliers.

— L'alcool, c'est fini pour toi, miss coincée, me dit-il en montant les marches que je vois double.

— Comment tu m'as appelée là ?

Sans répondre, Jared me dépose dans le lit et retire mes chaussures, ce geste est si... étrange venant de sa part que je me sens mal à l'aise.

Comment ne pas l'être avec une star qui retire vos chaussures !

— Je dors ici que ça te plaise ou non, fait sa voix rauque.

— Hors de question, pas avec moi !

— Si tu crois que je vais te laisser toute seule dans cette maison, complètement saoule, tu rêves ! me dit-il sévèrement.

À voir sa tête, il n'a pas l'intention de partir quoique je dise ou que je fasse. Mon Dieu, je ne comprendrai jamais ce garçon... Je lève les yeux au ciel avant de lui répondre :

— D'accord, mais tu dors sur le canapé.

— Comme tu veux, de toute façon, je ne profiterai pas

de toi dans cet état.

— Quoi ?

— Je plaisante Lena ! Bon, je vais chercher des vêtements dans ma voiture, je reviens.

— Tu as des vêtements dans ta voiture toi ?

— Bah oui, c'est au cas où, me répond-il avec un clin d'œil.

Je rougis légèrement, ce qui le fit rire. Une fois que nous nous sommes lavés et que j'ai préparé une taie d'oreiller et une couverture pour Jared, je lui dis bonne nuit. C'est franchement amusant de voir une star dormir sur mon canapé.

— Ça va aller dans ton grand lit toute seule ?

— Mieux qu'avec toi, ris-je.

— Ce n'est pas ce qui m'a semblé la dernière fois, dit-il en croisant les bras derrière sa tête.

— Est-ce que je t'avais autorisé à dormir dans mon lit ?

— Non... mais tu m'as agrippé et m'as presque montée dessus, dit-il en souriant.

— J'ai fait quoi ?

Je reste bouche bée, légèrement honteuse.

— Et tu disais : Jared, tu es le plus beau ! Mieux que Brad Pitt ou Johnny Depp ! dit-il en essayant d'imiter ma voix.

Je n'aurai pas osé... Mais dans un sens, c'est vrai qu'il est bien plus beau qu'eux. Jared a un fin rictus qu'il s'empêche à tout prix de me montrer.

— Espèce de menteur !

Je lui balance un coussin à la figure alors qu'il rit à gorge déployée.

— Je blague, mais tu m'as vraiment agrippé toute la nuit.

— Bien fait !

Sur ce, je sors du salon et remonte me coucher avec un grand sourire aux lèvres. Je ne sais si c'est encore ces maudits effets de l'alcool ou si c'est simplement parce que notre amitié a pris des proportions plus qu'amicales, mais je décide de mettre tout ceci sous les effets de l'alcool et me calmer tout en écoutant les gouttes d'eau qui commencent tout juste à tomber dehors et qui m'aident à m'endormir plus vite encore.

***

Je me réveille en sursaut lorsque j'entends un gros coup de tonnerre. Dans ces circonstances, je vais me glisser dans le lit de ma mère ou si je dors avec Kate, tout se passe très bien. Mais là, il n'y a ni ma mère ni Kate. Je regarde mon réveil et constate qu'il est quatre heures du matin. Ça fait à peine deux heures que je dors. Un autre coup de tonnerre retentit et je sais que je ne vais pas arriver à me rendormir.

Chouette, une nuit blanche. Je descends en passant devant Jared, j'avais presque oublié qu'il était là. Comparé à moi, il dort comme un vrai bébé. Quelle chance ! J'entre dans la cuisine et me sers un verre d'eau que j'engloutis en deux secondes. Je suis encore un peu dans les vapes, mais bien moins qu'il y a quelques heures. Et cette fois-ci, c'est définitif. Plus jamais de tout le reste de ma vie je ne boirai, fini ! Je dépose mon verre dans l'évier et sors de la cuisine.

— Lena ? fait la voix rauque de Jared.

— Oui ?

Je m'approche de lui.

— Pourquoi tu ne dors pas ? Tu as peur du tonnerre ? me dit-il avec un sourire taquin que je vois même dans le noir.

— Pas du tout, mens-je.

Au même moment, un énorme coup de tonnerre bien bruyant éclaire toute la maison, je fais un bon et atterris sur Jared que j'agrippe de toutes mes forces.

— Putain, t'aurais vu ta tête ! me dit Jared qui rit aux éclats.

— J'avoue, je déteste le tonnerre, ça te va ? Maintenant, tu vas venir dormir avec moi.

— Proposition que je ne peux refuser, me dit-il en souriant malicieusement.

Je sens mes joues devenir rouge pivoine.

— Très drôle ! Allez, viens, lui dis-je en me levant de ses genoux.

Il se lève et nous nous dirigeons dans ma chambre. Je monte les escaliers en trombe lorsque j'entends le tonnerre raisonner et je me jette sous les couvertures. Jared arrive quelques secondes après et rit tout en se glissant sous les couvertures. Je veille à laisser un espace entre nous, mais Jared m'attire vers lui et passe son bras autour de ma taille.

— Même dans le noir, je sais que tu rougis, me chuchote-t-il.

Il m'avait donc vue… incroyable.

— Jared, ne me force pas à t'appeler par un nom que tu adores, lui dis-je en le provoquant.

— Dis-le et tu le regretteras, bébé !

— Comment m'as-tu appelé là ?

Il ne me répond pas alors je laisse tomber et m'endors avec une facilité étonnante. Reste à savoir si c'est à cause de l'alcool ou bien parce que je suis dans les bras de Jared.

CHAPITRE TREIZE

J'entends quelques bruissements de drap, mais n'y prête que peu d'importance. Je suis si fatiguée que je voudrais dormir encore très, très longtemps. Je suis à nouveau bien endormie avec de belles images sous les paupières quand je me sens basculer de gauche à droite. Je gémis et essaye de pousser je ne sais quoi, sans pour autant me réveiller complètement.

— Réveille-toi ! entends-je crier tout à coup.

Au son de cette voix qui me martèle le crâne, j'ouvre les yeux, me redresse le cœur battant, et heurte quelque chose avec mon front.

— Aïe ! Merde, tu m'as fait mal, se plaint Jared en se frottant le front.

— Tu m'as fait peur, imbécile de première ! rétorqué-je en me frottant aussi le front.

— Ouais, excuse-moi, marmonne-t-il. Mais tu m'as fait mal !

— Bien fait, tu n'avais qu'à pas me réveiller aussi brutalement !

Je déteste que l'on me réveille ainsi, même si avec ma mère, j'aurais dû avoir l'habitude.

— Ne me cherche pas de bon matin Lena, c'est mauvais pour toi.

— Je n'ai pas peur de toi, et puis pourquoi tu es réveillé si tôt...

Et sans t'être battu avec Casper le fantôme, cette fois-ci, terminé-je dans ma tête.

— Si tôt ? Il est pratiquement une heure de l'après-midi !

— Quoi ! dis-je en ouvrant grand mes yeux.

— Ça t'apprendra à boire comme tu l'as fait. D'ailleurs tu as interdiction de boire, compris ?

Il avait les sourcils froncés et semblait très sérieux. Même si je n'apprécie pas qu'il soit autoritaire avec moi, il a raison.

— Très bien, de toute façon, ce n'est pas pour moi tout ça.

Devant ses yeux autoritaires, je remarque tout de même qu'il me semble bien détendu alors que je dois ressembler à une épave de bon matin... après-midi.

— que faisais-tu avant de me secouer comme une poupée de chiffon ?

— Je te regardais dormir la bouche ouverte avec un coulis de bave, me dit-il.

— Charmant... dis-je sentant le rouge me monter aux joues.

Je roule carrément sur le côté et attrape mon oreiller que je colle à mon visage.

— Tu es mignonne quand tu rougis, tu sais, me dit-il en riant.

— La ferme, Jared ! lui dis-je en lui jetant l'oreiller en plein visage.

Chose que je n'aurais sans doute pas dû faire.

— Tu as déclaré ton arrêt de mort, là !

Je n'ai pas le temps de sortir du lit que Jared attrape ma cheville et me tire sèchement vers lui. Il saisit mes poignets d'une main et heureusement que je ne ressens que très peu la douleur causée par mon agresseur, car il se met à me chatouiller et je me tords dans tous les sens, incapable de sortir de son étreinte. Je me mets alors à hurler sous l'effet de cette torture. Je crains de réveiller les voisins, mais à cette heure-ci, ils sont levés depuis des heures !

— Jared ! Je t'en supplie, arrête, lui crié-je à bout de souffle.

Il s'arrête enfin et se laisse tomber en plaçant ses mains chaque côté de ma tête, la distance qui sépare nos visages est si petite qu'elle pourrait aussi bien être inexistante. On se regarde dans les yeux sans bouger ni parler, mais je ressens un malaise. Il est bien trop près et me dévisage comme jamais il ne l'avait fait.

— Je suppose que tu as bien dormi ? lui demandé-je.

Je suis hypnotisée par la beauté de ses yeux.

— Je crois bien que c'est la première fois, oui, me souffle-t-il, ce qui provoque des frissons au plus profond de mon être.

Son visage est détendu et paisible et je peux bien croire qu'avant ce soir, il n'avait jamais aussi bien dormi. Il est si gentil et de bonne humeur, est-ce que je rêve ?

— Bon... je dois partir, dit-il en se levant d'un bond.

La chaleur que me propageait son corps disparaît et laisse un froid sur ma peau.

— Où dois-tu aller ?

— Chez moi, je te signale que je suis resté pour qu'il ne t'arrive rien et je n'ai pas prévenu.

Il s'assied sur le bord du lit et mes pensées se bousculent. Je n'ai jamais vu un membre de sa famille et je ne me souviens pas qu'il m'ait parlé d'eux. J'avais même l'impression qu'il vivait seul.

— Tes parents ? questionné-je espérant qu'il me parle un peu de sa famille.

Il s'immobilise entièrement et je vois son dos se crisper.

— Je n'ai pas de parents, me dit-il d'une voix très dure.

Je suis abasourdie et ne sais même plus quoi répondre.

— Je suis désolée, ils sont...

— Non ! hurle-t-il, me faisant sursauter. Arrête de poser des questions de merde, Lena !

Lorsqu'il se tourne, je vois un visage que je ne connaissais pas, je connaissais cette expression de Jared mais là, il est dans une colère jamais vu. Il respire bruyamment et les veines de son cou en sortent.

— Jared, je...

Je ne peux pas terminer ma phrase qu'il se lève et sort de la chambre d'un pas vif. Il était si bien et par ma faute, il est maintenant noir de colère. J'ai un pincement au cœur, alors je me lève et cours dans la maison, dévalant les escaliers pour voir Jared ouvrir la porte d'entrée.

— Jared, attends ! crié-je en agrippant son bras. Je suis désolée si j'ai dit quelque chose de mal, je ne savais pas !

— Alors, réfléchis avant de poser des questions débiles !

Il retire brusquement son bras et ouvre la porte avant de la claquer derrière lui.

Qu'est-ce que j'ai fait ? Je n'aurais pas dû lui poser tant de questions, mais j'ai beau chercher, je ne vois pas ce que j'ai fait de si mal. Je suis toujours immobile devant la porte et mon cœur se serre de plus en plus, en pensant que je viens de lui faire du mal.

Soudain, la porte s'ouvre et se referme sur Jared.

— Excuse...

Avant qu'il puisse finir sa phrase, je me précipite pour le serrer dans mes bras. Je suis surprise de moi-même et je suis sûre que lui aussi, à moins qu'il soit encore crispé par ma bêtise. Je me sens soulagée de le voir rouvrir cette porte.

— Je suis désolée... lui dis-je en m'écartant de lui.

— Lena, je...

— C'est bon, le coupai-je. Je ne veux rien savoir et je ne te poserai plus de questions à présent.

Je ne sais pas si je pourrai tenir ma langue, étant donné qu'après ce qui vient de se passer, je me pose encore énormément de questions. Plus encore maintenant que j'ai compris que quelque chose le rendait fou dès qu'on parle de ses parents.

Mais j'ai vu au fond de ses émeraudes une tristesse pure sous cette carapace de mauvais garçon insensible.

— Désolé d'avoir agi comme un gros con, me dit-il en

redevenant le Jared que j'apprécie.

— Ça va, on oublie.

— D'accord. Bon, cette fois, j'y vais, me dit-il avec un sourire qui me paraît forcé.

Mon ventre se met à gargouiller violemment ainsi qu'une faim à dévorer tout ce qui se trouve dans le frigo. Devant mon regard, Jared me sourit moins forcé.

— Mais qu'est-ce qui m'arrive j'ai une faim de loup !

— C'est l'alcool d'hier qui te donne aussi faim, si tu es assez patiente, on peut aller manger quelque part ?

— Patienter combien de temps ?

— Une petite demi-heure seulement.

— D'accord, je vais prendre une douche en attendant.

Lorsqu'il sort, mon ventre se met encore à gargouiller. Je me sens toute patraque et dans un état pitoyable. Je remonte dans ma chambre et prends dans mon armoire un jean slim ainsi qu'un simple t-shirt noir avec une poche. Je prends des sous-vêtements noirs et pars dans la douche où je me regarde dans le miroir. Mon Dieu... je n'arrive pas à croire que j'ai une mine aussi affreuse : mes cheveux bouclés ne ressemblent plus à rien, des cernes sont apparus sous mes yeux, et Jared m'a vue dans cet état. Je souffle et retire mes vêtements avant de me mettre sous le jet d'eau chaude. Après y être restée dix minutes, je tente de cacher mes cernes avec un fond de teint et un mascara, le résultat est plutôt satisfaisant. J'enfile ensuite mes vêtements et pars chercher mes ballerines noires que Kate déteste ; tout ce qui est du genre classique n'est vraiment pas à son goût. En attendant Jared, et pour ne pas dévaliser le frigo, je décide de ranger un peu ma chambre et trouve mes lunettes de soleil que je pose sur mon crâne. J'entends la sonnette et descends pour aller ouvrir, je sais que Jared ne sonne jamais donc peu de chances que ce soit lui.

En ouvrant, Alex me sourit avant d'entrer.

— Comment tu vas ? me demande-t-il.

— Comme si je venais de passer sous un camion, et toi ?

— Très bien, quand Kate m'a dit que tu étais saoule, je n'ai pu m'empêcher de venir constater les dégâts, dit-il en entrant. Je ne pouvais pas croire que toi, tu aies bu !

Nous nous dirigeons au salon et je m'affale dans le canapé avec un gros soupir.

— Jamais je n'aurais dû boire autant et maintenant, j'ai une faim monstrueuse !

— Ce sont les effets secondaires, tu as de la chance, ça pourrait être pire, dit-il avec un petit rire qui montre bien qu'il a de l'expérience en la matière.

— Jared ne devrait pas tarder, il veut m'emmener manger.

— Oh, vous êtes devenus très amis tous les deux, dit-il avec plein de sous-entendus.

— Absolument pas.

Je pense avoir répondu légèrement trop vite, Alex se penche un peu vers moi avec un sourire narquois collé aux lèvres.

— Allez, dis-moi, je sais qu'il ne t'est pas indifférent, pas vrai ? C'est une star, il est beau, populaire.

— Tu te trompes, Jared est le genre de garçon opposé à ceux qui m'intéressent, figure-toi, et star ou non, il m'est totalement indifférent !

Je lui parle de façon sèche et sans expression faciale pour lui prouver que je dis vrai. Mais si c'était vraiment le cas, je n'aurais pas dû avoir recours à la comédie.

— Je vous dérange ? fit une voix rauque qui me fait sursauter.

Jared est à l'entrée du salon, douché, je peux voir ses cheveux humides d'ici, il est vêtu d'un jean noir et a laissé tomber son éternel t-shirt noir pour un t-shirt blanc légèrement transparent, ce qui laisse entrevoir les tatouages sur son corps.

Bon, peut-être qu'il ne me laisse pas aussi indifférente que ça, mais ça ne veut rien dire.

— Pas du tout, on discute, réponds-je.

Il me semble un peu contrarié et je crains que ce qui s'est passé ce matin ne le touche encore.

— Hum… bon, on y va ? À moins que tu n'aies plus faim.

— Moi, je vous laisse, j'ai une partie de play qui m'attend, à plus !

— Salut, Alex, lui dit Jared sans me quitter des yeux.

Son ton est très froid. Nous restons silencieux jusqu'à ce qu'Alex soit sorti de la maison.

— Allez, me dit-il, ses yeux ancrés dans les miens.

Je hausse la tête de bas en haut et le suis en restant derrière lui. Une fois dans la voiture, je descends mes lunettes sur mon nez tandis que Jared allume l'autoradio ; Back In Black d'AC/DC retentit.

— Je suis fan de ces gars ! dit Jared en montant le son.

Il démarre ensuite dans un dérapage qui me propulse contre le siège.

— Tu les as déjà vus ?

— J'ai été à quelques-uns de leurs concerts et les ai vus, oui, répond-il sans en dire plus.

— Tu peux conduire plus prudemment ? demandé-je en m'accrochant au siège.

Comme réponse, il appuie sur le champignon. Le reste du trajet est silencieux et limite tendu entre nous. Jared gare la voiture dans un parking avant d'en sortir sans un regard pour moi. C'est sûr, il a quelque chose, mais quoi ? Reste à savoir. Nous marchons jusqu'à l'entrée d'un petit restaurent qui se nomme «Steak›n Shake» mon ventre gargouille seulement en lisant le nom du restaurant. L'intérieur ressemble au vieux restaurant américain des années soixante-dix avec des néons et des photos de vieilles voitures encadrées, plutôt sympa. Nous nous installons à une table et je retire mes lunettes pour lire le menu. Je jette un petit coup d'œil à Jared et remarque qu'il ne lit pas la sienne, mais m'observe.

— Quoi ? demandé-je en lâchant le menu.

Je soutiens son regard agacé et énervé, je pensais qu'il n'était plus en colère et que c'était réglé, mais je me trompais. À moins que ce soit pour autre chose.

— Rien, répond-il soudain.

J'allais lui demander ce que j'avais bien pu encore faire, mais une serveuse rouquine apparaît avec un petit carnet de notes. Elle était sur le point de nous demander ce que l'on allait commander, mais reste sans voix lorsqu'elle voit Jared.

— Mon Dieu, est-ce que... est-ce que vous êtes Jared Welland ? demande-t-elle en pâlissant à vue d'œil.

— Oui, c'est bien moi, dit Jared en se tournant un peu sur sa chaise.

— Je n'y crois pas ! Est-ce que je peux avoir un autographe, s'il vous plaît ? Je suis fan de vous !

— Pas de problème, dit-il en prenant le carnet de notes ainsi que le stylo de la jeune serveuse.

Il signe quelque chose avant de lui rendre.

— C'est génial, je ne peux pas croire que je sers Jared Welland ! Bon, qu'est-ce qu'il vous faut ?

— Pour moi, un cheeseburger avec frites sauces mayo ketchup et grand Coca.

— Et pour vous ? me demande-t-elle sans lâcher Jared du regard.

— La même chose, mais je veux un thé glacé s'il vous plaît.

— Sauce mayo ketchup ?

— Pas de mayonnaise merci, je déteste ça.

— Très bien, je reviens avec vos commandes tout de suite.

Elle sautille et nous l'entendons pousser un cri aigu un peu plus loin.

— Tu ne te lasses jamais d'être dérangé tout le temps par des fans ? lui demandé-je.

— Pas quand les filles sont belles, j'ai tout mon temps pour elles, dit Jared avec un clin d'œil.

— Tu n'avais qu'à lui demander son numéro ! dis-je un

peu trop sèchement.

Il affiche un sourire satisfait, je comprends alors qu'il vient d'essayer de me rendre jalouse, enfin c'est ce que je pense. Et si c'est le cas, je suis tombée dans le panneau. Mais je ne pense pas que ce soit de la jalousie que je ressente.

— Voilà vos plats ! fait la rousse.

Je suis sûr qu'elle n'a jamais voulu servir quelqu'un aussi vite ! Elle dépose nos assiettes et avant de partir dans une démarche vulgaire, elle dévore Jared du regard. Même aveugle, j'aurais deviné ce qu'elle pensait. Beurk ! Mais malgré mon agacement, je m'occupe plutôt de mon estomac et rien que l'odeur me fait saliver. Alors que je prends les couverts, Jared empoigne son cheeseburger et mord à pleine bouche.

— Bah quoi ? me demande-t-il, ne me dis pas que tu comptes te servir des couverts pour ça ?

— Comment veux-tu que je me nourrisse ?

— Mon Dieu, Lena, dit-il en levant les yeux au ciel. qui t'a éduqué aussi strictement ?

— Mon père était un homme très strict avant, je devais être parfaite en tout point et ça m'est sans doute resté.

— Hum... alors on va changer ça, pose tes couverts et mange.

— Non, ce ne sont pas des manières, Jared !

— Ce que tu peux être coincée !

Je reste bouche bée, il a osé me dire que j'étais coincée ou je rêve ? Ce garçon n'a aucune manière ! Mais devant son regard défiant, je pose mes couverts et empoigne mon cheeseburger avant de mordre dedans.

Délicieux, je n'ai jamais mangé un aussi bon cheeseburger de toute ma vie.

— Voilà, dit Jared, assez fier de lui.

Je n'arrive pas à croire que j'ai fait ça, ce n'est vraiment pas des manières dans un restaurant de manger avec les mains. Mais avec Jared, j'ai l'impression de ne plus être moi-même et de me découvrir une nouvelle facette. Une fois que nous avons fini, nous bataillons un peu pour payer l'addition. Mais cette fois-ci, c'est Jared qui gagne. Nous partons ensuite pour rentrer chez moi et je me demande sérieusement ce que Jared avait, ça commence vraiment à m'énerver. Et puis, il roule encore plus vite que Paul Walker pour le plaisir de me faire peur.

***

Lorsque j'entre dans la maison suivie par Jared, je n'en peux plus. Alors je marche en furie jusqu'au salon et finis par me tourner brusquement pour faire face à Jared et lui dire sèchement :

— Bon, c'est quoi le problème ? Pourquoi es-tu si méchant avec moi ?

Il ne semble pas du tout surpris par mes mots et s'avance davantage pour être à un mètre devant moi.

— Comme ça... commence-t-il en faisant un pas, je te suis indifférent ?

Moi qui comptais le déstabiliser, c'est raté. C'est moi qui le suis maintenant.

— Tu nous as entendus ?

Je sens mes joues virer au rouge, c'est donc pour ça qu'il était comme ça toute la journée avec moi.

— Comme ça, je suis l'opposé de ce qui te plaît ? continue-t-il.

Son souffle me caresse le visage et son odeur est si exquise... Pas ton genre, hein ?

— Désolée, mais c'est la pure vérité, réponds-je.

Encore de la comédie, Lena !

— Ah bon ?

Il effleure mon bras avec le dos de sa main et je me bats contre moi-même pour ne pas lui montrer que ça déclenche une décharge dans tout mon corps. Il s'approche ensuite de mon cou et effleure ma peau avec ses lèvres. Combien de temps cette torture va-t-elle durer ? Se fout-il de moi ? Je recule d'un pas et la sensation qui se propage s'évanouit.

— Ne joue pas avec moi, Jared, dis-je en fronçant les sourcils.

— Je ne joue pas, je vérifie pour voir si je te suis indifférent.

— Satisfait ? dis-je en croisant les bras.

— Beaucoup oui, mais tu ne vas pas me faire la tête pour ça ?

— Ne recommence plus et ça ira, d'accord ?

— D'accord, bon, je rentre chez moi, ça va aller ?

— Oui, Jared, je ne suis pas une enfant et puis ma mère doit rentrer dans la soirée, je ne crains rien.

Enfin... dans un sens, je crains de me faire crier dessus pour rien, question d'habitude. Jared me sourit d'un sourire moqueur avant de partir. Je me retrouve seule et je n'ai plus qu'à vérifier si le frigo est plein et tout ce qui pourra me permettre de ne pas m'attirer les foudres maternelles.

CHAPITRE QUATORZE

Lorsque je descends, habillée et prête à aller en cours, je remarque les affaires de ma mère toujours dans l'entrée. Elle est rentrée avant-hier soir et s'est reposée tout le dimanche sans broncher une seule fois. Elle doit être vraiment à plat pour ne pas m'avoir crié dessus ni rangé ses valises. J'ai à peine le temps de boire un verre de jus d'orange que j'entends le klaxon de la voiture de Jared, que j'ai fini par reconnaître. Je sors de la maison, mon sac sur le dos et aperçois Jared dans sa sublime Mustang. Depuis que je lui ai dit qu'il m'était indifférent, il agit étrangement avec moi. Mais le connaissant, taquin et fier comme il est, c'est seulement pour son plus grand plaisir. Il ne doit pas avoir l'habitude qu'une fille lui soit indifférente.

— Salut bébé, me dit-il avec un clin d'œil.

Si mon cœur palpite autant, c'est seulement parce que je déteste ce surnom. Je lève les yeux au ciel et entre dans la voiture en posant mon sac sur mes genoux.

— Salut, Jared, dis-je en mettant ma ceinture.

Il démarre, comme toujours trop vite, mais je doute que la police ose arrêter le célèbre Jared Welland pour excès de vitesse. Et je suis sûre qu'il le fait exprès. Mais je ne céderai pas. Je ne sais pas à quoi il joue, mais hors de question que je cède. Une fois que nous arrivons, c'est-à-dire plus vite qu'il n'en faut pour battre des cils, je sors de la voiture et vois le professeur Christopher qui m'interpelle au loin. Je m'avance vers lui, me demandant ce qu'il pouvait bien me vouloir. Monsieur Christopher est un homme pas très grand et un peu enrobé qui me fait beaucoup penser à Albert Einstein avec ses cheveux blancs.

— Bonjour, Professeur Christopher, dis-je avec un petit sourire.

— Bonjour, Mademoiselle Peterson, me dit-il avant de regarder à sa gauche avec un signe de tête. Monsieur Welland.

Jared est à côté de moi et doit être intéressé par notre conversation pour rester avec nous.

— Je voulais simplement vous dire que je suis épaté par votre travail, vous semblez être une jeune femme très intelligente et je pense que vous irez loin plus tard.

Ce que me dit Monsieur Christopher me touche particulièrement. C'est un homme très intelligent que j'admire pour sa culture.

— Merci c'est gentil, ça me touche beaucoup, Monsieur, dis-je, de très bonne humeur.

Avec un large sourire, il nous quitte et je ne peux m'empêcher de sourire sur ce compliment.

— Qu'est-ce qui lui prend à lui ? fait remarquer Jared.

Je rêve ou je sens une pointe de jalousie dans le ton de sa voix ? Je dois sans doute me tromper.

— Il aime mon travail, tu n'as pas entendu ?

Je suis heureuse comme tout et garde mon sourire scotché aux lèvres. Jared fronce les sourcils et regarde Monsieur Christopher s'éloigner.

— Je ne suis pas sourd, Lena, dit-il un peu sèchement.

Je perds mon sourire.

— Tu sais quoi, j'ai cours, dis-je, énervée, en marchant d'un pas vif.

Je me sens moins d'humeur tout à coup, je le laisse derrière moi et rejoins ma salle. Je m'installe à ma place habituelle ; quelques élèves sont déjà présents et Jared entre en posant ses yeux sur moi, il me semble un peu contrarié, mais je le suis aussi. Le cours commence et je me sens un peu mieux en repensant à ce que m'a dit Monsieur Christopher.

— Bon, aujourd'hui j'aimerais que l'on commence par des images, j'aimerais que vous me disiez ce que vous voyez à travers une simple photo, nous dit Monsieur Christopher qui fait son apparition dans la salle.

Il prend quelques pancartes en carton de la taille d'un grand cahier de textes et demande à chacun d'entre nous de les regarder attentivement et de lui dire ce que l'on voit au-delà des images qu'il nous présente.

— Monsieur Welland, dites-moi ce que vous voyez, dit-il en changeant d'image.

C'était une rose rouge très jolie, Jared la regarde quelques secondes et alors que je pense aux jardins au printemps ou encore au parfum, il dit tout haut de ce qu'il en pense et ça n'a rien à voir avec ce que je pensais.

— L'immortalité, le désir... et l'amour.

Sa voix semble contrariée, mais aussi très sûre de ce qu'il pense de cette image.

— Bravo, c'est exactement ça, sauf qu'il manquait aussi la cruauté, venant des épines.

Il porte son regard sur un autre élève alors que j'entends grommeler un bref : «rend complètement fou, ouais», venant de Jared. Mais il se peut que j'aie mal entendu ou qu'il parle de Monsieur Christopher. Quoi qu'il en soit, je me concentre sur le cours qui a pour but de nous tromper, mais qu'il faut savoir.

Intégrer le corps d'un vrai poète à la vue unique des choses et leurs significations multiples.

Je me demande bien ce qui lui prend, il me semble que ses humeurs changent aussi vite qu'un battement de cils. Il est si étrange qu'il restera peut-être un mystère pour moi toute ma vie. Le petit cours improvisé de Monsieur Christopher prend fin et il nous donne à étudier pour un autre cours, les rois français du XVIIe siècle.

Dès que la cloche retentit, je sors de la salle et pars poser quelques affaires dans mon casier. Je me dirige ensuite dans les couloirs pour aller au réfectoire quand je suis soudain bousculée d'un coup d'épaule et vois le sourire diabolique de Lucy qui me dépasse dans sa minijupe de pom-pom girl. Je soupire et passe mon chemin quand je vois Jacob. Il m'offre un très large sourire avant de porter son attention sur Lucy.

— Elle ne t'aime pas beaucoup, cette fille, je me trompe ? me dit-il une fois à ma hauteur.

— Je préfère l'ignorer.

— Je te comprends, je n'aime pas beaucoup ce genre de fille non plus. Je vais au réfectoire, tu m'accompagnes ?

— C'est justement là où j'allais.

Nous marchons donc ensemble en discutant un peu et les souvenirs de la fête chez Steve me reviennent en tête. Quand je pense que Jared était prêt à le frapper.

Mais il n'en a rien fait, heureusement... Et puis, je sens que depuis, Jacob et moi commençons tout juste à être de bons amis. Il est très gentil, blagueur et c'est facile de discuter avec lui. Une fois arrivés et servis, nous cherchons une place où nous installer quand j'aperçois Kate et Alex nous faire des signes de main.

— Tu veux t'installer avec nous ? demandé-je à Jacob.

— Oui, merci.

Je n'ai pas vraiment besoin de faire les présentations. Depuis le temps, ils se connaissent un peu et je sais que Jacob et Alex s'apprécient et adorent les mêmes jeux vidéo de zombie et comme ça, Alex s'est enfin trouvé un camarade de jeu vidéo.

Nous sommes en train de manger et de discuter de tout et rien quand nous entendons Alex parlé d'une certaine Claire à Jacob :

— Mais c'est juste un canon, cette fille !

Et même goût de filles à ce que je vois. Kate et moi nous nous regardons avant de lever les yeux au ciel et de rire. Les garçons se tournent sur nous, intrigués.

— Bah quoi ? dit Alex. Ne me dites pas que vous êtes

jalouses ?

— Absolument pas, répondons-nous en même temps.

— Arrêtez, ça se voit sur votre visage ! Pas vrai, Jacob ?

— Ne sois pas jalouse, me dit Jacob en déposant un bisou sur ma joue et en me collant à lui.

— Vous nous cachez des choses ? nous demande Alex, qui nous dévisage.

— Pas pour le moment, non, lui répond Jacob, qui éclate de rire.

Je tourne un peu la tête, sentant mes joues en feu, je sais bien sûr qu'il blague. Dans mon champ de vision, je vois Jared à deux tables de la nôtre qui me foudroie du regard.

Ça me glace le sang. Il est presque terrifiant et ne nous lâche pas un seul instant des yeux. Qu'est-ce qui lui arrive à Monsieur Welland ? Ce ne serait pas à cause de ce que vient de faire Jacob par hasard ? Je me lève sèchement de ma chaise à cette idée sous le regard de mes amis, qui se demandent sûrement ce qu'il me prend. Vu leurs têtes, ils pensent sans doute que c'est grave et dans un sens oui, ça l'est.

— Euh… j'ai… des choses à aller chercher pour mon prochain cours que j'ai oublié, leur dis-je avec un sourire désolé.

Ce qui n'est pas tout à fait un mensonge, mais pas la vérité pour autant.

— Lena, Lena… toujours programmée à la perfection, dit Alex en levant les yeux.

— Je suis comme ça, souris-je.

Une fois sortie du réfectoire, je me dirige dans les couloirs complètement vides et respire un bon coup. Je marche un peu jusqu'à atterrir devant mon casier. J'entends des bruits de pas s'approcher derrière moi, mais n'y fais pas attention, du moins… jusqu'à ce qu'ils avancent de plus en plus vite et se rapprochent de moi. Avant que je ne puisse me retourner, je suis plaquée contre mon casier par un Jared assez remonté. Qu'est-ce qui lui prend encore ? Mais au fond, je sais déjà ce qu'il me reproche.

— C'était quoi ça avec Jacob ?

— Tu peux me lâcher, s'il te plaît ! lui dis-je en essayant de me dégager, je ne sais pas de quoi tu parles !

— Ne me mens pas, Lena, j'ai tout vu, me dit-il d'une voix dure.

— C'était pour rire, tu sais, être aimable, amical, gentil, lui dis-je en m'énervant à mon tour.

— Peut-être pour toi, c'est amical, mais lui non ! me dit-il, la mâchoire contractée.

Son visage est si près que je sens son souffle chaud sur mon visage, ses yeux d'habitude émeraude avaient pris une teinte plus foncée et sont pleins de rage, ça fait peur à voir. Mais hors de question que je me laisse faire alors que je n'ai pas de compte à lui rendre.

— C'est mon ami, d'accord ? Et je pensais qu'il était aussi le tien depuis toujours ? Mais en voyant la manière dont tu te comportes avec lui, on ne dirait pas, lui réponds-je sèchement.

— Tu ne comprends rien ! crache-t-il, le visage tordu par la rage.

Je le regarde, complètement perdue, n'y a-t-il vraiment pas de bonté en lui ? Me serais-je trompée sur son compte ? Tant de questions et aucune de réponse. Je sais que Jacob n'est pas une mauvaise personne alors pourquoi réagit-il ainsi ?

— Jared, tu fais quoi avec elle ? dit tout à coup une petite voix aiguë que je ne connais que trop bien.

Lucy. Jared ne lui répond pas et ne la regarde pas un instant, il attend que je réponde. Je croyais qu'elle était en colère contre lui ? Une rage me submerge en pensant qu'il se fiche de moi et joue avec moi.

— Je n'en sais rien, figure-toi ! dis-je en poussant Jared avant de le regarder, rouge de rage. Je croyais qu'elle était furieuse contre toi ? Tu m'as menti !

— Seigneur, ne me dis pas que tu t'intéresses à cette chose ? dit-elle avec dégoût.

— Lucy... souffle Jared.

— Oui, c'est méchant, mais c'est vrai ! En plus, la pauvre fille est encore vierge comme une feuille, tu n'en tireras rien.

Je reste bouche bée, elle a osé...

— Allez vous faire foutre ! réussis-je à articuler, la gorge serrée, avant de courir me réfugier dans les toilettes.

Je le savais, c'était trop beau pour être vrai, mais à quoi je joue ? Comme s'il pouvait être ami avec moi, ou avec qui que ce soit ! Je suis si stupide de lui céder à chaque fois. C'est fini, je ne veux plus jamais me laisser berner par lui. Et je n'arrive pas à croire que Lucy lui ait dit que j'étais encore vierge. Oui, c'est vrai, mais je me sens humiliée et trahie.

***

À la fin des cours, je sais que Jared va m'attendre près de sa voiture, mais il est hors de question qu'il me ramène chez moi, plus jamais. J'ai donc demandé à Kate de me ramener et je pars avec elle sous le regard noir de Jared. Je sais qu'il va vouloir s'expliquer et encore m'embobiner, mais tout ce qu'il pourra me dire ne changera rien. Arrivée chez moi, je me fais couler un bain bien chaud et pendant près d'une heure, j'essaye de me détendre alors que je suis complètement vidée. J'ai envie de pleurer, mais la colère m'en empêche. Je descends pour mettre la table sous les cris de ma mère qui m'appelle déjà depuis un moment. Mais je ne l'écoute pas, aucune de ses insultes ne parvient à mes oreilles. Je m'installe à table, mais mon estomac est noué, je ne fais que jouer avec ma nourriture en regardant dans le vide.

— J'ai oublié de te prévenir, je vais partir deux mois pour le travail à Cardiff, dit soudain ma mère.

Ai-je bien entendu ?

— Oh, et en quoi c'est supposé être une bonne nouvelle ? lui demandé-je, sentant mon estomac encore plus noué.

Deux mois...

— C'est à seulement dix kilomètres de ton frère, me dit-elle avec un grand sourire.

— Oh ! Et tu pars quand ?

— Baisse d'un ton, me conseille-t-elle avec un regard noir. Dans cinq jours.

Elle vient de rentrer et repart déjà, me laissant encore une fois seule pendant cette fois deux mois !

— Ça ne te vient pas à l'idée que je serais seule et qu'il pourrait m'arriver n'importe quoi ? M'emporté-je, ce qui me surprend moi-même.

C'est bien la première fois que je lui réponds comme ça de toute ma vie. Et comme je m'y attends, elle se lève et me gifle tellement fort que je bascule et tombe de ma chaise. Ma joue commence à me brûler, je place ma main dessus avant de regarder à nouveau ma mère.

— Ton frère ne me parlerait jamais comme ça, alors toi, encore moins ! me dit-elle avec les yeux qui lui sortent presque de la tête.

Elle me regarde avec tellement de haine, tellement de dégoût, que j'aurais préféré ne pas être née. Lorsqu'elle sort de la cuisine, j'essaye de me relever et grimace en gémissant de douleur. Je réussis après deux autres tentatives à me lever et me traîne avec difficulté jusqu'à ma chambre. J'ai énormément mal alors je m'allonge délicatement dans mon lit et préfère attendre demain pour constater les dégâts causés par ce monstre.

CHAPITRE QUINZE

Mon réveil se fait dans quelques gémissements de douleur bien avant que mon réveil ne sonne. Mes yeux sont braqués sur lr plafond alors que je pense aux jours précédents. Ma mère s'en va sur une affaire à Cardiff et sera avec son cher fils adoré. Je déteste penser comme ça, on dirait que je suis jalouse de lui alors qu'il prend souvent ma défense et m'évite les foudres de notre mère. Mais ce qui me fait le plus mal, bien plus que ma hanche, bien que ça fasse déjà trois jours que je suis tombée, c'est Jared. Penser à lui à chaque instant me rend folle, mais je sais que notre amitié n'existe pas à ses yeux.

Je finis par sortir de mon lit et me dirige dans la cuisine en prenant mon temps pour déjeuner. Lorsque j'entends une porte claquer, mon cœur s'emballe et je redoute de voir ma mère. Malheureusement pour moi, c'est bien elle qui arrive dans la cuisine avec une mine fatiguée, qui me dit qu'elle vient seulement de se réveiller.

— Tiens-toi droite, nous ne t'avons pas élevé pour être toute cabossée.

— J'ai mal à la hanche, je ne peux pas...

— Tu aurais dû la fermer et ça ne se serait pas produit, Lena, c'est entièrement ta faute.

Elle soulève ses cheveux mi-longs et se fait une queue-de-cheval. En la regardant, je me dis qu'elle ne me ressemble absolument pas : elle est plus grande que moi, ses cheveux sont blonds et frisés alors que les miens sont bruns et bouclés, seuls nos yeux sont du même bleu clair.

— Oui, mère, réponds-je en baissant les yeux.

Elle ouvre le frigo et se sert un verre de jus d'orange qu'elle engloutit en moins de deux.

— Bon, il faut que je prépare quelques affaires avant de partir, souffle-t-elle.

— Partir ?

Je lève les yeux vers elle en fronçant les sourcils.

— Je préfère partir deux jours en avance, ça ne t'embête pas de toute façon ?

— Non, ça va...

Non, ça ne va pas du tout.

Elle sort de la cuisine et j'essaye d'encaisser. Je n'en reviens pas qu'elle parte si tôt et si longtemps. D'habitude, elle part maximum deux semaines, mais là, deux mois...

Comment je vais faire toute seule ? Je soupire et essaye de ne pas me mettre en colère, car la dernière fois, je l'ai payé cher. Je remonte dans ma chambre et me prépare pour les cours.

Ce matin, c'est Kate qui vient me chercher. Bizarrement, elle ne m'a pas demandé pourquoi ce n'est pas Jared qui se charge de me conduire en cours. Et je lui suis très reconnaissante de ne pas poser de questions, je n'ai pas envie qu'elle s'inquiète de quoi que ce soit par ma faute.

Après m'être douché, je me regarde dans le miroir de ma salle de bains et admire ma hanche. Un hématome s'est formé à l'endroit de l'impact, mais rien de cassé. Il faudra attendre quelques jours pour une guérison complète. J'applique seulement de la crème dessus avant de m'habiller. Je prends mon sac à dos et descends. Kate m'attend dans le salon avec ma mère, qui est occupée sur son ordinateur portable.

— Salut, tu es prête ? me dit Kate en se levant.

— Oui, on peut y aller.

— Au revoir, Madame Peterson !

Ma mère lui sourit et ça se voit qu'elle veut seulement être polie et qu'on la laisse tranquille. Une fois installée dans la voiture, Kate démarre et baisse complètement le son de l'autoradio.

— Lena, je m'inquiète pour toi, commence-t-elle.

Moi qui ne voulais pas l'inquiéter, c'est raté.

— Je sais que ça ne va pas très bien avec ta mère, enfin, plus que d'habitude, et te voir comme ça me fend le cœur.

— Excuse-moi, Kate... soufflé-je. C'est juste qu'elle s'en va deux mois aujourd'hui pour Cardiff et je ne sais pas comment réagir.

— Je pense que tu devrais être heureuse, non ?

Kate n'est pas dupe, elle sait qu'entre moi et ma mère, ce n'est pas une relation mère-fille parfaite.

— Sans doute, oui, mais deux mois, c'est beaucoup...

— Oui, mais je suis là ainsi qu'Alex, et... Jared, finit-elle par dire avec hésitation.

Entendre son nom me procure une décharge électrique.

— J'ai peut-être oublié de te le dire, mais on ne se parle plus lui et moi, avoué-je.

— Je me doutais bien oui, mais pourquoi ?

Je commence à me tortiller dans le siège de la voiture, mais je ne peux pas lui cacher.

— Jared m'a interdit d'approcher Jacob. Il n'a pas voulu me dire pourquoi et on s'est disputé. Puis Lucy est arrivée et elle a dit que j'étais, je cite : «une pauvre fille vierge comme une feuille». Mais ça, hors de question de le lui dire.

— Je le savais, dès qu'il s'est approché un peu trop, tu es partie dans la direction opposée.

— Je ne veux plus jamais le voir ni lui parler, dis-je en prenant une bonne respiration.

Je regarde ensuite par la vitre et constate que nous sommes presque arrivés.

— Je croyais que ça marchait bien entre vous, me dit-elle tristement.

— Moi aussi...

— Mais je me demande bien pourquoi il ne veut pas que

tu parles à Jacob, tu crois qu'il est jaloux ?

Je me tourne vers Kate et la regarde en riant.

— Tu me fais bien rire, Kate ! Jared n'a aucune raison d'être jaloux.

— Je pense le contraire, ça se voit qu'il tient à toi, Lena.

Écouter ça me fait perdre tout mot. Jared tient à moi ? Ça pourrait expliquer un tas de choses. Depuis que l'on se connaît, il est toujours là comme... un ami. Je secoue la tête de gauche à droite pour me sortir tout ça de l'esprit. Non, Jared joue avec moi, il est célèbre, il n'a pas besoin d'amis comme moi.

— Non, Kate, Jared se fiche de moi, c'est pour ça que je ne veux plus le voir.

Je retire ma ceinture de sécurité une fois la voiture immobilisée.

— Est-ce qu'il t'a fait du mal ? Et je ne parle pas de ce problème avec Jacob, me dit-elle en fronçant les sourcils.

— Non il n'a rien fait, mais c'est tellement compliqué !

— Rien n'est facile ma belle, surtout avec une star, sourit-elle. Oh, il y a une fête au lac ce soir, je pense que tu devrais venir.

Une fête, encore... Après la dernière, je me suis dit que ce n'était vraiment pas mon truc, bien que ça m'ait permis d'oublier un peu ma vie. Je n'oublie pas moins l'état dans lequel je me suis retrouvée.

— Pas ce soir, dis-je en ouvrant la portière.

Lorsque je sors, je ne peux m'empêcher de grimacer à cause de ma hanche meurtrie.

Allez Lena, courage ! Je décide de ne plus penser à ma mère ou bien à Jared, même si j'ai devant moi son dos pendant tout le cours.

Je me concentre sur ce que dit Monsieur Christopher avec beaucoup d'attention et lorsque la cloche retentit, je sors de la salle et pars retrouver mes amis au réfectoire. Le plat du jour ne me plaît pas du tout. Je prends seulement un peu de salade et une pomme avant de me diriger vers Alex et Kate, déjà installés sur une table.

Lorsque je passe devant la table «spéciale» pom-pom girls, une des filles se lève et me bouscule brusquement, ce qui me fait tomber sur les fesses et le contenu de mon plateau atterrit sur moi. Je grimace et me retiens de ne pas hurler à cause de ma hanche meurtrie.

— Oh excuse-moi ! dit la fille.

Mais elle n'avait pas l'air désolée. Quelques rires me parviennent aux oreilles et surtout celui de Lucy. Je suis certaine qu'elles l'ont fait exprès.

— Lena, est-ce que ça va ?

Je lève les yeux en entendant cette voix rauque. Jared se tient debout avec une veste en cuir rabattue sur son épaule et me tend sa main. Je la regarde, mais je me lève seule.

— Ça va, c'est un accident, dis-je en ramassant mon plateau.

Les élèves me regardent avec de drôles de regards amusés, noirs ou sans expression. J'ai honte, bien sûr, mais je suis aussi très en colère contre ces serpents à queue-de-cheval. Je finis mon chemin avec un plateau vide, lorsque je m'assieds, Kate et Alex me fixent.

— Tu vas laisser passer ça sans rien dire ? me dit Alex.

— que veux-tu que je fasse ? À force, elles se lasseront peut-être.

— Je vais aller leur dire quelque chose, moi ! dit Kate en se levant.

— Non, Kate, tu vas empirer les choses ! dis-je en la retenant par le bras.

Elle se rassied à contrecœur et soupire bruyamment tout en regardant Lucy, mais son regard s'éclaircit et un sourire amusé se dessine sur ses lèvres.

— Regarde, Lena, on dirait que Jared n'apprécie pas du tout ce qu'elles t'ont fait.

Je me retourne et vois Jared parler à Lucy près de leur

table. Il me semble même qu'il prend ma défense pour qu'elle me laisse en paix. Lorsqu'il finit, Lucy s'enfonce dans sa chaise et je croise son regard glacial. Puis je croise celui doux et soucieux de Jared avant qu'il ne parte complètement du réfectoire. Veut-il vraiment m'aider ou est-ce encore pour me duper ? Je ne saurais le dire.

À la fin de cette journée, je redoute de rentrer chez moi, mais lorsque la voiture s'arrête devant la maison, je me sens... bien.

— Si tu veux, tu peux venir chez moi le temps que ta mère n'est pas là. Ça fera plaisir à mes parents, tu sais qu'ils t'adorent, me dit Kate.

— Merci c'est gentil, mais ça va aller. Je vais me débrouiller et puis tu as raison, deux mois sans elle ne me fera que du bien, lui souris-je.

— D'accord, mais si tu changes d'avis, tu sais où j'habite.

— Oui, ne t'en fais pas, dis-je en la prenant dans mes bras.

Je sors de la voiture et lui fais un signe de main avant qu'elle ne parte. Je me retrouve seule devant la maison qui est entièrement vide, mais je ne ressens pas vraiment d'angoisse. Je remarque que la voiture de ma mère est toujours garée devant l'entrée. En espérant qu'elle ait laissé les clés.

Je décide de prendre un bon bain moussant après cette mauvaise journée, le temps que l'eau coule, je prends un simple t-shirt blanc bien large et un legging de sport en guise de pyjama avant de me glisser dans l'eau et me prélasser tranquillement.

Mes pensées vagabondent dans tous les sens, je me demande toujours à quoi joue Jared Welland avec moi. Il passe du garçon simple et gentil à un mauvais garçon trop fier. Est-ce la célébrité qui le rend comme ça ? J'aurais juré avoir vu quelqu'un de complètement différent, mais je me suis trompée pitoyablement.

Une trentaine de minutes passèrent avant que je ne sorte

de mon bain et m'enroule dans une épaisse serviette blanche. Ensuite, je regarde à nouveau ma hanche qui a pris une teinte bleu violacé. En appuyant dessus, je grimace, sentant encore la douleur bien qu'elle soit moins forte. J'aurais peut-être dû aller à l'hôpital, tout compte fait.

Une fois séchée et habillée, je descends à la cuisine pour prendre un pot de glace Ben & Jerry aux cookies spécialement fait pour la déprime. Je m'installe confortablement sur le canapé et cherche une bonne série à regarder sur Netflix.

Après avoir mangé toute la glace et regardé pas mal d'épisodes des Experts Manhattan, je regarde l'horloge qui indique près de deux heures du matin. Je n'ai vraiment pas envie de me lever et me traîner jusqu'à ma chambre. Je commence tout juste à m'endormir quand j'entends la sonnette retentir.

Qui peut bien sonner à cette heure-ci ? Et si c'était un psychopathe ? Waouh, faut que j'arrête les experts, moi. Je me lève mollement et me dirige à la porte d'entrée que j'ouvre avec tout de même un peu de peur. Mais lorsque c'est fait, mon premier réflexe est de la fermer aussitôt, mais quelque chose m'empêche de faire partir cet intrus de chez moi et je vois qu'il s'agit de son pied. Bien que je force, il arrive à ouvrir la porte sans difficulté et pénètre dans la maison.

— Qu'est-ce que tu me veux ? demandé-je en fronçant les sourcils.

Je n'arrive pas à le croire !

— Je veux te parler, me dit-il en s'avançant près de moi.

— Pas moi, tu peux partir maintenant, dis-je en reculant.

Pas cette fois, je me ferai plus avoir par ce garçon.

— S'il te plaît, insiste-t-il, je ferai vite.

— Je n'ai pas envie d'écouter ce que tu as à me dire, Jared, je ne veux plus jamais te revoir !

— Alors écoute-moi avant, ça prendra qu'une minute et après je m'en vais, promis.

— Tes promesses ne sont que mensonges !

— Juste une minute…

Non, ne craque pas, Lena !

— Après ça… commencé-je avec hésitation, tu t'en vas ?

— Je partirai aussitôt.

Et merde ! De toute façon, je l'écoute et après, je l'envoie dehors et ce sera fini pour de bon.

— Très bien, j'écoute, dis-je en soufflant.

Je pars me réinstaller sur le canapé, suivie par Jared. Il s'assied et se place de manière à me faire face. Ses yeux plongent dans les miens et je me déteste de penser qu'il est magnifique. Je croise les bras et fais l'impatiente, mais j'ai vraiment envie de savoir ce qu'il va me dire.

— J'ai été stupide de t'interdire de parler à Jacob, commence-t-il avant de marquer une petite pause.

Il me semble mal à l'aise et je sais que c'est parce qu'il n'a pas l'habitude de faire des excuses.

— Pourquoi, c'est un tueur en série ? demandé-je sèchement.

— Non, rit-il.

Je m'efforce de ne pas rire et de garder la même expression. Foutus experts !

— Tu n'as pas besoin de t'excuser, je ne suis pas folle, j'ai compris que tu jouais avec moi, mais pourquoi ? demandé-je tristement.

— Pas avec toi… je n'ai jamais joué avec toi, Lena.

Il s'est un peu rapproché et affiche un visage très sérieux.

— J'ai du mal à te croire, Jared, et de toute façon, on ne peut pas être amis toi et moi. On est bien trop différents et je n'ai pas envie que Lucy me pourrisse la vie chaque instant.

Je me dois d'être franche, bien que ça me fasse mal de l'avouer.

— En parlant de Lucy… Je ne sais pas pourquoi elle est venue l'autre jour, je croyais aussi qu'elle ne voulait plus me voir.

— Peu importe, Jared.

Je me sens soudain blessée en repensant à ce qu'elle m'a fait subir ces derniers jours. Jared soupire et se tient la tête entre les mains avant de me dire avec énervement :

— Elle n'a pas le droit de te parler comme elle l'a fait ni de te pourrir la vie !

— Je le sais, mais je ne veux plus rien entendre ! m'énervé-je à mon tour. Maintenant, sors de chez moi, s'il te plaît.

— Je ne partirai pas d'ici Lena, je veux que tu me laisses une dernière chance.

— Je ne peux pas.

— Oublie Lucy, on sait que c'est seulement pour la célébrité qu'elle veut être avec moi.

— Elle ne me laissera jamais en paix si on est amis.

— Elle le fera... mais s'il te plaît, arrête de m'éviter comme tu le fais, me supplie-t-il en faisant la moue.

Lena, non, ne l'envisage même pas ! me crie ma conscience.

On se regarde et je vois à quel point il est sincère et c'est encore plus dur pour moi de résister. J'ai l'impression qu'il veut me montrer son vrai visage, pas celui d'une méchante star remplie d'arrogance, mais celui qu'il cache sous ce masque ridicule pour une raison qui m'échappe.

— Promets-moi de ne plus te comporter comme tu l'as fait, soufflé-je en levant les yeux au ciel.

Je déteste lui céder aussi facilement, mais je n'arriverai pas à ne plus lui parler, peu importe comment j'essayerai, j'échouerai.

— Tu me pardonnes donc d'être un gros con ? dit-il, le sourire aux lèvres.

— Seulement parce que j'aime le véritable toi. Pas Jared l'arrogant avec un vrai caractère bipolaire et j'en passe !

— Tu as fini de m'insulter ? rit-il.

— Oui, c'est bon, je pense que j'ai fini.

— D'accord... dit-il avec un sourire pendu aux lèvres.

— Je peux savoir pourquoi tu souris comme ça ?
— Parce que tu viens de me dire que tu m'aimais bien.

CHAPITRE SEIZE

Je me sens rougir comme jamais et bégaye presque pour lui répondre :

— Ce n'est pas ce que je voulais dire et tu le sais !

Jared éclate d'un rire angélique sous mon regard noir. Qu'est-ce qu'il m'a pris de lui donner une autre chance ? Une fois à court de souffle, il s'arrête et me regarde étrangement, mais amusé.

— Alors, tu vas rester toute seule deux longs mois sans ta mère ?

— Oui... soufflé-je. Mais attends, comment tu le sais ?

Je ne me souviens pas lui en avoir parlé. Difficile à savoir étant donné que je le fuyais comme la peste.

— J'ai mes sources, je te rappelle que je suis une «grande star» dit-il fièrement, ce qui me fait rire.

— Comment c'est d'être célèbre ? Je veux dire... tu dois en avoir marre des fois, non ?

— Eh bien, ça arrive oui. Sinon ça me fait beaucoup voyager, je vois des endroits incroyables et d'autres célébrités très connues.

— Mais qu'est-ce que tu préfères dans tout ça ?

Il fixe un point invisible et y réfléchit sérieusement.

— Hum... être sur scène. J'adore toutes les sensations que ça me procure, je me sens bien et au-dessus de tous mes problèmes. Je chante souvent pour exprimer mes sentiments en quelque sorte.

— Ça doit être génial, mais tu n'as jamais eu peur de chanter devant tant de personnes ?

— Jamais, j'étais là pour donner le meilleur de moi-même et eux, ils étaient là pour m'entendre.

Entendre Jared parler de lui naturellement sans être mystérieux ni changer de sujet de conversation est fabuleux. Je me demande même s'il ne fait pas quelques efforts. Dans tous les cas, j'apprécie qu'il se confie en toute confiance.

— C'est tout un art, tu t'exprimes par le chant, tu es en quelque sorte un Picasso.

Jared a comme un éclair de surprise à travers ses deux émeraudes alors que je pensais avoir faux sur toute la ligne. Il affiche un visage assez surpris et je dirais même épaté. Comme si j'avais dit exactement ce qu'il en pensait.

— En quelque sorte, oui, me répond-il d'une petite voix avant de se racler la gorge et reprendre ses grands airs. Bien joué, pour une fois, tu arrives à comprendre quelque chose !

— Dis «Monsieur Welland» le grand, le seul, l'Unique ! dis-je avant de rire.

— Être une star n'est pas facile, tu sais. Il faut savoir qu'on peut tomber très vite dans ce métier.

— Je me doute oui, mais ça a l'air incroyable quand même.

Chanter avec des fans qui hurlent votre nom, découvrir de nouveaux endroits, c'est vrai que ça ne doit pas être de tout repos, mais cette vie on l'a choisie, non ?

— J'ai été invité à un défilé de mode privé demain soir, je crois. Je ne comptais pas y aller parce que je déteste ça, mais j'y suis un peu obligé.

— Pourquoi ça ?

— Mon manager m'incite à me montrer un peu pour qu'on ne m'oublie pas, souffle-t-il. Tu pourrais m'accompagner ?

— Sérieusement ? Mais je ne pense pas que j'aurai le droit d'entrée.

— Je suis Jared Welland, j'ai le droit d'être accompagné de qui je veux et j'aimerais beaucoup que tu entres dans mon monde.

Entrer dans son monde... Ça me donne le frisson rien que d'y penser.

— Je ne sais pas quoi dire, c'est... waouh !

— Je prends ça pour un oui. Comme ça, tu verras qu'être une star n'est pas qu'être sous les projecteurs.

— Alors j'ai hâte de voir Monsieur Welland en mode rock star dans un défilé.

— Bébé, tu devrais arrêter avec ce surnom avant que tu ne le regrettes, me dit-il avec un sourire menaçant.

— C'est bon, je ne dis plus rien si tu arrêtes de m'appeler comme ça toi aussi.

— D'accord... dit-il en s'avançant près de moi et en rajoutant : «bébé».

— J'ai dit que j'arrête, ça vaut aussi pour toi !

Il rit sous mon agacement alors je lui balance un coussin en plein visage.

Décidément, je vise très bien aujourd'hui ! Et là, c'est la guerre, on se chamaille en courant dans toute la maison comme de vrais enfants. Il essaye de m'attraper, mais je cours comme une flèche, connaissant la maison comme ma poche.

— Alors la petite ! Elle sait courir, hein ! dis-je en me dirigeant vers la cuisine.

— Si je t'attrape, tu vas voir ! dit Jared qui se rapproche dangereusement.

Je suis à bout de souffle, mais ce qui m'arrête n'est pas le manque d'air dans mes poumons, mais la douleur qui se fait ressentir dans ma hanche. Je grimace en plaçant ma main dessus.

— On fait une pause, commence Jared avant de me regarder d'un œil curieux.

Je retire aussitôt ma main et évite de grimacer, mais je pousse un léger gémissement en voulant me remettre droite. Jared fronce les sourcils et vient vers moi.

— Qu'est-ce qui t'arrive, Lena ?

— J'ai juste un point de côté à force de courir, mens-je

en reculant un peu.

Il me regarde un moment sans rien dire, et je sais qu'il essaye de savoir si je dis vrai ou faux.

— Tu mens, dit-il en s'approchant d'un pas.

Merde alors, comment fait-il ? Sans me demander la permission, il va soulever mon t-shirt, mais je recule brusquement et me retrouve contre le plan de travail de la cuisine.

— Lena, laisse-moi voir, dit-il comme s'il savait ce que j'avais.

Je retire mes mains et le laisse faire en toute confiance. Il soulève un peu mon t-shirt et voit l'énorme hématome qui longe de haut en bas ma hanche. Sa mâchoire se contracte et il se met à respirer très fort.

— qui t'a fait ça ? dit-il en me regardant dans les yeux, ne mens pas Lena.

Ma mère m'a giflé tellement fort que je suis tombé de ma chaise ! Si facile à penser, mais à dire, c'est autre chose. Hors de question, je ne sais pas ce qu'il serait capable de faire, ou plutôt... de lui faire.

— Personne... je suis tombée de ma chaise, dis-je en essayant d'être la plus convaincante possible.

— Tu es allée consulter un médecin, rassure-moi ?

— Ce n'est pas si grave, Jared, ce n'est qu'un bleu et je mets de la crème dessus, dis-je en le poussant légèrement.

— Ah bon et quand tu en as mis pour la dernière fois ? dit-il en m'empêchant de passer.

— Ce matin. Bon, tu as fini, docteur ?

— Où elle est ?

— Dans ma salle de bains, pourquoi ?

Il ne me répond pas et me tire par le poignet jusque dans ma chambre, il me fait m'asseoir sur le lit et part dans la salle de bains une fraction de seconde avant de revenir avec la crème en main.

— C'est bon, je peux le faire toute seule, dis-je en le

voyant s'agenouiller devant moi.

— Remonte ton t-shirt, m'ordonne-t-il.

Je fais ce qu'il me dit en soupirant, avec une pointe de honte de lui faire découvrir ma peau. Il met une noisette de crème dans ses mains et les pose délicatement sur ma peau.

Oh, c'est froid ! Il l'étale avec délicatesse sur ma blessure et je ne peux trouver ça que bizarre... Ma propre mère ne se serait pas donné la peine de le faire, et ça m'aurait sans doute gêné qu'elle ait cette attention pour moi, alors Jared... Le voir agir ainsi est très dérangeant, et en même temps, pas tant que ça.

— Voilà ce n'est pas compliqué, si tu veux que ça guérisse, mets-en matin et soir, dit-il en laissant tomber ses mains sur mes cuisses.

— Merci... mais tu n'étais pas obligé.

Je bouge un peu, très mal à l'aise et légèrement crispée qu'il ait ses mains sur moi. Et pour ne pas arranger le tout, ça me procure des picotements inexpliqués.

— Tu joues de la guitare ? me demande-t-il en se dirigeant vers ma guitare que j'ai laissée contre un mur.

— Oui un peu, je me débrouille.

— Tu sais chanter ? dit-il en la prenant et en venant s'asseoir sur le lit.

— Pas du tout.

C'est juste mon passe-temps favori !

— Arrête de mentir, je suis sûr que tu sais. Allez, chante-moi quelque chose, dit-il en me donnant la guitare.

— Oh non ! Et puis, c'est bien toi la «grande star» ici, non ?

— Oui, mais on va changer de rôle.

Il se met à l'aise et attend que je me lance.

— D'accord... mais si tu te fous de moi, prépare-toi à recevoir une guitare sur la tête ! Je vise très bien en ce moment, dis-je, ce qui le fait rire.

Après avoir réfléchi à une chanson, je choisis

Heart By Heart de Demi Lovato. Je la trouve juste magnifique et c'est aussi la seule que je joue plutôt bien à la guitare. Je commence à jouer et me mets à chanter, la gorge un peu nouée. Ce n'est pas comme si Jared était un garçon comme les autres, il est chanteur, alors que moi… Je m'arrête subitement lorsque Jared fait une drôle d'expression.

— C'est si mal que ça ? demandé-je honteusement.

— Lena Peterson, dit-il d'une voix étonnée. Tu caches bien ton jeu, tu as une voix magnifique.

Je ne m'attendais pas à celle-là.

— Euh… merci, réponds-je, sentant mes joues en feu.

Je baisse les yeux, touchée qu'il trouve que j'ai une belle voix. Lorsque je relève les yeux sur lui, il me semble complètement ailleurs.

— Jared ?

— Hum ? Je suis dans mes pensées, me dit-il en secouant la tête avec un sourire forcé.

On aurait plutôt dit qu'il était bien plus loin que ça. C'est la première fois que je le vois comme ça. J'espère que ce n'est pas ma faute.

— Si on dormait ? proposé-je.

Je sais que de toute manière, il va rester pour que je ne sois pas seule, je commence à le connaître.

— Hum, fait-il en posant ma guitare.

Je m'occupe d'éteindre les lumières avant de me glisser sous les couvertures. Jared ne tarde pas à me rejoindre et cette fois, je ne trouve pas ça malsain qu'il dorme dans le même lit que moi, alors que jamais je n'aurais accepté qu'un garçon dorme seulement dans la même pièce. Tout est différent avec lui… Après une vingtaine de minutes, je ne dors toujours pas, je sens que Jared aussi et ça m'empêche de fermer les yeux, il était si étrange avant que l'on se mette au lit. J'hésite à lui demander s'il va bien.

— À quoi penses-tu ? finis-je par lâcher, ne pouvant m'empêcher de savoir ce qui le préoccupe.

Il ne me répond pas alors j'en conclus qu'il doit dormir, tout compte fait. Je m'installe plus confortablement pour tenter de dormir, mais n'y parviens toujours pas, puis soudain, j'entends Jared faire quelques bruits incohérents d'une voix étranglée avant que ça ne se transforme en phrases :

— Je... mon... mon, père, est alcoolique... Il... il me frappait lorsque j'étais enfant et ma mère ne disait jamais rien. Je crois qu'elle avait peur de lui, alors... j'ai voulu partir par tous les moyens... c'est comme ça que je suis devenu une star.

Je reste sans voix, tout le long de son récit. Il parlait d'une voix serrée qui prouve qu'il a eu beaucoup de mal à me dire ça. Je suis totalement abasourdie. C'est donc pour ça qu'il ne parlait jamais de sa famille... Je me sens tellement mal de lui avoir posé toutes ces questions. Mais ça explique tout. J'ai aussi la vague impression qu'il m'a avoué tout ça parce qu'il sait que je lui ai menti sur la vraie raison de cet hématome.

— Je suis désolée... et je suis désolée de t'avoir forcé à me le dire, je suis trop stupide, dis-je en sentant des larmes perler sur mes joues.

Son comportement s'explique enfin, je savais au fond que c'était quelque chose de très dur à entendre, mais à ce point...

— Tu ne m'as pas forcé, je voulais te le dire, alors s'il te plaît, ne pleure pas.

Je renifle et essaye de stopper les larmes comme il me le demande.

— Je suis heureuse que tu te sois confié en moi, mais excuse-moi d'avoir posé tant de questions...

Je me sens si mal que j'ai du mal à respirer.

— Tu es pardonnée, tu n'as rien fait de mal, Lena.

— Merci, lui dis-je en déposant un baiser sur sa joue.

Je pose ensuite ma tête sur son torse et écoute le battement rapide de son cœur. Mes yeux sont grands ouverts. Impossible pour moi de dormir, je me sens bien trop mal.

Penser à un petit garçon qui se fait frapper par son père, hante maintenant mon esprit. Jared m'entoure de ses bras et je fais de même comme si c'était la première et la dernière fois que je le pouvais.

CHAPITRE DIX-SEPT

— Lena il faut que tu te réveilles, entends-je.

— Hum... non, je ne veux pas, dis-je en tirant la couverture sur ma tête.

— Désolé bébé, mais il le faut, rit Jared avant de tirer la couverture et la balancer par terre.

— Non ! Laisse-moi, lui dis-je en me mettant en boule.

Il insiste en me tirant par les pieds. J'essaye de m'agripper aux draps, mais n'y parviens pas et manque de tomber du lit.

— C'est bon, ça va, je me réveille ! Qu'est-ce qui se passe ? Pourquoi je dois me réveiller ?

Lorsque je pose les yeux sur lui, je me souviens de cette nuit et des aveux qu'il m'a faits. Le ton de sa voix brisée et le coup dans le ventre que j'ai reçu. Je le vois tellement différemment à présent.

— Ne me regarde pas comme ça, pas de pitié, je déteste ça, me dit-il avec douceur.

— Je ne te regarde pas avec pitié, je te regarde seulement, car je comprends pourquoi tu t'es caché sous un masque.

Ses yeux profonds sont ancrés dans les miens et j'y lis tout, comme s'il n'avait plus besoin de me parler avec des mots, mais seulement des regards.

— J'ai une surprise pour toi, alors habille-toi vite ! me dit-il, tout excité.

— D'accord, mais les réveils plus doux, tu ne connais pas ? demandé-je en m'asseyant.

— Oh que oui je les connais, mais je ne pense pas que «doux» soit le mot exact, me dit-il avec un sourire taquin au coin des lèvres.

Je le repousse lorsqu'il s'approche de moi et lui donne un coup à l'épaule.

— Moi aussi, je ne connais pas le mot «doux» du bon matin, dis-je en lui tirant la langue.

— Tu as de la chance d'être une fille. Maintenant, habille-toi vite ou je m'en charge pour toi.

— C'est bon, pas la peine, dis-je en allant chercher des vêtements dans mon armoire.

Je prends un jean effet usé et un t-shirt des Roses Garden blanc avant de partir dans ma salle de bains m'habiller. Jared m'attend, assis sur mon lit et se lève dès qu'il me voit en sortir. Il me prend par la main et, en une fraction de seconde, nous sommes dehors. Sur le trajet, je ne fais même pas attention jusqu'à ce que nous arrivions devant chez lui.

— Qu'est-ce qu'on fait ici ?

— Attends-moi ici, répond-il seulement en sortant de la voiture.

Après quelques minutes à l'attendre et me battre pour ne pas m'endormir, il revient avec un grand sac de sport noir qu'il balance dans le coffre de la voiture.

— Alors, où va-t-on ? Et qu'est-ce que tu as mis dans le sac ? questionné-je en bâillant une fois qu'il est dans la voiture.

— Tu verras, belle au bois dormant, dit-il avant de démarrer.

Je me contente d'attendre et d'essayer de ne pas m'endormir. Je n'ai pu fermer l'œil de la nuit, je pensais encore et encore à ses révélations. Quelle torture ! Je comprends maintenant son comportement impulsif, et je me disais aussi qu'on se ressemblait plus que je n'aurais pu l'imaginer. Mais je suis tellement heureuse qu'il se soit confié à moi, ce masque disparaît peu à peu et me laisse le découvrir encore plus. Jared s'arrête enfin au beau milieu de la forêt de Regent's Park, tout près du zoo de Londres si je ne me trompe. Il coupe le moteur et les bruits d'oiseaux et de feuilles bougeant grâce au vent semblent plus inquiétants qu'apaisants.

— Euh... Jared, ne me dis pas que l'on va faire de la randonnée ou quelque chose comme ça ?

— Non, ne t'en fais pas. Je t'emmène bien loin de tout où personne ne pourra entendre les cris que tu pousseras lorsque je te tuerai !

— Rassurant... Alors, on y va ?

— Attends, tu ne vas pas me dire que tu n'aurais pas peur de rester seule, avec moi, en pleine forêt ?

— Absolument pas.

Et c'est bien vrai, je n'ai nullement peur de lui, et je me sens au contraire en sécurité avec lui.

— D'accord... C'est toi qui me fais peur là, dit-il en riant.

Nous sortons de la voiture, Jared prend le sac dans le coffre et ferme à clé la voiture avant de s'engager dans un chemin lugubre avec un sourire diabolique. Mais diaboliquement beau.

— Toujours pas peur ?

— Non pas du tout, y a quoi dans ce sac alors ?

— Mes instruments de torture.

— Cool, les miens sont mes genoux si tu vois ce que je veux dire...

— Je vois très bien en effet, mais si tu veux que nous ayons des enfants un jour, tu n'oseras pas.

Je pouffe de rire jusqu'à ce que je n'aie plus d'air.

— Ça tombe bien, je n'en veux pas ! Et surtout pas avec toi.

J'évite une branche et regarde bien où je mets les pieds.

— Oh que si, qui ne voudrait pas d'un petit Jared ?

J'imagine soudain un petit bouclé avec des gros yeux verts, ce qui me fit sourire malgré moi.

— Pas moi, déjà un Jared suffit à me rendre folle, alors deux !

Jared prend un air offensé avant de rire. Nous marchons environ cinq minutes silencieusement et je vois enfin la fin de cette forêt. Je reste bouche bée, complètement ébahie devant le paysage magnifique qui s'offre à moi.

— Waouh ! m'exclamé-je comme une enfant avec des étoiles plein les yeux.

— Surprise ! dit Jared qui a l'air ravi de ma réaction.

Nous nous trouvons à quelques mètres d'un champ rempli de fleurs et de papillons de toutes sortes. Plus loin, se trouve un lac et d'ici, je peux déjà voir que l'eau y est claire comme du cristal. Il y a même un ponton avec une échelle en bois et nous sommes entourés de grands arbres. C'est digne d'un décor de film tellement c'est beau.

— Jared c'est... incroyable ! Mais comment as-tu trouvé cet endroit ?

— C'est un secret !

Je lève les yeux au ciel. Toujours autant de fierté ! Mais pour une fois, il avait raison d'être aussi fier. Nous allons sur le ponton et Jared sort du sac une grande couverture bleue à rayures grises.

— Bon comme je mourais de faim, j'ai pris un peu de quoi manger, dit-il en ouvrant complètement le sac pour me montrer.

Quels instruments de torture...

— Tu appelles ça un peu ? Tu as dévalisé les placards, ris-je.

— Peut-être bien, dit-il en prenant un paquet de cookie, bon je te propose de tout avaler et d'aller dans l'eau ?

— Seul problème, je n'ai pas pris de maillot de bain.

— Je sais, dit-il avec un large sourire.

Oh le sale... Je parierais tout ce que j'ai qu'il l'a fait exprès.

— Eh bien si tu savais, tu savais aussi que j'allais dire non !

— C'est bon les sous-vêtements, c'est pareil, non ?

Il n'a pas tout à fait tort, mais même en maillot de bain,

je pense que je ne me serais pas montrée. Dommage, l'eau a l'air bonne...

— Je préfère rester ici, et puis si on mange...

— Ho ! Vous les filles, vous êtes compliquées !

— Et fières de l'être, réponds-je en prenant le cookie qu'il avait en main.

Une fois gavé de gâteau à en faire une overdose, Jared se lève et commence à retirer son t-shirt, je ne peux m'empêcher de regarder son corps, ou plutôt... le contempler comme une œuvre d'art. Il a des tatouages incroyables tels que des ailes d'ange au creux des reins qui se déploient, des corbeaux volants ou encore un magnifique tigre derrière le bras. Et je dois avouer que je n'avais jamais remarqué à quel point il est musclé et sa peau doit être naturellement bronzée.

— Je te fais de l'effet ? me dit tout à coup l'objet de mon admiration avec un sourire amusé.

— Quoi ? Pas du tout, dis-je en regardant ailleurs.

— Si tu le dis, me dit-il en déboutonnant son jean.

Il le fait descendre sur ses hanches avec une lenteur abusée avant qu'il ne tombe d'un coup à ses chevilles. Je retiens ma respiration. Mon Dieu, il ne va pas se mettre nu !

— Ne t'en fais pas, je garde mon caleçon. Mais ce serait bien mieux nu, bon, tu viens ? dit-il avant de plonger du ponton. Elle est chaude, tu rates quelque chose !

— Je ne me mettrai pas en sous-vêtements devant toi !

— Bon... si je me tournais le temps que tu enlèves tes vêtements et que tu plonges, comme ça je ne vois pas ?

— J'ai dit...

J'hésite un instant, le regarder s'amuser autant dans l'eau me donne vraiment envie d'y plonger. Bon, s'il ne regarde pas, ça me va.

— D'accord, tourne-toi, dis-je en me levant.

— C'est vrai ? Waouh, Lena Peterson se jette à l'eau !

Je souffle et retire mes chaussures suivies de mon jean et mon t-shirt pour me retrouver en sous-vêtements noirs basiques. Allez Lena, on ne se dégonfle pas !

— Vite, je vais me retourner !

— Non, attend, crié-je avant de sauter dans l'eau. Waouh ! C'est vrai qu'elle est bonne !

— Je te l'avais dit, miss coincée !

Ce qu'il peut m'énerver quand il a raison ! Je l'éclabousse en pleine figure et il nage à toute vitesse vers moi, il ne m'en faut pas plus pour m'y mettre aussi et nager en direction de l'échelle du ponton. Mais avant que je ne l'atteigne, Jared m'attrape par la cheville et me tire en arrière, puis il me lâche. Je me retourne et... il n'est plus là.

— Jared ?

Je commence à m'inquiéter. Et s'il s'était noyé ? D'un coup, quelque chose m'agrippe le pied et m'entraîne vers le fond, je pousse un cri aigu, englouti par l'eau. Je pense instantanément à une espèce de bête comme quand j'étais petite et que mon père disait qu'il y avait plein de créatures étranges au fond de l'eau. Je me débats et remonte le plus vite que je peux à la surface et m'agrippe de toutes mes forces à Jared en enroulant mes jambes autour de lui, j'essaye de reprendre mon souffle quand j'entends son rire, je comprends tout de suite ce qui s'est passé.

— Imbécile, j'ai eu la peur de ma vie ! dis-je en le poussant et en montant à l'échelle.

— Lena, dit-il toujours hilare, mais je ne lui réponds pas.

— Lena, écoute-moi ! insiste-t-il.

— Quoi ! crié-je en me retournant une fois en haut du ponton.

— Tu as un cul parfait ! dit-il, le sourire aux lèvres.

Eh merde ! J'ai complètement oublié. Je mets mes mains sur mon corps pour me couvrir, mais ça ne sert à rien.

— Eh bien... je m'en fous ! Tant mieux ! lui dis-je rageusement.

Pendant que j'enfile mon t-shirt, Jared monte sur le ponton et vient juste devant moi.

— Désolé, je ne recommencerai plus, dit-il en avançant encore plus près de moi.

— Heureusement pour toi, sinon la prochaine fois, je te tue !

— Je ne pense pas que tu le feras... non ?

— Ho que si ! menacé-je.

— Arrête, tu commences à me faire peur ! dit-il en riant, ce qui me met encore plus en colère.

Je grogne de rage et le pousse violemment pour qu'il tombe à l'eau, mais au moment de la chute, il m'agrippe le poignet et je tombe avec lui. Je pousse un cri avant de remonter à la surface.

— Bataille d'eau ! crie-t-il en m'éclaboussant.

Je l'éclabousse comme je peux, mais ce qu'il me renvoie n'est pas des petites éclaboussures, mais carrément des tsunamis.

— Stop ! Je déclare forfait, tu as gagné, dis-je en essuyant mes yeux.

— Je suis le roi des batailles d'eau ! dit-il en nageant vers moi.

Une fois qu'il est juste devant moi, je sens comme une alarme me marteler la tête, mais peu importe le danger que je cours, mon corps entier ne veut pas être éloigné de lui. On se cherche et on se tourne autour jusqu'à ce qu'il m'attire contre lui.

— Quoi ? finis-je par dire alors qu'il ne me lâche pas des yeux.

— Je suis complètement fou de toi, Lena... dit-il en mordillant sa lèvre nerveusement.

À cet instant précis, je ressens des milliers de papillons dans le ventre. J'entends mon cœur cogner tellement fort contre ma poitrine qu'il doit sûrement l'entendre aussi. que m'arrive-t-il ?

CHAPITRE DIX-HUIT

— Pour... pourquoi... finis-je par demander, la gorge nouée.

Il est célèbre, il peut avoir n'importe quelle fille sur cette terre et il... m'apprécie, moi. Alors que je suis banale et typique d'une geek qui finira par travailler dans une bibliothèque avec une centaine de chats à la maison. Je ne peux pas y croire, il y a tant de personnes plus intéressantes que moi...

— Je te trouve différente... en bien ! Tu es différente en bien, dit-il avec une pointe de rouge aux joues.

Il me trouve différente ? C'est pour ça qu'il s'intéresse à moi ? Mais je suis vraiment tout ce qu'il y a de plus ennuyeux et je ne suis certainement pas aussi jolie que Lucy Jones.

— Pourtant... je pensais être le genre de fille que tu détestes, bredouillé-je.

— Oui, tu as tout ce que je déteste chez une fille, mais tu as aussi quelque chose que j'aime, Lena.

Il me déteste ou non, alors ? J'ai du mal à comprendre.

— Merci... oh, avant que j'oublie, tu es très mignon quand tu rougis, lui dis-je avec un sourire taquin.

Je me défile, mais c'est parce que je suis très mal à l'aise, surtout aussi près de lui...

— Moi, je rougis ? Pas comme toi ! dit-il en riant.

— Ah bon ? Il y a une manière de rougir, demandé-je en arquant un sourcil.

— Pas vraiment non, mais toi tu en as une, quand tu

rougis, tu deviens rouge tomate et tu baisses les yeux.

— Pas du tout... bon, je vais sur le ponton, tu viens ?

Je m'écarte enfin de son corps et nage un peu avec la sensation de voler.

— Après toi, me dit-il, un sourire au coin.

— Toi d'abord, dis-je en allant à côté de l'échelle en bois.

— Mais non, les femmes d'abord !

Il me faisait signe de monter, mais pour le coup, c'est moi qui lis dans ses pensées.

— Espèce de pervers, je sais très bien pourquoi tu veux que je passe la première ! dis-je en lui mettant la tête sous l'eau.

— Absolument pas, dit-il en riant. Et pour te le prouver, je monte en premier.

Une fois qu'il est monté, je monte à mon tour. Jared s'allonge sur la couverture et tourne la tête pour me regarder de la tête aux pieds. Ses yeux ressemblaient à des soucoupes et s'écarquillent à vue d'œil.

— J'adore ton t-shirt, bien blanc, bien transparent, rien à dire, c'est parfait !

Hein ? Je baisse les yeux sur moi et les écarquille à mon tour en voyant à quel point il est transparent. J'aurai cru qu'il allait bien me cacher, mais c'est tout le contraire ! Je tire dessus pour qu'il me cache mieux, mais c'est un t-shirt, ça ne cache pas grand-chose.

— Oh, avant que j'oublie, je t'ai déjà dit que tu étais mignonne quand tu rougis ? me dit-il avec cet éternel sourire aux lèvres.

— Et moi que tu es un gros con ? dis-je en allant m'allonger à côté de lui.

— Hum... je crois oui, dit-il avec ses yeux qui se baladent toujours sur moi.

Je suis vraiment en colère, car je n'ai rien d'autre à me mettre sur le dos.

— J'ai vraiment envie de te crever les yeux, Jared, dis-je,

agacée.

— C'est bon, je me tourne, mais même si tu me crèves les yeux, j'aurais toujours ça dans l'esprit.

— Pervers ! dis-je en le frappant sur l'épaule, ce qui le fit rire.

— En fait, tu es toujours d'accord pour m'accompagner ce soir ?

Je le regarde un instant, sourcils froncés, sans comprendre et je me souviens qu'il m'a invitée à un défilé de mode.

— Oui... mais en fait, qu'est-ce que je dois porter ? demandé-je, légèrement paniquée.

Je n'y avais pas pensé du tout et vu mon goût en matière de mode, je suis certaine qu'on va me jeter dehors.

— Ne t'en fais pas pour ça, je voulais simplement savoir si tu avais toujours envie de venir.

— Bien sûr, mais je ne pense pas que ce soit judicieux pour toi qu'on me voie avec toi...

Jared se retourne complètement pour me faire face et se trouve à quelques centimètres de mon visage.

— Lena, commence-t-il avec un petit rire. Des milliards de filles se battraient pour être vues avec moi et toi, tu penses que ce serait plus judicieux qu'on ne nous voie pas ensemble ?

— Euh... oui, réponds-je, focalisée sur le «ensemble».

— Tu vois, c'est pour ça que je te trouve différente des autres.

— Je pensais que c'était parce que j'étais «coincée» ?

— Ne dis pas ça, tu es très intelligente et c'est rare pour une fille de mettre une raclée à une autre grâce à ça, me dit-il avec un sourire, j'ai été épaté par tes connaissances sur Roméo et Juliette.

— Merci, je suis touchée que tu me trouves intelligente, dis-je timidement.

Il me regarde tendrement comme jamais il ne l'a fait. Sa main vient déplacer une mèche de mes cheveux mouillés qui me barre le visage, son mouvement est si doux que je n'ose pas l'arrêter. Mes yeux se posent sur un de ses tatouages, le signe de l'infini. Je me souviens la première fois que je l'ai vu lorsque Jared m'avait tendu sa main alors que j'étais assommée par terre.

— que signifie-t-il pour toi ? demandé-je en redessinant le dessin sur la peau de son poignet.

— Parmi tous les tatouages que j'ai, tu me demandes le seul qui ait vraiment une signification particulière pour moi, me répond-il en souriant.

— Si c'est personnel, je comprends que tu préfères le garder pour toi.

Mais Jared secoue la tête et pour une fois, il ne tarde pas à me répondre.

— Il est là pour me rappeler toute la douleur que j'ai subie, et chaque fois que je le regarde, je vois là toute la force qu'il m'a fallu pour en arriver où j'en suis.

— C'est magnifique, Jared...

Après quelques minutes de silence où Jared caresse mes cheveux, je finis par m'endormir je ne sais combien de temps, avant qu'il ne me force pour la deuxième fois aujourd'hui à me réveiller.

— Lena, réveille-toi, me dit-il en me secouant.

— Quoi ? dis-je en me frottant les yeux.

— On doit partir, il se fait tard et on doit se préparer.

Je regarde autour de moi et le soleil commence à se coucher. J'ai donc dormi un bon moment et j'ai bien récupéré quelques heures de sommeil. Pendant que nous ramassons la couverture et le sac, Jared s'immobilise et me regarde avec un large sourire avant de me dire :

— Au fait, tu as parlé pendant que tu dormais, et c'était très intéressant.

— Qu'est-ce que j'ai dit ? demandé-je, un peu angoissée.

— Un jour peut-être, je te le dirai, dit-il.

— On en reparlera sois en sûr, dis-je en marchant.

Une fois la forêt traversée, nous entrons dans la voiture et Jared démarre. Je repense à ce qu'il m'a dit. On aurait dit que je prenais une décharge électrique, mais je ne comprends pas pourquoi il m'a dit ça. Je sais très bien qu'il ne ressent rien pour moi, enfin, pas de sentiment. Pourquoi insiste-t-il toujours pour être avec toi alors ? fait une petite voix dans ma tête. Après une dizaine de minutes de route, je me rends compte que nous allons chez Jared et pas chez moi. Je me demande bien comment on va faire sans vêtements adéquats pour la situation et je pense que je dois ressembler à une serpillière.

— Pourquoi est-ce qu'on va chez toi ? Je ne vais tout de même pas aller au défilé comme ça !

— Ne t'en fais pas, j'ai tout arrangé, dit Jared en se garant dans le garage de sa maison.

Comme les dernières fois, la maison est vide, personne pour nous accueillir.

— Tu n'as pas de garde du corps ou quelque chose comme ça ? demandé-je en le suivant dans un long couloir.

— Si, mais je préfère vivre comme tout le monde, sans personne sur mon dos constamment.

— Tu n'as pas peur que des fans débarquent dans ta maison ?

— C'est déjà arrivé à plusieurs reprises, mais j'ai juste à passer un appel et des gorilles arrivent en une minute seulement.

— Pratique...

Nous entrons dans le salon où une jeune femme brune est assise, elle se lève en nous voyant et sourit à Jared. Pas si seul que ça.

— Désolé du retard Lorena, dit Jared avant de se tourner vers moi. Lena je te présente ma styliste, Lorena Gabrielle.

— Enchantée, je suis Lena Peterson, dis-je en serrant sa main.

— Jared, petit coquin, tu ne m'as pas dit qu'elle était si jolie ! La robe de cocktail Valentino s'accordera parfaitement avec ses magnifiques yeux !

— Merci… dis-je, un peu perdue.

— Je l'ai appelé pour nous trouver une tenue.

Je ne me souviens pas l'avoir vu au téléphone aujourd'hui, à moins qu'il ait tout organisé lorsque je dormais.

— J'ai hâte de voir le résultat, dit Lorena.

Nous allons tous les trois dans une chambre de couleur grise, qui m'a tout l'air inoccupée. Pendus sur des cintres, une robe de cocktail bleue en satin que Lorena avait mentionnée, et un costume noir avec une cravate assortie à la robe.

— On va déjà s'occuper de tes cheveux et leur redonner un peu de peps, dit Lorena en les caressant.

C'est vrai qu'avec l'eau du lac, ils ne doivent pas être très beaux et plutôt ternes.

— Jared, va t'habiller, elle ne va pas disparaître ! soupire Lorena.

Jared prend son costume silencieusement et nous laisse seules. Lorena m'amène dans la pièce à côté qui se trouve être une salle de bains gigantesque qui doit faire deux fois la taille de la mienne, ça me fait presque honte d'avoir montré la mienne à Jared. Je m'assieds sur un tabouret et laisse Lorena faire son travail. À première vue, elle m'a l'air d'une jeune femme d'une trentaine d'années qui aime son travail et est très dynamique.

— Vous vous connaissez depuis longtemps ? demandé-je alors qu'elle coiffe ma chevelure bouclée.

Elle comprend tout de suite que je parle de Jared et arbore un petit sourire.

— Oh, oui, quelques années, et crois-moi, il est difficile à habiller, mais on a fini par trouver un moyen d'entente.

Elle vient devant moi et admire le résultat de la coiffure.

— C'est parfait, on va un peu te maquiller maintenant.

— Tous les stylistes savent maquiller et coiffer ?

— Non, mais pour une fois que Jared m'appelle et me dit qu'il faut aussi habiller une fille, je me suis dit que j'allais mettre le paquet !

— Il n'a jamais invité d'autres filles à des soirées ? ne puis-je m'empêcher de demander.

— Pas depuis que je le connais en tout cas ! Tu dois être spéciale pour lui, je me trompe ?

Je suis donc la première fille qu'il amène à ce genre de soirée, je ne sais pas pourquoi, mais ça me réjouit.

— Oh non, nous sommes juste amis, rien de plus.

Elle finit de me maquiller et j'enfile la robe qui est pile ma taille et d'ailleurs, comment Jared connaît ma taille ? Et aussi ma pointure de chaussures ? Décidément, il saura toujours me surprendre. Dans le miroir de la salle de bains, je n'en crois pas mes yeux, cette robe est très jolie, elle a de fines bretelles et sa longueur est parfaite pour que je ne me la prenne pas dans les pieds. Les chaussures sont de couleur argent, tout comme mon maquillage. Mais bien sûr, je trouve que tout ceci ne me ressemble pas, bien que ce soit joli, ce n'est pas ce que j'oserais porter.

— Magnifique ! Allons voir Jared, il est dans la chambre, je suis sûre qu'il va adorer !

Ou me prendre pour un clown… Mais lorsqu'elle ouvre la porte de la chambre, et que j'aperçois Jared, je le fixe tout comme il me fixait. Nos regards se croisent sans un mot. Le costume lui va si bien qu'il a dû être créé sur mesure pour lui. Il est si beau que je n'arrive pas à regarder ailleurs. Mais c'est grâce à son regard transperçant que j'arrive à détourner le mien et rougir.

— Bon les enfants, il faut partir maintenant !

— Allons-y, dit Jared en s'avançant vers moi sans me quitter des yeux. Lena, tu es magnifique.

— Merci, tu es très beau toi aussi, réponds-je timidement.

Il me tend son bras et nous sortons de la chambre tous deux, en ne manquant pas de remercier Lorena. Il m'ouvre la portière de la Mustang comme un vrai gentleman, puis nous partons en direction de ce défilé de mode. Sur la route, on se regarde en souriant timidement sans dire un mot, c'est étrange, mais agréable de découvrir Jared ainsi. Le trajet doit durer une vingtaine de minutes avant que nous arrivions à destination dans les plus beaux quartiers de Londres. Je peux voir par la fenêtre le Big Ben resplendir de lumière. Jared arrête soudain la voiture devant un immeuble luxueux. Il sort et je le vois donner les clés à un voiturier qu'il salue rapidement avant de venir m'ouvrir la portière.

— Allez, viens découvrir mon monde.

Je le suis jusqu'à ce que je suppose être l'entrée du défilé vu le grand tapis rouge qui recouvre le sol. Deux hommes asiatiques se tiennent devant les grandes portes vitrées, encadrées d'or, et s'inclinent lorsque nous sommes devant eux.

— Monsieur Welland, c'est un plaisir, fait l'un d'eux avant qu'ils ne nous ouvrent les portes.

— Pas besoin de cartes ou quelque chose comme ça ? demandé-je une fois à l'intérieur.

— Ils savent qui je suis, ils sont payés pour connaître chaque personne qui entre.

Je suis soudain aveuglée par des flashs blancs qui ne cessent de m'éblouir ; des «Paparazzi». Jared doit me tenir fermement pour que je ne tombe pas et il nous fait sortir de cette jungle qui nous avait encerclée et nous mitraillait de toutes sortes de questions.

— Alors tu trouves que c'est facile d'être une star ?

— Pour le moment, je préfère attendre de voir la suite.

Une fois que nous sommes assis à une table, je souffle en me disant que c'était pire que le parcours du combattant pour arriver jusqu'ici. En regardant autour de moi, je ne reconnais aucune des personnes sauf une, assise quelques tables plus loin, près du podium, elle est facilement reconnaissable avec ses longs cheveux blancs.

— Karl Lagerfeld, me chuchote Jared en se penchant vers moi.

— Je sais, à part lui, je ne reconnais aucune célébrité, et c'est le défilé de quoi au juste ?

— Viktor & Rolf.

— Je ne connais pas.

Au fil de la soirée, je n'en peux plus de sourire à tout bout de champ à tous ceux qui viennent saluer Jared. Tous sont gentils, mais je suis sûre qu'ils pensaient que je suis là seulement pour jouer le rôle d'un stupide accessoire pendu au bras du célèbre Jared Welland.

— Il ne faut faire confiance à personne dans ce métier, me dit Jared lorsque nous sommes enfin seuls.

— Donc vous faites juste semblant de vous apprécier pour les caméras ?

— Exactement, bien sûr j'ai des amis, mais ceux-là, il ne faut surtout pas leur faire confiance.

Un serveur plutôt jeune nous dépose deux coupes de champagne en me dévisageant exagérément.

— Merci, dis-je en me sentant rougir.

— Tout le plaisir est pour moi, mademoiselle !

— Vous pouvez disposer, merci, on ne veut rien, dit soudain Jared avec un regard sombre.

Le serveur fait simplement un hochement de tête avant de décamper comme un éclair et slalomer entre les tables.

— Tu as été très méchant avec lui, tu sais ?

— Parce qu'il te dévisageait ! Ça se voyait à cent kilomètres qu'il pensait tordu !

Devant son agacement qui ressemble de plus en plus à de la jalousie, je ne peux m'empêcher de sourire bêtement.

— C'est gentil de me protéger, merci, dis-je avant de boire une gorgée de champagne.

Les mannequins commencent enfin à défiler dans des tenues plus horribles les unes que les autres. Mais ça doit être sans doute parce que la mode ne me plaît pas. Lorsque vient le moment de partir, j'ai très hâte de rentrer chez moi rejoindre mon lit.

— Alors comment tu as trouvé la soirée ? me demande Jared.

Nous sommes sortis et attendons que le voiturier nous ramène la Mustang.

— Pour être franche... ce n'est pas vraiment mon style et je trouve ça un peu ennuyant... très, ennuyant, rectifié-je.

— C'est pour ça que je déteste y aller, mais j'y suis obligé.

Ça doit vraiment ne pas être si incroyable que ça d'être une star en fin de compte... La Mustang fait son apparition et le voiturier en sort en tendant les clés à Jared.

— Monsieur Welland, j'espère que vous avez passé une bonne soirée. Mademoiselle aussi ?

— Oui, ça a été, merci, répond Jared avec un faux sourire.

Des flashs de lumière apparaissent dans mon champ de vision et une émeute arrive avec leurs appareils photo. Pas encore ! Mais en y regardant mieux, je me rends compte qu'il s'agit de filles. Elles courent dans notre direction et j'entends leurs cris ainsi que des : «mais c'est qui elle ?» ou encore «je vais la tuer cette pétasse, il est à moi». Je crains soudain pour ma vie et Jared prend ma main pour me faire entrer dans la voiture, il fait rapidement le tour pour entrer à son tour avant de démarrer dans un dérapage à toute vitesse.

— Si je ne fais pas ça, ils entourent la voiture et on ne peut pas partir avant un bon moment !

Ça semble l'amuser, il doit être habitué, mais pour moi, entendre ce qu'elles ont dit me terrifie encore, je suis sûre qu'elles auraient voulu me voir brûler vive.

— Bon, tu as raison... être une star n'est vraiment pas facile et je n'imagine pas vivre ça constamment.

— Heureux de te l'entendre dire, dit-il avec un sourire aux lèvres.

Cette petite expérience m'a tout de même permis de découvrir un tout autre Jared, mais je suis heureuse de connaître celui qui n'est pas sous les projecteurs, celui que je commence à connaître de mieux en mieux chaque jour, me plaît beaucoup plus. Je soupire et colle mon front contre la vitre en regardant le paysage sombre à cause de la pénombre, mes yeux se ferment et je m'endors.

CHAPITRE DIX-NEUF

Ce matin, je me réveille avec la pêche et le sourire en écoutant Best fake smile de James Bay que j'adore ! Tout en me préparant, je danse sur le rythme entraînant. Ça faisait longtemps que je ne m'étais pas réveillée de si bonne humeur. Je descends ensuite à la cuisine pour prendre mon petit-déjeuner.

Je buvais mon jus d'orange quand mon téléphone se met à vibrer sur la table. Le numéro n'est pas enregistré, mais j'ouvre quand même le message.

De : inconnu. Ne change jamais rien, Lena.

Je ne sais pas qui ça peut être, mais je pense tout de suite à Jared, ce qui me fait sourire bêtement.

À : inconnu. Ça n'arrivera pas ! qui es-tu ?

Une fois envoyée, j'attends la réponse avec impatience. Comment a-t-il eu mon numéro de téléphone ? Je ne me souviens pas le lui avoir donné. Enfin si c'est bien lui ! Et s'il s'agit de «Jared Welland», tout est possible avec lui enfin... Mon téléphone vibre à nouveau et mon cœur se met à tambouriner dans ma poitrine.

De : inconnu. Un fantôme...

Je ris toute seule devant ce message et continue de boire mon jus d'orange. Après quelques minutes, j'entends la porte d'entrée s'ouvrir et se refermer. À ma connaissance, seul Jared entre sans sonner avant. Je me précipite hors de la cuisine pour l'accueillir de la première façon qui me vient à l'esprit et je lui saute au cou.

— Tu t'es levée du bon pied ce matin, dit-il en me serrant

aussi.

En fait, ça fait maintenant trois jours que je me réveille du bon pied. Je n'ai jamais été aussi heureuse. Depuis cette journée au lac suivie du défilé de mode, je me sens bien plus proche de Jared. Tout ça pour dire qu'on ne s'est pas disputés ni insultés ou quoi que ce soit pendant ces trois derniers jours.

— Oui, on peut dire ça, dis-moi, c'est toi le fantôme ? lui demandé-je avec un sourire amusé.

Si ce n'est pas lui, je n'ai aucune idée de qui ça peut bien être.

— Merde ! Je croyais qu'elle ne pouvait pas voir les fantômes ! dit-il avant de rire. Oui, c'est moi.

— Mais comment tu as eu mon numéro ?

— Ça, c'est un secret, me dit-il fièrement.

— Hum, je vois...

— Tu es prête pour aller en cours ?

— Oui je suis prête. En fait, la robe est dans ma chambre si tu veux la récupérer maintenant.

— Je l'ai acheté pour toi, pourquoi la voudrais-je ?

— Cette robe est beaucoup trop chère ! Tu dois la reprendre.

— Non, dit-il seulement.

— Je ne la veux pas, tu as dû la payer une fortune.

— Ça oui, elle est chère, mais je pense que j'ai de quoi t'offrir de telles choses, non ?

— Jared, tu n'as pas à m'offrir des choses aussi chères, tu sais...

— Garde-la, fais-moi plaisir.

Je sais très bien qu'il a de quoi acheter tout ce qu'il veut, mais je ne veux pas en profiter. Devant ses yeux et sa bonne humeur, je n'arrive pas à lui refuser quoi que ce soit. Et puis même si je ne la porterai sans doute plus jamais, j'aurai un souvenir de cette soirée fantastique.

— D'accord, merci, souris-je. Il faut que je prenne mon

sac et on peut y aller.

Après un bref passage dans ma chambre pour prendre mon sac à dos, je ferme à clé la maison et nous partons sans tarder plus. Sur la route, je ne peux m'empêcher de regarder l'endroit exact de mon agression. Ça a le don d'effacer mon sourire, et de me faire rejouer la scène dans la tête.

— À quoi tu penses ? me demande Jared, ce qui me sort de mes pensées.

— À rien.

— Tu mens, pourquoi tu ne souris plus alors ? dit-il en me regardant du coin de l'œil. Dis-moi.

Il est observateur, ma parole ! Je lève les yeux au ciel et pousse un soupir. Un vrai détecteur de mensonges aussi.

— Je repensais au soir où je me suis fait agresser, content ?

N'entendant pas de réponse de sa part, je tourne la tête pour le regarder et remarque qu'il serre le volant tellement fort que les jointures de ses doigts en deviennent blanches. Sa mâchoire était si contractée que je crains qu'il se casse les dents.

— Ils ne t'approcheront plus jamais et si je les croise à nouveau, ils sont morts, dit-il d'une voix menaçante sans quitter la route des yeux.

Il commence à rouler de plus en plus vite. Il est dans un état qui me fait peur. Je regrette de lui en avoir parlé, je suis tellement bête parfois ! Il faut que je fasse quelque chose pour le calmer avant que l'on ne fasse un accident.

— Jared, ralentis, lui dis-je en posant ma main sur la sienne.

Il regarde nos mains et fronce les sourcils alors je la retire aussitôt.

— Désolée, dis-je, les joues empourprées.

À quoi ai-je pensé en faisant ça ? Je suis stupide !

— Non c'est moi qui suis désolé, je t'ai fait peur, souffle-t-il.

Il dépose sa main sur la mienne, posée sur ma cuisse. Son contact me procure des picotements qui montent dans tout mon bras. Je le regarde du coin de l'œil et suis surprise qu'il se soit calmé si rapidement. En arrivant à destination, Jared lâche ma main et la sensation étrange disparaît pour laisser une tout autre sensation, très froide.

***

Accompagnés de mes amis, nous nous dirigeons tous au réfectoire après que la cloche ait retenti. Nous nous installons à une table avec le plat du jour qui est petits pois/carottes et poulet. Kate et Alex étaient en face de Jared et moi, et vu leur tête, le plat ne leur plaît absolument pas.

— Ils ont cru qu'on était des rongeurs ou quoi ? fait Alex en poussant son plateau. J'en ai marre de manger des trucs verts !

— Je suis d'accord avec toi, dit Kate qui mange tout de même son filet de poulet.

Pour ma part, le contenu de mon assiette est mangeable pour une fois. Jared, lui, n'y touche même pas et semble perdu dans ces pensées. Avant que je ne tente de le sortir de la lune, je porte toute mon attention sur Jacob qui avance avec son plateau dans notre direction. Une fois qu'il est à notre table, il nous sourit et nous demande timidement :

— Est-ce que je peux m'asseoir ? Je ne trouve plus de place.

Je regarde un instant Jared qui n'ose même pas le regarder et je crains d'envenimer les choses si je lui réponds. Mais par chance, Alex me sauve la vie.

— Assieds-toi, lui dit-il.

Jacob lui sourit, soulagé d'avoir enfin une place, et vient s'asseoir à côté de moi. J'entends au même moment Jared soupirer et pousser un juron.

— Salut, Jacob, lui dit Jared en passant un bras autour de moi pour me coller contre lui.

Kate et Alex me font les gros yeux alors que je me sens

comme un morceau de viande pour deux chiens qui se battent, c'est ridicule !

— Salut... répond Jacob avec un regard troublé.

La seule chose que je peux faire, c'est d'afficher le sourire le plus gêné qui soit.

— Dis-moi Jared, quand est-ce que tu pars de Londres pour reprendre ta vie de super star ? dit Jacob avant de boire à la paille son soda.

— Pourquoi, tu as hâte que je parte ? lui répond sèchement Jared.

Mon Dieu, mais qu'est-ce qui lui prend encore ? Avant que Jacob ne puisse lui répondre, Lucy s'assied à notre table sans que personne ne l'ait vue arriver. Elle s'assied à côté de Jared et je sens mon sang bouillir, mais ne dis pas un mot et bois mon soda.

— Il y a une soirée qu'il ne faut pas que tu rates alors si tu veux... t'amuser, je t'invite, dit-elle alors que je m'étouffe presque avec ma boisson.

T'amuser ? Elle voulait plutôt dire toute autre chose et tout le monde ici l'a bien comprise.

— Pourquoi ? dit Jared en se tournant pour lui faire face.

— La dernière fois, c'était cool donc...

— C'est non, trouve-toi une autre proie ma belle, la coupe-t-il sans pitié.

Mon cœur fait un triple salto et ai envie de sauter de joie.

— Très bien, dit-elle en se levant rageusement. Tu étais plus cool avant de traîner avec cette Sainte Vierge !

Elle me jette un regard meurtri et part comme une furie. Je me lève à mon tour et commence à partir, mais Jared me rattrape avant que je ne puisse atteindre la porte de sortie.

— Lena, attend, excuse-moi si j'ai fait quelque chose de mal.

— Oh non, ce n'est pas toi, elle m'a... énervée.

Elle a aussi clairement dit que j'étais une Sainte Vierge devant tout le monde.

— Allez, reviens, ne fais pas attention à ce qu'elle dit. Je t'ai promis qu'elle ne te ferait plus jamais quoi que ce soit.

— D'accord, dis-je plus confiante, et bravo, tu l'as mise dans tous ses états.

— Je t'ai dit que tu pouvais avoir confiance en moi.

Je lui souris et repars m'asseoir avec mes amis, un peu honteuse, mais tous n'ont pas vraiment prêté attention à ce qu'elle a dit. Jared était là pour changer très vite de conversation. Se doute-t-il que je suis encore vierge ? Je ne lui ai rien dit bien sûr ! Et la seule qui a mentionné ce mot est Lucy. Peu importe, de toute façon, il n'y a pas de mal au contraire, je suis fière de toujours l'être.

Nous reprenons tous les cours et lorsqu'arrive la fin de la journée et que Jared doit me ramener chez moi, ce dernier a oublié sa veste en cuir et les clés de la voiture sont dans l'une des poches. Je l'attends devant la Mustang quand j'entends une voix m'appeler. Je pivote sur moi-même et vois Jacob avec son éternel sourire de californien qui, je dois dire, est magnifique.

— Qu'est-ce que tu attends toute seule ?

— Jared a oublié sa veste.

Je déteste faire la fille qui parle peu pour qu'on la laisse tranquille, mais je n'ai pas envie que Jared me fasse une crise alors que l'on s'entend si bien en ce moment.

— Oh... dis-moi, vous êtes seulement amis ou il y a plus ? demande-t-il subitement.

— On est seulement amis, pourquoi ?

— Parce que j'aurais trouvé ça bizarre que Jared s'intéresse à une fille si simple et jolie...

— Je dois prendre ça pour un compliment ? dis-je plus amusée que blessée.

— Oh oui désolé ! C'est juste que Jared s'intéresse plus aux filles du genre de Lucy qu'aux filles bien et belles au naturel comme toi.

— Oh... merci alors, dis-je, me sentant maintenant un

peu blessée.

Il n'y a pas de quoi, je savais déjà que je n'étais pas son type, et je ne veux pas l'être. Je ne vois pas pourquoi je le voudrais.

— Il ne sait jamais ce qu'il a devant les yeux, dit Jacob, qui me sort de mes pensées.

— Je l'ai trouvée ! fait la voix de Jared alors je le regarde arriver joyeusement.

Mais à la seconde où il voit Jacob, son visage change et laisse place à un visage dur et froid.

— Bon et bien, je vais y aller, à plus Jared, dit Jacob gentiment.

Mais Jared ne fait que lui faire un petit signe de tête. Et silence total.

— On se voit la prochaine fois à plus, Lena.

Jacob s'approche et me colle un baiser sur la joue avant de me sourire et partir. C'est un ange ce garçon, pourquoi diable Jared pense tout le contraire ? Lorsque je me retourne vers lui, mon sourire disparaît en voyant l'expression de fureur sur son visage. Et je comprends que la cause est ce petit bisou amical.

— Jared...

— Tais-toi et monte dans la voiture !

Je sursaute à cause du ton de sa voix et sans un mot, je fais ce qu'il me dit. Il conduit comme un fou et je n'arrive pas à comprendre pourquoi il se met dans un tel état et est si méchant avec moi. Mais je veux une explication une bonne fois pour toutes. Comme prévu, une fois devant la maison, je défais ma ceinture, mais Jared reste immobile et ne coupe pas le moteur.

— Tu ne viens pas ?

— Je ne veux pas que tu le fréquentes, tu m'as compris ? me répond-il, les yeux rivés devant lui.

— Quoi ? Mais pourquoi ? Qu'est-ce qu'il a fait de mal ?

— Putain, tu ne peux pas simplement écouter ce que je

dis ?

J'ai une féroce envie de pleurer comme une enfant, mais je me retiens miraculeusement jusqu'à ce qu'il daigne me regarder et rajoute :

— Si je te dis ça, c'est pour ton bien alors écoute, bordel !

Et là, j'explose.

— Tu n'es qu'un gros con et si je veux lui parler, je fais ce que bon me semble !

Je renifle, mais finis par lâcher mes pleurs. Jared grogne et frappe le volant alors que j'ouvre la portière et commence à courir jusqu'à la maison. Je prends très vite les clés sous le paillasson et je me dépêche pour ouvrir avant qu'il ne sorte de la voiture et vienne. Mais un gros dérapage se fait entendre et je vois la Mustang partir à toute allure. Je pleure davantage et ouvre la porte avant d'aller dans ma chambre et m'affaler sur mon lit. J'agrippe la taie d'oreiller et la colle contre moi pour sangloter jusqu'à l'endormissement.

CHAPITRE VINGT

Je suis prête depuis un bon moment et j'attends Jared pour aller en cours. Seul bémol, je ne le vois pas arrivé. Je crains qu'il ne soit encore fâché à propos d'hier. Bien que je le sois aussi et que j'aie pleuré toute la soirée, je devrais comprendre les choses même si je suis blessée. Je suis prête à l'oublier si Jared me dit pourquoi il devient si méchant lorsque Jacob est dans les parages. Je me demande s'il est jaloux, mais je suis sûre que c'est autre chose parce qu'il n'a aucune raison de l'être. Et puis ce que je sais, c'est que je suis en sécurité avec lui et qu'il m'a toujours protégée jusqu'à présent. Alors s'il me met en garde contre son meilleur ami qu'il connaît depuis bien plus longtemps que moi, ça voudrait dire qu'il a raison, même si je pense que Jacob n'a rien de méchant et est un véritable ange. C'est si embrouillé tout ça... Quoi qu'il en soit, il faut que Jared et moi en parlions ensemble pour mettre tout ça au clair.

Ne me dites pas qu'il est encore en colère ? Si oui, il a donc décidé de partir sans moi, c'est du Jared tout craché ça. Je décide d'aller chercher les clés de la voiture de ma mère, qui est une vieille Peugeot blanche. Avec son travail, elle pourrait avoir mieux, mais elle se prive sous prétexte que je pourrais l'abîmer si elle était neuve. Alors que je conduis très bien et que je m'y connais en matière de voiture.

En arrivant, je cours un peu dans les couloirs, pensant que Jared serait assis à sa place habituelle à me faire un de ses sourires qui me donne envie de le gifler à tous les coups. Je lui aurais ensuite fait un regard de tueuse, mais en entrant, il n'est pas là.

Est-il en retard ? Je me contente de me diriger à ma place sans faire attention au sac que Lucy vient de jeter à terre pour me faire trébucher et que j'esquive sans problème et sans y prêter attention. Je suis déçue de ne pas le voir, je regarde sa chaise vide et me sens de plus en plus mal en me faisant des scénarios tordus dans la tête.

Peut-être qu'il a décidé de partir ? Après tout, une star, ça ne reste jamais bien longtemps au même endroit ? Mais je ne pense pas qu'il serait parti sans me le dire.

Ou alors il était bien plus fâché que je ne le pensais et il ne voulait plus jamais me voir… Ou il lui est peut-être arrivé quelque chose. Il est parti si vite hier qu'il est probable qu'il ait eu un accident grave ! Rien que d'y penser, mon estomac s'en retourne.

Mais où es-tu Jared ?

***

À la pause déjeuner, je tourne en rond et ne peux avaler la moindre chose, Jared n'ayant toujours donné aucun signe de vie. D'habitude, même si on se dispute ou que je ne veux plus lui parler, Jared reste toujours, et ce, même si je lui crie de partir.

Devant moi, Kate me regarde avec inquiétude, mais je suis trop occupée à me torturer l'esprit.

— Bon, qu'est-ce qui se passe ? demande-t-elle après quelques minutes.

Je porte mon attention sur elle et pousse un gros soupir en me laissant aller en arrière sur ma chaise.

— C'est Jared, je crois qu'il est parti, lui réponds-je, le cœur soudain serré.

— Comment ça partit ? dit-elle en écarquillant les yeux de surprise.

— On s'est disputés hier à propos de Jacob que je ne dois pas approcher. Il est parti et depuis je ne l'ai pas revu, aucune nouvelle…

Kate reste sans voix quelques secondes, avant de me répondre :

— Je suis sûre qu'il doit bouder chez lui, laisse-le se calmer et il reviendra, comme toujours, tente-t-elle de me rassurer.

Elle a peut-être raison... Mais si ce n'était pas le cas ? Car Jared ne m'aurait jamais laissée partir seule ce matin en ayant conscience que je serais partie à pied.

— Si tu l'appelais ?

Sans lui répondre, je me précipite sur mon téléphone et fais défiler les numéros de contact en cherchant son nom, ou plutôt... le petit surnom que je lui ai donné : «Superman». C'est bête je sais, mais je trouve qu'après qu'il m'ait sauvé la vie, ce surnom lui va parfaitement. Une fois trouvé, je n'hésite pas à appuyer sur appeler. Mais ça sonne dans le vide et je tombe sur sa messagerie. Je me sens complètement désespérée.

— Je ne sais plus quoi faire... soufflé-je.

— Lena, ne te fais pas un sang d'encre pareil. Je suis sûre qu'il va bien et qu'il est chez lui.

Mais oui ! Je vais aller chez lui ! Si lui s'invite chez moi à tout bout de champ, je ne pense pas que ce soit incorrect que je le fasse. Et comme ça, je saurai s'il va bien et nous aurons cette discussion.

— Je vais aller chez lui après les cours ! dis-je avec détermination.

— Tu es sûre ? Ils ne vont pas te faire déguerpir ?

— Non, Jared n'a pas de garde du corps, il préfère vivre comme tout le monde.

— D'accord, alors j'espère que tu le trouveras là-bas et que tout va s'arranger.

Je l'espère aussi, mais avant tout, je dois retourner en cours et qui sait, peut-être que d'ici là, Jared aura vu mon appel.

Lorsque la cloche retentit, je m'empresse de sortir et de chercher mes affaires dans mon casier avant de marcher comme un soldat dans les couloirs. Je suis tellement préoccupée et dans mes pensées que je ne remarque pas que je suis talonnée par quelqu'un qui essaye de me rattraper.

— Lena, pourquoi tu marches si vite ? Attends, je voulais te parler !

Je ne m'arrête pas, mais marche plus lentement pour que Jacob arrive à me suivre. Bien que je doive m'éloigner de lui comme Jared me le demande, je ne peux m'empêcher d'être gentille et de le voir comme un petit ange au sourire californien.

— Désolée, je suis un peu pressée...

— Je voulais m'excuser pour hier, je n'aurais pas dû parler de Jared comme je l'ai fait.

— Oh non ça va, je sais très bien que Jared n'apprécie pas les filles comme moi, tu n'as pas à t'en excuser.

Et ça me donne tout de même un petit pincement au cœur.

— C'est juste que j'ai trouvé ça si surprenant au début, mais j'ai vite compris pourquoi il t'appréciait.

— Ah bon ? dis-je en m'arrêtant complètement, très intriguée.

— Oui, tu es différente des autres et très intelligente.

Jared m'avait dit la même chose, que j'étais différente. Je vais finir par le croire.

— Merci, c'est gentil, Jacob, dis-je avec un petit sourire gêné.

Non, Lena, Jared ne veut pas que tu l'approches !

— Je suis désolée, mais je dois vraiment partir, dis-je en continuant ma marche de soldat.

Je suis une vraie garce de le laisser en plan comme ça, mais je dois retrouver Jared et ce n'est pas en faisant tout le contraire de ce qu'il m'interdit que j'y arriverai. Arrivée devant ma voiture, je suis stoppé dans mon élan par un sifflement. Je regarde un peu partout et vois Lucy m'appeler.

— Où est passé Jared ? Pourquoi il n'était pas là aujourd'hui ?

— Aucune idée, mais toi qui es toujours collée à ses bottes, tu devrais le savoir ?

Avant qu'elle ne puisse répondre quoi que ce soit et me faire perdre du temps, je démarre. Dix minutes plus tard, j'arrive enfin devant l'immense propriété de Jared.

Je me gare non loin et continue le reste à pied. Le portail blanc est tellement haut que personne ne pourrait l'escalader et je suis sûre que c'est spécialement «Anti fans folles furieuses». D'ici, je peux néanmoins voir la maison. Il y a de la lumière par les fenêtres alors je m'avance et repère un interphone, avec une longue hésitation et sur un coup de tête, je sonne. Merde qu'est-ce que je fais !

Quelques secondes plus tard, l'interphone fit un petit bip et une voix en jaillit :

— Oui ? fait une voix féminine.

— Euh... bonsoir, je suis une amie de Jared, est-ce qu'il est là ? demandé-je timidement.

Heureusement que cette femme ne peut voir à quel point je suis rouge. Et si elle me prend pour une fan ? Dans ce cas-là, elle ne me laissera jamais le voir...

— Vous êtes Lena Peterson ?

— Oui... oui, c'est bien moi, dis-je, étonnée qu'elle connaisse mon nom.

La voix ne dit plus rien et le portail qui était fermé fait un grincement avant de s'ouvrir. J'entre d'un pas très assuré et aperçois la porte de la maison s'ouvrir sur une femme blonde assez âgée, elle se précipite vers moi avec un large sourire accueillant.

— Lena, je suis tellement heureuse d'enfin vous rencontrer ! dit-elle en me prenant dans ses bras.

Elle avait un petit accent qui me semblait être espagnol, voire portugais.

— Euh... moi aussi, dis-je, un peu surprise par son geste.

— Oh, suis-je bête ! Je suis Marion Bell, la gouvernante de la maison. Jared me parle énormément de vous, j'ai l'impression de déjà vous connaître, dit-elle avec un petit rire.

Il lui parle de moi ? Attendez, je rêve ! Jared lui parle de moi ! Bon stop, je suis curieuse d'en savoir plus, mais je suis ici pour autre chose.

— Eh bien, je suis heureuse de vous rencontrer... Est-ce que Jared est là ?

— Désolée, mais il est parti tôt ce matin. Il m'a dit qu'il avait des choses à faire avant d'aller en cours, il m'a aussi dit qu'il dormirait chez un ami.

— Oh, fais-je déçue, et bien, je ne vais pas vous déranger plus longtemps.

— Jamais vous ne dérangerez, bien au contraire, vous êtes la bienvenue ici.

— Merci, dis-je en lui souriant.

— Merci à vous, dit-elle en me faisant un clin d'œil. Jared a l'air d'aller mieux depuis qu'il vous connaît.

— Pourquoi ça ?

— Je ne sais pas comment vous avez fait, mais il a changé. Il dort mieux et je suis sûre que c'est grâce à vous.

Je ne peux pas croire ce que j'entends. Je reste un peu choquée et ça éveille bien des choses en moi.

— Eh bien... je ne sais pas trop quoi dire... je suis heureuse de l'aider, dis-je avec un sourire.

— Ne vous arrêtez pas, ça fait du bien de le voir sourire.

Mais avant, il faut que je le trouve. Une fois que je suis dans la voiture, je me repasse un peu en tête ce que m'a dit Marion. J'étais plus que surprise et aussi très touchée.

C'est moi qui l'aide à aller mieux ? Je souris bêtement, mais quand je pense que Jared lui a menti, mon sourire disparaît très vite. Jared n'était pas en cours aujourd'hui et je ne vois pas vers qui il est allé dormir à part... il doit être chez moi ! Je démarre et pars en direction de chez moi, le cœur sur le point d'exploser. Je suis tremblante à cause de l'adrénaline ou je ne sais quelle raison et je suis maintenant plus qu'impatiente de le retrouver. En arrivant chez moi, je ne vois nulle part la Mustang. J'entre tout de même dans la maison et l'appelle en regardant dans chaque pièce, mais rien. Je m'affale alors sur le canapé et réfléchit à l'endroit où il peut bien s'être réfugié. Marion a dit qu'il passait la nuit chez un ami, à part moi ou Jacob, je ne vois personne d'autre. Mais on peut déjà me barrer et je ne pense pas qu'il soit chez Jacob et puis je ne sais même pas où il habite. Et je suis sûre qu'il préférerait être seul.

Seul... Mais oui, le lac ! Il disait que c'était là-bas qu'il allait pour être seul, alors c'est là-bas que je vais le trouver.

Je me lève et sors de la maison en courant. Le soleil commence à se coucher et ça va être un peu handicapant, étant donné que je ne connais pas très bien la route. Après un bon moment, je finis par retrouver l'endroit, je me gare sur le bas-côté et sors de la voiture pour m'engouffrer dans la forêt sinueuse avec un soupir. Qu'est-ce qu'il ne faut pas faire !

Les bruits de craquement, de chouette et de je ne sais quoi me fichent pas mal la frousse, mais pas assez pour m'arrêter. Lorsque je sors enfin de la forêt, je reconnais le magnifique champ de fleurs, mais il n'y a plus un seul papillon. Et l'endroit est bien moins féerique que le jour. J'espère ne pas faire de mauvaises rencontres.

Je n'y vois quasiment rien, mais grâce à la lumière de la pleine lune, je distingue une silhouette assise sur le ponton en bois.

CHAPITRE VINGT ET UN

Je m'avance lentement dans la pénombre tout en sentant de l'angoisse me submerger à chaque pas que je fais. Soudain, je marche sur quelque chose qui me semble être une branche, qui craque sous mon poids, la silhouette sursaute et je sens mon cœur cogner de peur dans ma poitrine.

— Lena, mais qu'est-ce que tu fais ici ? entends-je.

Dieu merci, il est là ! Je suis tellement heureuse d'entendre sa voix... J'ai eu si peur de le perdre et ne plus jamais le revoir. C'est moi qui viens de penser tout ça ? Dans tous les cas, ça a le don de me soulager certes, mais aussi de me mettre en colère contre lui qui ne m'a donné aucun signe de vie.

— J'ai cru qu'il t'était arrivé quelque chose, ça fait des heures que je te cherche ! crié-je sans m'en rendre compte.

— Pourquoi, tu en avais marre de Jacob ? dit-il sèchement.

Il fronce les sourcils et même si je bouillonne littéralement, je ne veux pas me disputer avec lui, je suis venue pour qu'on discute ensemble calmement.

— Écoute... j'ai réfléchi et j'ai compris que tu veux me protéger, mais j'aimerais comprendre ; a-t-il de mauvaises intentions ? lui demandé-je d'une voix calme.

Il reste immobile sans rien dire, comme s'il hésitait à me répondre, mais je ne compte pas abandonner et pour le lui faire comprendre, je croise les bras et attends.

— Viens, souffle-t-il en se rasseyant.

Je le rejoins en m'asseyant à côté de lui tout en attendant qu'il me parle. Il regarde l'eau du lac sous ses pieds, plongé dans ses pensées. Je commence sérieusement à m'impatienter, quand il se met soudain à rire sinistrement.

— Ce n'est pas que Jacob ! dit-il avec ce même rire sinistre.

Je fronce les sourcils d'incompréhension.

— Qu'est-ce que tu veux dire ?

Il rit à nouveau sans répondre à ma question.

— Jared ! m'énervé-je.

— C'est tout le monde ! crie-t-il. Il suffit que n'importe qui t'approche pour me mettre hors de moi et te faire pleurer par-dessus le marché !

Ces révélations me font le même effet qu'un coup de poing dans l'estomac. Je me sens pâlir et j'ai du mal à garder une respiration stable. Ne me dites pas qu'il est...

— Je sais que Jacob est mon ami, je sais qu'il t'aime plus que tu le penses et je sais aussi que c'est plus fort que moi ! Je ne peux pas me contrôler, dit-il avant de se lever d'un bond.

On dirait un vrai fou incontrôlable, il se met à faire les cent pas, comme rongé par quelque chose.

— Jared... finis-je enfin par dire en me levant à mon tour.

Je ne comprends plus rien. C'est ce que je voulais entendre, non ? Je voulais une explication, je me suis toujours demandé pourquoi il se comportait comme ça avec moi, et je viens enfin d'avoir des réponses, mais alors pourquoi je suis incapable de sortir quelque chose d'autre ?

— Dis-moi quelque chose, Lena, me dit-il d'une voix brisée.

Je n'y arrive pas... que répondre à ça ? Je ne m'y attendais pas et j'ai encore du mal à comprendre, à moins que je ne veuille pas y croire. Jared se retourne en grognant et se prend la tête entre les mains. Il reste comme ça quelques secondes et, lorsqu'il se retourne, il vient si vite que je l'ai à peine vu arriver vers moi et plaquer sèchement ses lèvres contre les miennes. Je ne pourrais expliquer cette sensation, c'est la première fois que je ressens une telle chose. J'ai l'impression que mon cœur est sur le bord d'exploser et une vague d'électricité parcourt tout mon corps. Puis Jared s'éloigne lentement et m'interroge du regard tout en caressant ma joue.

— Dis-moi quelque chose, me répète-t-il avec une lueur d'espoir dans les yeux.

J'ouvre la bouche, mais aucun son n'en sort. Je suis chamboulée et paralysée. Jared fronce les sourcils et affiche une mine blessée comme jamais je n'en avais vu.

— Jared, je...

— C'est bon, j'ai compris, me coupe-t-il.

Il se retourne, me laissant seule et toujours immobile. J'ai tellement mal en le voyant s'éloigner que mes jambes n'arrivent plus à supporter mon propre poids et je tombe à genoux sur le ponton. Je ne sais pas combien de temps je reste ici, à genoux dans le noir à me torturer l'esprit, à me haïr de ne pas avoir dit un seul mot. Jared vient de s'ouvrir à moi et je ne pense pas qu'il l'ait fait souvent, et moi, je suis restée là sans rien dire, sans rien faire. Mon Dieu ! J'aurais voulu lui dire que depuis qu'il est arrivé dans ma vie, tout a changé : qu'avec lui, je peux tout oublier, et que plus rien n'a de sens sans lui, mais maintenant, c'est trop tard.

Je finis par me lever et par chance, je retrouve mon chemin jusqu'à la voiture. Pour ne pas arranger ma situation, la chanson Try de Pink commence tout juste à la radio. Je reste silencieuse et écoute les paroles qui me touchent de plein fouet. Car je brûle aussi de désir pour lui, je le ressens au fond de moi malgré que je ne veuille pas l'admettre. Devrais-je essayer de le lui dire ? Je ne sais pas. Et ça me rend complètement folle de rage. Je finis par exploser et hurle à plein poumons dans la voiture avec le son à fond. Puis la tristesse s'abat sur moi et je pleure silencieusement jusqu'à ce que j'arrive chez moi. Je n'ai plus de force, même pas pour aller prendre une douche et me mettre en pyjama. Je vais directement sur le canapé où je m'endors à la vitesse de l'éclair.

***

Je fus réveillée par des bruits incessants de coups. Je me lève avec difficulté en frottant mon dos endolori et me rends compte que je suis dans le salon. Je me dirige mollement jusqu'à la porte d'entrée d'où viennent les bruits et ouvre la porte en bâillant. Kate est là et semble soucieuse.

— Qu'est-ce qui s'est passé ? me dit-elle en entrant.

Les affreux souvenirs et la sensation de mon cœur qui se déchire me percutent d'un seul coup, du moins, ça aurait pu en être autrement si j'avais réussi à sortir quelque chose au lieu de me crisper comme une statue. Il a des sentiments pour moi… Rien que d'y penser suffit à me faire éprouver encore plus de culpabilité. Tout en sanglotant, je lui réponds :

— Kate, je suis une pauvre idiote !

— Allez viens, raconte-moi tout.

Nous allons sur le canapé pour pouvoir discuter confortablement et je tente de me calmer avant de lui raconter comment j'ai été si idiote pour le laisser partir.

— Hier, j'ai trouvé Jared et je voulais qu'il me dise pourquoi il ne voulait pas que je parle à Jacob, expliqué-je avant de repenser à ce qu'il m'avait dit. Je crois bien qu'il a des sentiments pour moi.

Kate ouvre la bouche en grand et écarquille les yeux. C'est si improbable que j'ai encore du mal à y croire.

— Et… il m'a embrassée, dis-je après quelques secondes pour lui laisser le temps d'encaisser.

Ses lèvres contre les miennes, je ne pourrais dire à quel point ça a été magique, bien que je sois paralysée par ses révélations.

— Mais c'est génial, Lena ! me dit Kate presque en sautant du canapé.

— Non ça ne l'est pas ! Si tu savais à quel point j'ai dû lui faire mal…

— Comment ça, lui faire mal ?

— Il m'a prise au dépourvu et je suis restée sans voix.

Devant ça, il est parti... Je regrette de n'avoir rien dit, Kate.

— Il n'est pas trop tard, tu peux encore lui dire, mais est-ce que tu as des sentiments pour lui ?

Je repense à la chanson d'hier dans la voiture, les paroles qui m'ont touchées. Et ça, c'est parce que moi aussi j'ai des sentiments pour Jared Welland. Il a été dur à cerner et, encore maintenant, reste une énigme à mes yeux.

— Je ne sais pas, c'est compliqué, grogné-je d'énervement.

— Oh que si tu le sais. Arrête de te replier comme ça. Arrête de penser que rien de bon ne t'arrivera et arrête d'avoir peur de Jared. Peu importe ce qu'il est, avec toi, il est meilleur. Tu le rends meilleur parce qu'il t'aime, Lena !

— Il n'est pas un garçon comme les autres et regarde-moi... Même si c'est réciproque, il ne faut pas oublier qu'il est célèbre et que moi, je ne suis rien...

— Oh, Lena, qu'est-ce que tu en as à faire de sa célébrité ?

— Je m'en fiche, dis-je en pensant vraiment ce que je dis.

— Alors c'est quoi le vrai problème ?

— Nous vivons si différemment... Et ses fans, je les ai vues à l'œuvre et je ne pense pas qu'elles apprécieront. Tout le monde pensera que je veux seulement son argent.

Elle se met à réfléchir et je sais qu'elle pense que c'est vrai. Au défilé de mode privé, j'ai eu l'expérience nécessaire pour en conclure que cette vie était loin d'être parfaite.

— Au début, ils penseront peut-être ce genre de chose, mais ils se rendront très vite compte que tu es la personne qu'il lui faut, dit soudain Kate avec un sourire doux.

Elle a peut-être raison. Mais penser à Jared me suffit à oublier le reste, il y a juste nous deux et rien d'autre, pas de célébrité ni de fans, seulement nous. Ça me donne le frisson et le sourire de penser à un «nous». J'ai l'impression de faire un délit impardonnable, mais je veux y tomber les yeux fermés, je le veux lui, puisse-t-il avoir un caractère unique.

— Qu'est-ce que je dois faire ? Il ne me parlera sans doute plus jamais, dis-je en baissant les yeux.

Je ne veux pas le perdre, mais comme la chanson de Pink le dit si bien : je dois essayer.

— Demain, va lui parler.

— Demain ? Pourquoi pas aujourd'hui ? lui dis-je en fronçant les sourcils.

— Parce que les cours sont finis depuis presque une heure, c'est même pour ça que je suis venue te voir, je m'inquiétais !

— Quoi ? Ce n'est pas possible !

J'ai dormi si longtemps... C'est la première fois de toute ma vie que je sèche et en plus, sans le vouloir. Bon pas de panique, je dirai que j'étais malade.

— Qu'est-ce que tu vas faire alors ? me demande Kate avec un sourire amusé.

Elle le sait déjà, je ne sais même pas pourquoi elle me pose la question.

— Je vais faire ce que j'aurai dû faire, Kate.

CHAPITRE VINGT-DEUX

Tout en buvant mon jus d'orange, je me passe dans la tête un petit scénario de ce que je vais faire aujourd'hui. Je ne cache pas que je suis angoissée et que ça augmente chaque fois que je pense à lui. Je bouge ma jambe nerveusement et avale mon déjeuner en moins de deux. Sous la douche, c'est la même chose, tout se mélange tellement que je ne sais plus quoi dire ou faire au final. J'espère qu'il ne va pas vouloir m'éviter avec ce que je m'apprête à lui dire. J'ai peur qu'il ne vienne pas en cours aujourd'hui, ou pire, qu'il décide de partir pour de bon !

Par la fenêtre de la maison d'à côté, je vois Charlotte Montgomery, notre voisine. Cette vieille femme m'observe toujours d'un mauvais œil. Je suis sûr que ma mère lui a demandé de me surveiller, mais je n'en suis pas certaine. Je la salue brièvement avec un sourire avant d'entrer dans la voiture et de démarrer.

— C'est parti, Lena, il ne faut pas se dégonfler, me dis-je à moi-même pour m'encourager.

Je chantonne et tapote sur le volant pour tenter de me relaxer, mais impossible de me calmer. Lorsque je me gare, je regarde le bâtiment en sentant mon cœur battre à un rythme inimaginable. Tout mon corps tremble sous l'adrénaline alors que je me repasse en tête mot pour mot ce que m'a dit Jared : «je suis complètement fou de toi, Lena». Sauf que maintenant, ça ne ressemble plus à des papillons, mais des anguilles qui se promènent dans mon ventre. Bien que j'aie eu du mal à me l'avouer à moi-même, je ne peux nier que je ressens quelque chose pour Jared. Ça va être dur, mais il faut qu'il sache que j'ai moi aussi des sentiments qui me brûlent et me consument de l'intérieur.

Bon, revenons sur terre ! Je me dirige dans les couloirs tout en aspirant des rafales d'air et en me répétant que tout va bien aller. Je cherche Jared et j'espère que cette fois-ci, j'arriverai à lui parler sans rester paralysée. Quand je pense à tout le mal qu'il a dû se donner pour me dire qu'il a des sentiments pour moi, je me déteste tant de n'avoir pas dit un seul mot.

Et lorsqu'il m'a embrassée... C'est comme si mon corps entier s'enflammait sous une allumette. Je m'arrête de marcher et sens mon cœur faire un triple salto lorsque je vois enfin Jared. Mais je suis prête. Oui, je suis prête à lui avouer mes sentiments. Mon regard s'attarde un peu sur lui, mais lorsque j'entends le rire aigu de Lucy non loin, je crains un peu qu'elle ne me laisse pas le temps de lui parler. Suis-je bête, Jared lui a clairement dit de le laisser tranquille ! Je l'oublie avec un sourire en repensant qu'en effet, il a tenu sa promesse et je m'avance d'un pas plus assuré. Mais mon cœur ne m'aide pas du tout, il semble accélérer à chaque pas que je fais dans sa direction. Lorsque ces yeux se posent sur moi et qu'il devine que je me dirige vers lui, il me regarde comme il le fait si bien, avant de froncer les sourcils dans un regard noir et de partir... compréhensible. Je lui emboîte le pas et le suis jusqu'à la salle d'histoire. Par chance, à cette heure-ci, il n'y a encore personne, nous pourrons parler sans être interrompus. Il est maintenant devant moi à quelques mètres et je suis toujours prête.

— Jared, il faut qu'on parle, lui dis-je en faisant encore un pas.

— De quoi, hein ? dit-il en reculant. Je n'ai plus rien à te dire, Lena ! J'ai été bête de penser que tu t'intéressais à moi, que tu serais différente... Mais tu es comme toutes les autres !

Réaction tout à fait normale pour le moment.

— Je me fiche que tu sois célèbre, Jared, soufflé-je.

— Alors c'est quoi le problème ? Pourquoi tu ne ressens pas cette alchimie entre nous ?

Concentre-toi, Lena. Écouter Jared dire ce genre de chose est tellement improbable, mais ça me donne une décharge électrique le long de l'échine.

— Je... commencé-je avant de remarquer quelque chose. Qu'est-ce que c'est ? demandé-je montrant un petit cercle rouge sur la peau de son cou.

En fait, je crois bien que je sais exactement ce que c'est et ce que ça signifie. Je m'efforce de respirer normalement et de le regarder dans les yeux, mais j'ai beaucoup de difficultés à le faire.

— C'est un suçon et il vient de moi, Sainte Vierge, entends-je derrière moi.

Pas elle... je sens soudain mes jambes me lâcher. Je ne vais sans doute pas tarder à m'effondrer, mais deux émotions parviennent à me faire tenir debout : la colère et la douleur dans ma poitrine. C'est trop fort pour moi, tellement que ma main part sans que je ne m'en rende compte sur la joue de Jared. Ça ne semble lui faire ni chaud ni froid, comme s'il savait qu'il la méritait.

— Tu n'as pas perdu ton temps ! Moi qui venais déballer mes sentiments, espèce de gros con ! Tu t'es encore bien foutu de moi.

Jared écarquille les yeux et je lis la surprise sur son visage. Il ne s'attendait sûrement pas à ça. Je ne peux me retenir plus longtemps et fonds en larmes.

Je cours ensuite pour sortir en bousculant Lucy au passage. J'allais franchir le seuil de la porte, quand je percute quelque chose qui m'empêche d'être loin de la personne qui m'a anéantie en une fraction de seconde.

— Lena, mais...

Je lève les yeux et malgré ma vue brouillée à cause des

larmes, je vois clairement Jacob devant moi. Il me dévisage, essayant de comprendre la situation et regarde ensuite derrière moi avant de me serrer contre lui comme pour me protéger. Automatiquement, je veux m'écarter de lui et partir, mais je n'en ai pas la force.

— Qu'est-ce que… qu'est-ce que tu lui as fait ?

— Ne t'en mêle pas ! lui grogne Jared.

— Pour que vous lui fassiez encore du mal ? crie-t-il.

Sa voix est si dure que j'ai du mal à reconnaître Jacob.

— Elle croyait qu'il s'intéressait à elle, elle ne comprend pas qu'il préfère les filles plus expérimentées aux fillettes, fait Lucy.

— Toi, la ferme ! crie Jared. Lena s'il te plaît, il faut que tu m'écoutes.

J'agrippe le t-shirt de Jacob et enfouit mon visage contre lui, je ne peux pas le regarder.

— Lena, s'il te plaît ! Je… je t'aime, fait sa voix tremblante.

Quelque chose se brise en moi, mais je ne peux pas le regarder, je n'en ai pas la force. Du coin de l'œil, je vois seulement Lucy.

— Toi et tes jeux stupides, c'est fini, Jared, dit Jacob.

Jeux ? Je me retourne pour le regarder avec dégoût et je regarde ensuite Lucy qui a un sourire satanique et amusé pendu aux lèvres. C'est trop…

— Espèce d'enfoiré !

Jacob a juste le temps de me pousser pour recevoir un coup de poing de Jared. Ils commencent à se battre et bien évidemment, c'est Jared qui a le dessus.

— Arrête, lâche-le ! hurlé-je en tentant de le tirer par le bras.

Mais il me pousse brusquement et je titube avant de tomber sur le côté avec fracas. Il cesse alors de s'acharner sur Jacob et me porte un regard désolé et rempli d'inquiétude.

Quel acteur ! Il vient vers moi avec l'intention de m'aider, mais je le stoppe avant.

— Non ! lui crié-je en levant la main. Ne m'approche plus jamais.

Je le sens à deux doigts d'exploser, mais j'ai réussi à le blesser pour l'arrêter. Ce visage me fait souffrir et surtout quand je repense à ce que j'ai promis à Marion Bell, sa gouvernante : que je ne le laisserai pas et que je continuerai de l'aider à aller mieux. Mais je pense qu'il n'a pas besoin d'aide, il joue la comédie et je me suis fait avoir en beauté. Dès l'instant où il regarde Jacob qui vient m'aider à me mettre sur pied, il redevint aussitôt terrifiant.

— Ramène-moi chez moi s'il te plaît, dis-je d'une voix brisée à Jacob tout en ne lâchant pas Jared du regard.

— Lena, je t'interdis d'aller avec lui ! me crie Jared.

— Arrête de jouer avec moi ! C'était donc un jeu tout ce temps ? Tu t'es fichu de moi ! Je ne veux plus jamais te revoir !

Je le regarde d'un regard noir et haineux avant de franchir enfin cette porte. Puis je ferme les yeux et tente comme je le peux de remplir mes poumons d'air.

— Laisse cette pétasse, dit Lucy avant que je sois trop loin pour entendre le reste.

Tout le monde me fixe avec des yeux béants. Je dois avoir les yeux rouges et une tête affreuse, mais je m'en moque complètement. Je me moque aussi de sécher les cours tant que je suis loin d'eux.

— Ma voiture est ici, me dit Jacob en s'écartant de moi pour m'ouvrir la portière.

Je me laisse glisser sur le siège de sa Mercedes grise métallisée et Jacob démarre aussitôt. Nous passons juste devant l'entrée principale quand les deux grandes portes s'ouvrent à la volée. Mon cœur se serre en voyant Jared accourir vers la voiture.

— Lena ! l'entends-je crier alors qu'il court dans notre direction. Lena !

Mais Jacob appuie sur l'accélérateur, faisant patiner les

roues de sa Mercedes pour le fuir. Je regarde assez longtemps dans le rétroviseur pour y voir Jared tomber à genoux en regardant la voiture disparaître peu à peu. Menteur...

***

Je veux rester seule, mais Jacob refuse sous prétexte que Jared pourrait débarquer et comme je n'ai absolument pas la force de lui faire face, je le laisse entrer et s'installer sur le canapé le temps que je prenne une bonne douche pour essayer de me détendre. Une fois fini, je descends le rejoindre. Je m'assieds à côté de lui dans un gros soupir et il vient poser ma tête sur son épaule. Ça me fait du bien et soulage un peu la douleur dans ma poitrine. Nous restons comme ça un moment avant que je me redresse pour remercier Jacob.

— Sans toi, je ne sais pas ce que j'aurais fait, dis-je en lui souriant.

— Je serai toujours prêt à me faire tabasser pour toi, me dit-il avec un rire adorable.

— Oh, je vais chercher de quoi te soigner, d'accord ?

— Ce n'est qu'une petite ouverture, Lena.

— Il faut désinfecter.

Je me lève et cherche du désinfectant et du coton dans l'armoire à pharmacie de ma mère. Je me réinstalle à côté de Jacob et commence à nettoyer le tour de la plaie. Lorsque je mets le coton sur sa plaie à l'arcade sourcilière, il tressaille et agrippe ma main.

— Désolée.

— Ça va, tu peux continuer, dit-il en me lâchant.

Pendant que je finis, il ne cesse de me regarder et je dois dire que c'est perturbant. Sa beauté de surfer californien est toujours présente malgré ses blessures.

— C'est bon, tu veux quelque chose à boire ou à manger ?

— Non merci, est-ce que tu vas bien ? me demande-t-il.

— Oui, non... avoué-je dans un soupir.

— Tu sais, tu peux tout me dire, me dit-il en posant sa main sur mon épaule.

Un vrai ange.

— Merci, c'est sympa d'avoir des amis comme toi, lui dis-je avec un sourire avant de lui expliquer ce qui s'est passé ces derniers jours.

J'avoue que parler avec lui est agréable. Il réagit de manière différente à chaque mot que j'emploie, ce qui prouve qu'il se fait vraiment du souci pour moi. Quelque chose se crée entre nous, un vrai lien amical dont j'avais besoin.

— Je n'arrive pas à le croire, me dit-il, la bouche grande ouverte une fois mon récit achevé.

— Et moi donc, soufflé-je en me mettant plus à l'aise dans le canapé. En plus, il n'aurait pas pu choisir pire que Lucy Jones.

— Oui, mais ce que je veux dire, c'est que jamais Jared n'a dit à quelqu'un qu'il l'aimait, dit-il, assez étonné.

— Comment ça, jamais ?

— Il ne l'a jamais dit à personne, même pas à ses parents. «Aimer» n'entre pas dans son vocabulaire.

Je comprends qu'il ne le dise pas à ses parents, mais de là à ne le dire à personne...

— Il m'a donc menti, dis-je, la gorge serrée.

— Franchement, je n'en sais rien du tout... Je le connais bien plus que n'importe qui, mais je ne peux pas dire si c'est vrai ou faux, me dit-il, aussi perdu que moi.

Je n'arrive toujours pas à croire qu'il s'est fichu de moi et que je sois aussi stupide... Je le savais bien que quelque chose clochait, une star comme lui qui s'intéresse à moi, ça ne pouvait être qu'un jeu. Mais le plus blessant est que je suis tombée éperdument amoureuse de lui. Il ne me reste plus qu'à tenter de le chasser de mon cœur et de ma tête par tous les moyens. Soudain, quelqu'un frappe à la porte, je me crispe légèrement et mon cœur accélère à l'idée que ce soit Jared.

— Attends-moi ici, me dit Jacob en se levant.

— Je ne veux pas qu'il te fasse du mal, dis-je en attrapant sa main.

— Ne t'en fais pas.

Je prie presque pour que ce ne soit pas lui et surtout qu'il ne tue pas Jacob. Mais à mon plus grand soulagement, je vois Jacob revenir accompagné de Kate.

— Kate ? Qu'est-ce que tu fais ici, tu n'es pas en cours ?

— Jacob m'a mise au courant alors je suis partie dès que j'ai pu, me dit-elle en me serrant dans ses bras.

— Je me suis dit qu'il te fallait de la compagnie, me dit Jacob qui se frotte la nuque.

— Quelle chance que j'ai d'avoir d'aussi bons amis, leur dis-je, émue.

— On sera toujours là, me dit Kate qui vient me serrer dans ses bras.

CHAPITRE VINGT-TROIS

Vide, je me sens vide et ça me semble empirer chaque jour. Certes, ça ne fait que trois jours, mais pour moi, ça me paraît être des semaines durant lesquelles je me suis renfermée sur moi-même. Seule la présence de mes amis arrive parfois à me le faire sortir de la tête. Mais lorsque je suis seule, il est là et martèle ma tête avec son rire mélodieux, ses émeraudes encrées dans mes yeux et sa mâchoire qui se contracte lorsqu'il est contrarié. Je te hais, Jared Welland... car je t'aime.

Aujourd'hui, c'est Jacob qui m'emmène en cours. Il ne me lâche pas et me protège au cas où Jared voudrait me voir. Mais pour le moment, il ne m'a pas approchée d'un centimètre. Seuls des regards tristes ou encore pleins de rage pour la personne qui m'amène et me ramène des cours, mais je n'y crois pas. Il m'a menti depuis le début en m'interdisant d'approcher Jacob, de lui faire confiance pour que Lucy me laisse enfin tranquille, mais pourquoi ? À quoi ça sert de faire tout ce cinéma à présent que j'ai découvert son manège ? Décidément, je ne savais pas à qui j'avais vraiment affaire.

— Alors comment tu te sens ? me demande Jacob lorsque j'entre dans sa Mercedes.

— Ça peut aller et encore une fois, merci d'être là pour moi, dis-je en lui faisant un petit bisou sur la joue.

Nous sommes devenus très proches en peu de temps et je suis heureuse d'avoir un ami comme lui, il est entré dans notre petit groupe et on dirait presque qu'il y est depuis le début.

— Arrête, tu vas me faire rougir ! dit-il sur le ton de la plaisanterie.

Je ris et nous sommes en route avec Oh Hey de The Lumineers que nous chantons à pleins poumons jusqu'à l'arrivée. Jacob s'égosille jusqu'à ce qu'il s'étouffe et je ris jusqu'à ce que je n'aie plus d'air.

— Attends, tu vas voir ! me dit-il en se garant.

Je sors bien entendu avant lui et nous slalomons entre les voitures jusqu'à ce que Jacob arrive à m'attraper par les hanches et que je pousse un cri de surprise.

— Merde, tu cours vite pour une fille ! me dit-il en me lâchant.

Il me prend ensuite par les épaules et nous marchons comme ça jusqu'à l'entrée principale tout en parlant. Lorsqu'on passe devant une porte, celle-ci s'ouvre et la personne nous fait face : Jacob et moi restons silencieux, Jared est là et nous regarde et surtout il regarde le bras autour de mon cou.

— Allez vous faire foutre !

Sur ce, il tourne les talons et part. Chouette comme premiers mots depuis des jours ! Mais maintenant, j'ai la haine contre lui. Je la sens qui afflue dans mes veines. Je le foudroie du regard alors qu'il s'éloigne tel le gros con de bad boy tatoué qu'il est !

— Allez viens, me dit Jacob, bien moins souriant.

Je le suis et regarde ailleurs jusqu'à ce que j'entre dans la salle de cours. Je m'assieds à l'opposé de ce manipulateur et ne peux m'empêcher de penser à lui pendant tout le cours de Monsieur Christopher.

***

Je suis en train de prendre quelques livres dans mon casier quand j'entends des rires de filles. Je jette un œil discrètement et ne suis pas la moindre surprise de constater qu'il s'agit de Lucy et ses deux acolytes qui se foutent de ma gueule. Je sens une rage incontrôlable me prendre la gorge. Elle a gagné ! Ils ont gagné ! Je suis sûre qu'ils étaient tous deux de mèche pour me faire passer pour la «Sainte Vierge» qui s'est fait avoir en beauté, en croyant que quelqu'un comme Jared Welland pouvait être avec quelqu'un comme moi. Devant le regard de sale peste de Lucy, je fais un pas dans leur direction, contrôlée par ma rage, mais je suis stoppée par une main qui se referme sur mon bras et me force à me retourner.

— Laisse tomber, elles n'en valent pas la peine, me dit Jacob.

— Peut-être, mais...

— Mais la vengeance non plus, me coupe-t-il.

Après réflexion, il a raison.

— J'en ai marre que tu aies toujours raison, tu le sais ?

— C'est ce qui fait tout mon charme, ma belle !

Je ris, plus détendue avec moins de tendances meurtrières. Je regarde tout de même une dernière fois ces sales pestes qui attendent une réaction de ma part, mais je ne fais que respirer un bon coup avant de me diriger à mon deuxième cours avec Jacob qui me tient toujours le bras aux cas où je rebrousserais chemin. Je m'arrête néanmoins devant la porte pour prendre une bouffée d'air avant de la franchir. Je me maudis si je regarde derrière !

Mais malheureusement, c'est ce que je fais. Jared est assis et regarde par la fenêtre, l'air pensif et assez refermé sur lui-même. Il me ferait presque pitié si je n'avais pas compris son jeu stupide. Il tourne la tête et ses yeux se posent sur moi, puis sur la main de Jacob accrochée à mon bras au cas où je prendrais la fuite. Il inspire profondément et je vois d'ici les phalanges de ses doigts blanchir alors qu'il se cramponne à sa chaise. Son regard me laisse croire qu'il aurait envie de lui briser la main. Serait-ce de la jalousie ? Penser ça me fait presque rire, bien sûr que non, il jouait avec moi, il ne peut pas ressentir de la jalousie ou même de l'amour. Je baisse les yeux, sentant mon cœur se serrer et m'assieds tout à gauche au premier rang. Pendant le cours, mes pensées vagabondent dans tous les sens et je sens son regard me brûler la peau, mais hors de question que je me retourne. J'ai peur qu'en faisant ça, je lâche tout. Voir ce regard que je connais si bien, celui où il me supplie de lui pardonner est bien trop fatal pour moi.

C'est impardonnable ! me répété-je sans cesse.

***

Lorsque la cloche retentit enfin, je souffle et ramasse mes affaires pour sortir, me dirigeant vers mon casier en ne manquant pas de remarquer les regards de certains élèves à mon égard. Les rumeurs circulent vite, mais je préfère ne pas y prêter attention. Je suis devenue la fille la plus rêveuse et naïve, qui pensait que l'amitié que nous avions n'était que distraction pour Jared. Qu'ils aillent tous au diable et en particulier Lucy Jones ! Je ferme mon casier qui claque un peu fort et marche à grands pas pour aller dans le bureau de la proviseure. À cause de mes absences à répétition, c'était bien obligé que je sois convoquée. Je frappe avant d'entrer et admire le bureau en marbre décoré classiquement, c'est la première fois que j'y mets les pieds étant donné que je suis plutôt l'élève modèle qui ne rate pas un cours.

— Bonjour, Mademoiselle Peterson, me dit Madame Owens derrière son bureau.

Elle a un sourire accueillant et me fait signe de m'asseoir. Je fais ce qu'elle me dit et espère de tout cœur que ça va être rapide et que ma mère ne sera pas mise au courant, bien que ce soit exactement ce que Madame Owens fera. Mais bien sûr, je ne peux pas lui en vouloir.

— J'ai eu vent de plusieurs rumeurs comme quoi vous étiez malade ces derniers jours, mais aussi qu'il s'était passé quelque chose avec Jared Welland, vous connaissez la mise en garde ?

— Oui, ne pas le harceler au risque d'être renvoyée, mais je vous assure que ce n'est pas ce qui s'est passé, Madame. J'étais vraiment malade, mais je vais mieux.

Qu'est-ce que je déteste mentir comme ça ! Mais Madame Owens me connaît, elle sait que je n'ai jamais séché de toute ma vie, même les jours de pluie je venais en courant pour ne pas manquer un cours.

— Hum... je sais que vous êtes une jeune fille intelligente et qui ne cherche pas à se faire renvoyer. Pour cette fois, je veux bien oublier. Mais la prochaine fois, je serai moins indulgente.

— Promis, merci beaucoup, Madame Owens.

Je sors de son bureau et ne perds pas de temps pour aller rejoindre Jacob qui doit sûrement m'attendre près de sa voiture. Je marche à grands pas avec la hâte de partir loin d'ici quand je suis stoppée par une voix.

— Lena Peterson ! La Sainte Vierge en personne !

Je me retourne, sentant la rage me prendre à la gorge. Lucy se trouve près d'un arbre, elle me sourit tout en fumant une cigarette et en jouant avec une mèche de ses cheveux blond platine.

— Mais qui voilà ! La salope qui saute sur tout ce qui bouge, rétorqué-je sèchement.

Ma rage est telle que je me fiche complètement de mon langage vulgaire et que cette fille pourrait me pourrir la vie encore plus qu'elle ne le fait déjà. Sans que je comprenne pourquoi, elle me rit au nez en se tortillant dans sa minijupe ras-le-cul. Elle s'approche ensuite avec une démarche qui donne envie de vomir et toute fière d'elle.

— C'est lui qui est venu me voir à cette fête, c'est lui qui m'a sauté dessus. Il a enfin compris que tu n'ouvriras jamais les jambes et a laissé tomber, dit-elle en me soufflant à la figure la fumée de sa cigarette.

— Je ne m'appelle pas Lucy Jones pour ouvrir les cuisses à tout le monde, sifflé-je entre mes dents.

— Tu sais que j'ai raison, regarde-toi ! Regarde-le ! Vous ne jouez pas dans la même catégorie, il joue simplement avec toi pour passer le temps.

— Tu n'es qu'une sale chienne Lucy ! lui dis-je sans retenue.

— Il baise comme un dieu, si tu savais...

— Ferme-la ! la coupé-je, ne voulant pas entendre ce qu'ils ont pu faire.

Imaginer ses mains sur elle, ses lèvres contre les siennes est de loin la pire des tortures jamais imaginée.

— Il est si habile avec sa langue, dit-elle en jetant sa cigarette devant mes pieds. Et ses mains sont si...

Elle n'a pas eu le temps de finir sa phrase que je lui balance un coup de poing dans la mâchoire ce qui la fit tomber par terre. Je suis surprise de moi, mais ce n'est pas suffisant. Je me place au-dessus d'elle et lui donne encore et encore des coups. Je vois rouge : jamais de toute ma vie une telle rage ne m'a possédé. Je n'ai jamais frappé qui que ce soit, mais là, je n'ai aucun contrôle sur moi-même. Je suis soudain soulevée d'elle, mais je ne veux pas la lâcher, je me débats comme une vraie sauvage.

— Lâche-moi !

— Calme-toi ! fait la voix de Jared qui me colle contre son torse.

J'arrête de me débattre, mais la rage, elle, est toujours là. Après quelques secondes à reprendre ma respiration, Jared me lâche et je me retourne brusquement.

— Garde ta chienne loin de moi ! Et toi aussi, Jared, reste loin de moi, crié-je tellement fort que ma voix se brise.

Je martèle son torse en lui criant «je te déteste !» sans cesse et lui me laisse faire jusqu'à ce qu'il attrape mes poignets et m'attire contre lui. L'espace d'un instant, je me sens tellement bien que je me demande si tout ce qui s'est passé n'est pas un rêve.

— Tu peux me haïr Lena, mais ce qui s'est passé... Je croyais que tu ne ressentais rien pour moi et ça m'a rendu fou, alors j'ai fait ce que je sais faire le mieux, faire du mal.

Je brise l'apaisement de ses bras et commence à nouveau

à crier, mais d'une voix tremblante.

— Tout ceci n'a été qu'un jeu pour toi ! Tu voulais quoi ? dis-je en le poussant. Faire semblant d'être un ami pour baiser avec moi et m'humilier ?

Je sens mes larmes arriver à flot, mais je n'ai plus la force de pleurer.

— Non, je te jure que non, je ne jouais pas, Lena, pas avec toi, tu te souviens ?

— Je ne peux pas te croire ! Je ne peux plus, Jared ! Et tu sais tout comme moi que nous deux, ça ne marchera jamais !

— Ne dis pas ça, me dit-il comme si je lui avais mis un coup de couteau en plein cœur.

— Tu es Jared Welland et moi je ne suis rien qu'une pauvre conne qui a cru que tu pourrais être quelqu'un de bien au fond ! J'ai cru qu'on était amis !

— Putain, mais on s'en fiche que je sois Jared Welland ! Peu importe ce que je suis, c'est toi que je veux, me dit-il en prenant mon visage entre ses mains.

Je recule brusquement, toute tremblante de rage, de douleur et surtout que son toucher pourrait me faire céder si facilement. Je sais qu'il veut que je lise dans ses yeux, mais si je le fais, je suis perdue.

— Ça change tout, tu te souviens du défilé ? Je ne veux pas d'une vie comme ça, je ne veux pas être menacée et détestée, je veux rester la petite vierge plongée dans ses livres, ça me suffit, lui dis-je plus calmement.

Ma vue commence à se brouiller et mon cœur se serre dans ma poitrine. C'est complètement faux, je ne veux que lui et je serais prête à tout supporter pour lui, mais les mots «il joue avec toi» de Lucy résonnent dans ma tête.

— Tu mens, dit-il d'une voix à peine audible.

Je ne sais pas si j'imagine ce que je vois, mais je crois voir ses yeux s'humidifier à vue d'œil. Trop tard ! J'ai plongé mes yeux dans les siens et je n'y ai vu qu'un mélange de tristesse et d'amour. Je n'ai qu'une envie à ce moment-là, mais je me suis laissée berner trop de fois, il jouait avec moi. Pourquoi en es-tu moins sûre alors ? Je chasse cette pensée et reste réaliste, il est une star célèbre qui peut avoir qui il veut, et bien mieux que moi. Mais l'évidence est là.

— Dis-moi que tu ne m'aimes pas.

— Je... je t'aime, mais je ne suis pas...

En un instant, son regard s'illumine et se brise. Ça paraît tellement facile de l'aimer et oublier à quel point il m'a brisée, mais triste est la réalité, Lucy a raison, je ne suis rien qu'une pauvre fille qui s'est fait embobiner.

— Merde, Lena, qu'est-ce que tu as fait ?

Jacob court vers nous, les yeux écarquillés. Je l'avais complètement oublié. Je regarde Jared une dernière fois avant de le rejoindre.

— Est-ce que tu vas bien ? me demande-t-il.

Mais je suis trop occupée à regarder Jared. Il ne bouge pas d'un centimètre tandis que Lucy est toujours étendue au sol, les yeux rivés sur moi avec la bouche grande ouverte de surprise. Je laisse Jacob me conduire jusqu'à la voiture.

— Je n'abandonnerai pas, Lena ! crie soudain Jared derrière nous.

Mon cœur s'emballe et je reste crispée, la main sur la poignée de la portière. J'inspire profondément et l'ouvre avant d'entrer à l'intérieur, sans que je ne comprenne pourquoi, je souris.

CHAPITRE VINGT-QUATRE

Les jours suivants sont pour moi une vraie torture : je ne sors pas de la maison sauf bien sûr pour aller en cours et malheureusement, il est là. Mais je ne peux pas me permettre de sécher encore. Tout comme je ne peux pas rester les yeux ouverts toutes les nuits par peur de rêver de lui ou bien arrêter complètement de penser. C'est dur, mais grâce à mes amis et surtout à Jacob, je peux le chasser le temps de rire et discuter de tout et de rien. Jacob est définitivement devenu mon ange gardien. Et lorsque je suis seule, je trouve un vrai plaisir à aller dans le minuscule jardin derrière la maison et à m'allonger à même le gazon mal entretenu pour regarder les étoiles ou bien lire. Lucy, elle, est «soi-disant» malade et doit rester absente quelques jours. Mais je suis sûre que c'est pour ne pas montrer les blessures que je lui ai causées.

Ce samedi, je passe la majeure partie de la journée à lire, faire mes devoirs, ou encore la lessive. J'ai même appelé ma mère, mais bien sûr, je n'allais pas lui raconter tout ce qui s'est passé. Je n'ai pas envie de remuer le couteau dans la plaie. Il est quatre heures de l'après-midi, je viens de finir de prendre un bain et je commence à avoir un petit creux. Pas le choix, il faut aller faire les courses ! Au moins, j'aurai quelque chose à faire de ma fin d'après-midi. Je prends les clés de la voiture, ferme la porte de la maison et me voilà partie.

***

Arrivant dans le magasin, je commence à prendre tout ce dont j'ai envie, ma mère et moi n'avons pas du tout les mêmes goûts en matière de nourriture, alors pour une fois que je peux choisir ce que je veux, je ne vais certainement pas me priver. J'entre dans le rayon des céréales et y trouve des céréales Lion que j'adore particulièrement. Je pose une boîte dans mon caddie et en levant les yeux, j'aperçois une femme vêtue d'un tailleur noir, ses cheveux blonds aux reflets argentés sont coiffés en un chignon parfait et ses lèvres teintées de rouge bordeaux. Je la reconnais sans problème et j'hésite à aller la saluer, après tout, je n'ai pas tenu ma promesse…

— Marion Bell ? dis-je timidement.

Qu'est-ce que je fais là ? Je ne peux pas lui parler c'est incorrect, non ? Lorsqu'elle me voit, son visage s'illumine dans un large sourire.

— Lena, quelle bonne surprise ! Comme je suis heureuse de vous revoir, me dit-elle avec un sourire plus que chaleureux.

— Moi aussi, ça me fait plaisir, lui dis-je en lui rendant son sourire.

Je n'ai vu cette femme qu'une seule fois, maintenant deux. Mais je l'apprécie déjà et c'est de ne pas la saluer et la fuir qui aurait été incorrect de ma part. Je me demande tout de même si elle est au courant que Jared est un vrai connard de première ! Après réflexion, je ne sais pas si elle sait qu'il a joué avec moi. Et pourquoi le lui dirait-il ?

— Vous venez faire vos courses avec votre mère ? me demande-t-elle en regardant autour d'elle.

— Non, ma mère est en déplacement à Cardiff pour son travail.

— Oh, tu dois t'ennuyer d'elle, non ? Quand revient-elle ?

— Elle rentre dans un mois et demi, je crois.

— Tout ce temps ! me dit-elle, les yeux écarquillés de surprise.

— Oui, mais… mes amis sont toujours avec moi, lui dis-je pour la rassurer.

C'est vrai que sans eux, ça serait différent et que je m'ennuierais. Mais pour le moment, c'est la présence de Jared qui me manque le plus… D'ailleurs, je crois que j'ai une hallucination, car je le vois arriver derrière Marion, la tête plongée dans un livre.

— Jared, viens voir qui est là ! dit tout à coup Marion qui s'était retournée pour le regarder.

Oh non ! Ce n'est pas une hallucination ! Du calme, du calme. J'hésite à partir me cacher le plus vite que je peux, mais je ne pense pas que ce soit judicieux. Pas de panique, Lena.

— Ça fait une heure que… commence-t-il avant de remarquer ma présence. Lena ! continue-t-il avec un large sourire d'imposteur !

Je le regarde noir et essaye tout de même d'être correcte.

— Jared, lui dis-je avec le sourire le plus faux qui puisse exister.

— Bon les jeunes, je vais vous laisser entre vous, il faut vraiment que je me dépêche de faire les courses, commence Marion avant de m'attraper par les épaules. Ça me ferait vraiment plaisir si tu venais dîner chez nous un de ces jours, pas vrai, Jared ?

Elle n'est donc vraiment au courant de rien.

— Eh bien, je…

— Pourquoi pas ce soir ? me coupe Jared.

— Quoi, je…

— Oui, ce serait parfait ! Je pourrais faire un bon dîner, suivi de ma spécialité : les desserts ! nous dit Marion, toute excitée.

— Je passerai la chercher ce soir, lui dit Jared en lui souriant.

— Mon Dieu ! Il va falloir que je me grouille et que je prenne tout ce qu'il me faut, dit-elle tout en marchant à grands pas.

Dites-moi que c'est une blague !

— Je vais te tuer ! dis-je en me retournant pour lui lancer un regard meurtri.

— Voyons, tu es trop amoureuse de moi pour le faire, me répond-il avec un sourire au coin.

— Et je le regrette amèrement, mais dis-moi, pourquoi tu ne vas pas entre les cuisses de Lucy te vider ?

— Quelle vulgarité, c'est très excitant sortant de ta bouche, dit-il en se rapprochant plus près de moi.

Je n'arrive pas à croire qu'il soit aussi insensible, comme si la personne en lui que je croyais voir n'était plus là.

— Va te faire foutre ! Et si je n'ai pas envie de venir dîner chez toi ? Je te rappelle que je ne veux plus te voir, m'énervé-je.

— Eh bien, Marion sera très triste, tu ne voudrais pas lui faire de la peine ? Et c'est toi qui ne veux plus me voir, me dit-il en s'approchant encore dangereusement de moi.

— Je lui dirai que je n'ai pas pu tout simplement.

— Et moi, je lui dirai que tu n'as pas voulu venir, car tu ne l'aimes pas du tout !

— Tu n'oserais pas...

— Oh si tu savais de quoi je suis capable, dit-il en me soulevant le menton.

Je le repousse et grogne de rage.

— Mais qui es-tu à la fin ? J'ai l'impression de ne pas te connaître et je crois que c'est bien le cas. Manipulateur, lui dis-je avec un mélange de tristesse et de rage.

— Détrompe-toi, tu me connais mieux que personne, Lena.

Il s'approche encore, mais je recule d'un pas vif. On se regarde un moment et je sens que je vais tout lâcher d'un instant à l'autre.

— À quelle heure «Monsieur Welland» vient-il me chercher ? soufflé-je.

J'apprécie trop Marion pour lui faire de la peine. Et comme prévu, ce petit surnom a le don incroyable de le mettre hors de lui, ce qui me fait sourire, toute fière de moi.

— Je me vengerai ce soir et je passerai à dix-neuf heures, me dit-il en tournant les talons et en partant.

J'ai soudain une énorme envie de me taper la tête contre un mur et de hurler comme une vraie folle devant tout le monde ! Je fais tout pour l'éviter, mais je suis invitée à dîner chez lui ce soir, je suis maudite ou quoi ?

***

Après avoir terminé de ranger les courses dans les placards et le frigo, je me dirige dans ma chambre, n'ayant plus vraiment faim, quand j'entends frapper à la porte. Je fais alors demi-tour pour aller ouvrir.

— Kate, Alex, entrez, leur dis-je quand je vois ces deux-là plantés devant l'entrée.

— Ce soir, soirée mousse ! me disent Kate et Alex en cœurs.

— C'est génial... dis-je, pas vraiment emballée.

— Nous sommes venus te dire que tu viens avec nous, tu es obligée, sinon à force de rester ici, tu vas devenir barge ! me dit Alex.

— Ça, je sais, mais je ne peux pas venir, je... je suis invitée.

Je baisse les yeux et me prépare à recevoir des mises en garde et des interdictions.

— Où ça ? me demande Kate curieusement.

Je sens que je vais regretter ce que je m'apprête à dire.

— Chez Jared, mais ce n'est pas ce que vous croyez !

— Qu'est-ce qu'on croit alors ? me demande Alex, qui fronce les sourcils.

Il m'a l'air à la limite de m'attacher aux barreaux de mon lit pour que je ne m'y rende pas.

— que c'est pour faire plaisir à Marion. C'est une vieille femme très gentille qui s'occupe de la maison de Jared, elle m'a invitée et voilà...

Tous deux se regardent, méfiants et je les comprends. Ils veulent me protéger, mais je ne pense pas qu'ils aient du souci à se faire, car je vais régler le problème toute seule.

— Je ne crois pas que ce soit une bonne idée, Lena, me dit Alex alors que Kate hoche la tête.

— Je sais, mais comme ça, je pourrais peut-être mettre les choses au clair et il me laissera tranquille.

Je les regarde tous les deux, espérant qu'ils comprennent tandis qu'ils me regardent, méfiants et limite trop protecteurs.

— J'espère que ça va aller pour toi et s'il tente quoi que ce soit, tu nous appelles d'accord ? me dit Kate assez inquiète. Je lui ferai passer un sale quart d'heure !

Il semblerait que mes amis ont aussi peur que moi de Jared. Depuis, il a changé et est devenu pire qu'avant. J'en suis même venue à penser qu'il a juste décidé d'être lui-même ; c'est-à-dire un vrai gros con ! Je sais qu'au fond de moi, je n'en crois pas un mot, mais parce que l'amour est aveugle, il faut que j'y croie.

— Ne vous en faites pas, ça va bien se passer.

— Je n'ai pas envie de ramasser les morceaux qu'il reste de toi, Lena, alors s'il te plaît, fais ce qui te semble juste, d'accord ?

Alex est très inquiet, étant donné que je suis pour lui une petite sœur, tout comme il est un vrai frère pour moi.

— D'accord.

Après qu'ils soient partis, je pousse un long soupir et regarde l'heure sur la pendule, je soupire une deuxième fois en constatant que j'ai deux petites heures avant qu'il arrive. Mais après ce dîner, je compte lui demander de me laisser tranquille une bonne fois pour toutes. Même si je dois être méchante et froide, il faudra que je pense que lui est bien plus que ça pour avoir joué avec moi, couché avec Lucy, m'avoir dit qu'il avait des sentiments pour moi et nié que ce soit un jeu. Il est cruel et sans cœur.

Je monte dans ma chambre et me dis qu'il faut tout de même que je m'habille de manière plus convenable. Je mise sur une robe faite de dentelle bordeaux, je retrousse un peu les manches et comme chaussures, j'opte pour des ballerines de la même couleur. J'attache mes cheveux en un chignon effet négligé et me maquille légèrement. Je descends ensuite avec une sensation étrange qui grandit en moi, une sorte d'angoisse. Mais je préfère ne pas y penser et m'assieds sur le canapé, allume la télé et patiente tout en dirigeant mes yeux de l'écran à la pendule, sans cesse.

CHAPITRE VINGT-CINQ

Je crois que je suis impatiente… Ou peut-être pas ? Quoi qu'il en soit, je gratte le cuir du canapé et remue mon pied tout en fixant la télé. Mais comme il n'y a rien de bien intéressant, je l'éteins et vois à présent mon reflet dans l'écran. Rien à dire, je suis nerveuse jamais! Je n'ai aucune raison particulière de l'être, car je devrais plutôt ressentir de la colère pure. Je me demande bien ce qu'il prépare et je suis sûre qu'il a quelque chose derrière la tête. Et il a clairement dit qu'il comptait se venger du surnom que je lui ai donné. Toutes mes pensées sont sérieusement embrouillées, mais l'une d'elles me vient étrangement : la première fois où nous nous sommes rencontrés.

Je ne sais pas pourquoi j'y pense maintenant, mais en tout cas, c'était bien la première fois que des yeux me troublaient autant, je n'en avais jamais vu d'aussi beaux de toute ma vie. Je souris bêtement à ce souvenir. Dommage que tout ait été pur mensonge… Mon sourire disparaît et je ressens une profonde douleur dans la poitrine.

Qu'est-ce qui ne va pas chez moi ? Pourquoi est-ce que j'ai accepté d'aller dîner chez lui ? Et pourquoi est-ce que j'ai tant de mal à l'oublier une bonne fois pour toutes ?

Il s'est fichu de moi pendant tout ce temps et ce que j'ai du mal à avaler, c'est que je pensais réellement que sous ses grands airs, il était un Jared complètement différent.

— Miss coincée est prête ? entends-je derrière moi.

Je ne l'ai même pas entendu entrer et sursaute un peu avant de me retourner pour découvrir Jared juste… magnifique. Il est habillé d'un simple t-shirt gris col en V avec un jean noir troué au niveau des genoux qui, je dois dire, lui va à la perfection. Il a coiffé ses cheveux en arrière avec un peu de gel, ce qui lui va plutôt bien. Un sourire amusé se dessine sur ces lèvres lorsqu'il remarque que je le détaille de haut en bas, alors j'arrête aussitôt de le dévisager ainsi, devenant sans doute cramoisie.

— Oui je... je suis prête, bégayé-je en me levant du canapé.

À ce moment précis, les yeux de Jared s'écarquillent, il me regarde sans doute de la même façon que je le faisais, avant de pousser un juron incompréhensible. Comparé à moi, il n'a aucune gêne à me regarder ainsi. Je ressens une rage en pensant qu'il ose encore faire celui qui s'intéresse à moi alors que c'est un jeu.

— Arrête, je t'interdis de me regarder comme ça, lui dis-je en fronçant les sourcils.

— Comment ? Comme quelqu'un de fou amoureux ?

— Non, comme un vrai enfoiré qui m'a fait beaucoup de mal.

— Oh, tu m'as eue en plein cœur là, dit-il avec un petit sourire au coin.

— Allons-y, qu'on en finisse !

Je lui passe devant et il m'arrête en me retenant par le poignet. Il me regarde dans les yeux avec sérieux alors que je reste immobile, un peu surprise.

— Tu es magnifique même brisée, mais encore une fois, pas avec toi, Lena.

Je lui retire mon poignet et avec un regard colérique, je sors de la maison. Lorsque j'entre dans la Mustang, je me souviens encore de la première fois où j'y suis entrée, et lorsque Jared pénètre dans la voiture, je lui dis sèchement :

— Pourquoi tu ne m'as pas laissé seule me faire agresser ? Peut-être que tu l'as fait simplement pour ne pas perdre ta victime de jeu, c'est ça ?

Jared semble un peu perturbé par ma question soudaine, mais y répond sur le même ton.

— Et toi, pourquoi tu allais sortir de la voiture ?

— Sûrement pour sauver une cause perdue !

Je mets ma ceinture et croise les bras sur ma poitrine.

— On est deux dans ce cas.

Jared démarre comme toujours à une vitesse qui me propulse contre le siège, je reste silencieuse et me demande en quoi moi, je serais une cause perdue ? Et puis, je ne peux pas croire qui l'a fait simplement pour jouer au héros alors qu'à ce moment-là, on se détestait, comme en ce moment. Je suis sûre qu'il m'a sauvée pour mieux me tuer ! Si j'ai bien appris une chose de lui, c'est que je ne sais pas de quoi il est capable. D'ailleurs, je devrais m'inquiéter pour ce soir et la question me brûle les lèvres, mais lorsque nous arrivons devant l'immense demeure et que Jared ouvre le portail, je ne peux me retenir.

— Quand tu disais que tu allais te venger, tu étais sérieux ?

Jared me gratifie seulement d'un petit sourire en coin en guise de réponse avant de rouler jusqu'au garage de la maison. Je ne sais pas pourquoi, mais je sens qu'il prépare quelque chose de «grandiose» pour me punir de l'avoir appelé par son petit surnom ridicule. La voiture immobilisée, je prends une bonne respiration et me dis que je suis prête à subir tout ce qui va se passer, mais bien entendu, je ne vais pas me laisser faire !

— Ne t'en fais pas, ma vengeance risque de te plaire... ou pas ! me dit Jared, amusé.

— Je te déteste ! m'énervé-je en sortant de la voiture.

— Menteuse, allez viens.

Je le suis jusqu'à une porte qui doit sûrement être reliée à la maison. Lorsqu'il l'ouvre, nous sommes dans un couloir, où il y a plusieurs portes, toutes sont fermées et je me demande bien comment fait Marion pour s'occuper d'une si grande maison toute seule. Après avoir tourné à gauche de ce couloir, nous atterrissons dans le salon. Il y a une ambiance très chaleureuse venant de cette pièce, j'y sens un bien-être et la sécurité.

Peut-être parce que c'est ici, sur ce grand canapé blanc, que Jared m'a amenée pour soigner mon poignet ? Cet instant même où nous avions commencé à être amis, du moins… à essayer de ne pas s'étriper !

— Pourquoi tu souris ? me demande Jared.

Je m'arrête immédiatement, n'ayant même pas remarqué le fin rictus sur mes lèvres.

— Je repensais au premier jour où je suis venue ici, avoué-je avant de reprendre mes esprits. Mais bien sûr, dans le but d'un jeu.

Jared ne dit pas un mot pendant quelques secondes, je crois même l'avoir un peu offensé, mais il plonge ses yeux dans les miens avant de me dire en souriant :

— La vérité c'est que ce jour-là, je voulais rouler et ne pas rentrer chez moi tout de suite. Je pensais que c'était peut-être une mauvaise idée d'être revenu et que je devais partir ailleurs. J'allais prendre une tout autre direction, mais… commence-t-il avant de s'arrêter là.

— Mais ? dis-je, impatiente de savoir la suite.

— J'étais dans mes pensées… Je pensais à toi, m'avoue-t-il. Tu me rendais fou sans aucune explication, c'est là que je me suis rendu compte que je m'étais trompé de route et je t'ai vue avec ses trois connards. Pas un instant, je n'ai voulu passer mon chemin, Lena.

— Ça n'efface pas la peine que tu m'as faite…

— Je sais… mais penses-tu que c'était un hasard que je me retrouve là-bas ?

J'avoue que ça me surprend, même si je ne veux pas le lui montrer. Et… pour moi, ça n'a rien d'un hasard. Mais je ne peux en effet effacer d'un claquement de doigts tout ce qui s'est passé.

— Vous voilà, Lena, vous êtes magnifique ! me dit Marion

qui surgit dans la pièce.

Je lâche Jared des yeux et les pose sur Marion avec un sourire un peu forcé.

— Merci, Marion, c'est très gentil.

— Allez donc vous installer à table, le dîner est bientôt prêt.

— Suis-moi, me dit Jared qui prend ma main dans la sienne.

J'essaye de lui faire lâcher prise, mais il serre ma main plus fort jusqu'à ce que j'arrive enfin à la lui faire lâcher en me tortillant un peu. Je lui lance un regard noir avant d'être émerveillée par la salle à manger. On pourrait y dîner facilement à vingt personnes ! Tout y est luxueux et en joli bois marbré. Le sol est simplement recouvert de tapis qui donnent un très bel effet et un gros et magnifique lustre, sûrement en cristal, se trouve juste au-dessus de la table à manger. Je m'avance vers celle-ci et Jared me devance alors que j'allais tirer une chaise.

— Miss coincée, dit-il en me faisant signe de m'asseoir.

Je m'assieds sans remerciement et regarde Jared s'asseoir juste devant moi. Je peux lire dans ses deux émeraudes une excitation particulière mélangée à de l'amusement, je lève les yeux au ciel alors qu'il rit aux éclats.

— Alors... commence-t-il en remplissant son verre d'eau ainsi que le mien.

— Alors quoi ? dis-je sèchement.

— C'est fou ce que ta méchanceté m'excite, c'est nouveau et j'adore ça !

— C'est à cause de toi si je suis comme ça et tu ne mérites pas de la gentillesse, dis-je en buvant une gorgée de mon eau.

— Allez, tu ne vas pas me faire la tête toute la soirée ? me dit-il en faisant la moue d'un chien battu.

Qu'est-ce qu'il est mignon quand il fait ça... Non Lena, tu ne peux pas avoir ce genre de pensées !

— Oh que si, dis-je sèchement.

— Alors je te ferai changer d'avis par tous les moyens, me dit-il avec ce petit sourire que je déteste.

J'ouvre la bouche pour répliquer, mais Marion entre soudain dans la pièce avec une marmite qui dégage une odeur exquise qui fait gargouiller mon ventre.

— Alors comme je ne savais pas trop ce que tu aimais, j'ai préparé un poulet curry ananas accompagné de frites. Je me suis dit que tu aimais sans doute les mêmes plats que Jared.

— Oui, ne vous inquiétez pas, ça a l'air délicieux, lui dis-je, impatiente de remplir mon estomac.

Cette femme est tellement gentille, je n'en reviens pas qu'elle se donne tant de mal pour un simple dîner, j'aurais donné n'importe quoi pour que ma mère soit aussi gentille qu'elle.

— Marion... on peut se tutoyer, enfin si vous voulez ?

Merde pourquoi je lui dis ça ? Ça reviendrait à dire que nous allons nous voir souvent, même si j'aimerais beaucoup, il ne faut pas oublier que Jared et moi ne nous parlons plus. Alors qu'est-ce que je fais là ?

— Oui, ça me ferait plaisir, me dit-elle, les yeux pétillant de bonheur.

Je lui souris et reporte mon attention sur Jared qui, lui, ne dit pas un mot. Prépare bien ton plan, espèce de connard ! Une fois que Marion nous a servi, nous commençons à manger, mon ventre gargouille encore, mais de reconnaissance. Je n'ai jamais mangé quelque chose d'aussi bon, même les simples frites qui accompagnent me paraissent meilleures que toutes celles que j'ai pu engloutir auparavant.

— Alors, Lena, commence Marion en entremêlant ses doigts. Qu'est que tu comptes faire plus tard ?

— Eh bien... j'avais pensé à devenir écrivaine, c'est ma passion de lire et j'ai des idées plein la tête pour écrire des tonnes de romans.

— Quelle coïncidence, moi aussi, j'ai toujours voulu être

écrivaine ! Je trouve ça tellement passionnant, me dit-elle avec un grand sourire.

— Eh bien moi, j'ai toujours voulu... commence Jared avant de réfléchir. Bah non, j'ai déjà tout ce que je veux, enfin... presque.

Il me regardait avec tellement d'envie lorsqu'il a dit ce «presque» que je me tortille sur ma chaise nerveusement, en sachant très bien où il veut en venir. Je sens soudain quelque chose frôler ma cheville et se frayer un chemin le long de mon mollet, ne manquant pas de me donner une décharge électrique qui me tord le ventre. Je lève sèchement les yeux sur Jared et son petit sourire de joueur pour le regarder noir et très menaçant, mais il continue de monter le bout de son pied jusqu'à ce qu'il soit entre mes cuisses. Il se mord la lèvre inférieure avidement avec des yeux de fauve. Je ne peux pas le laisser faire, mais ne peux pas non plus tenter quelque chose. Je finis par me lever d'un bond sous le regard surpris de Marion, et celui satisfait de Jared.

— Euh... je voudrais aller... aux toilettes, mens-je.

— Oh, au fond du couloir à droite, Jared, tu peux lui montrer le chemin, dit Marion.

— Non ! Enfin... je vais trouver, merci, lui dis-je en souriant.

— D'accord... moi, je vais faire un petit tour en cuisine, nous dit-elle en se levant de table.

Elle doit me prendre pour une folle ! Une fois qu'elle est sortie de la pièce, je fais de même et pars dans les couloirs où se trouvent toutes les portes. Il y en a cinq en tout. Je trouve facilement les toilettes et y entre seulement pour respirer un bon coup en me regardant dans le miroir. Lorsque je me retourne pour sortir, la porte s'ouvre sur Jared. Il s'avance vers moi alors que je recule jusqu'à toucher le rebord du lavabo, je retiens ma respiration et attends avec de gros yeux, car il ne me montre qu'une chose, qu'une envie. Je suis comme hypnotisée par lui et ses émeraudes, au lieu d'avoir peur et de fuir, je le laisse s'approcher jusqu'à ce qu'il soit collé tout contre moi.

— Ce n'était que l'échauffement, me susurre-t-il en venant mordiller mon lobe.

Je pose ma main sur son torse pour le repousser, mais elle retombe lourdement le long de mon corps sous l'effet du plaisir qu'il me procure.

— S'il te plaît, arrête… murmuré-je.

— Tu en as envie autant que moi, Lena.

Il se recule légèrement et alors que je pensais que c'était pour s'éloigner, il prend simplement de l'élan pour plaquer ses lèvres contre les miennes. Étrangement, je réagis à son baiser et le colle encore plus contre moi en agrippant ses cheveux. Il me soulève pour me faire asseoir sur le lavabo et se place entre mes jambes tout en remontant ses mains sur mon corps, il empoigne mes seins et les malaxe, puis en descend une sur ma hanche et l'autre qui se fraye un chemin tout droit sur mon sexe. Ma conscience se met à cet instant à me crier de le repousser et c'est ce que je fais tout en descendant de mon perchoir.

— Tu n'es qu'un connard ! lui crié-je en lui mettant une claque.

Il ne fait que sourire et être davantage amusé.

— Ça prouve que tu as envie de moi, «miss coincée».

Je grogne de rage et le pousse pour sortir de la salle de bains. Bordel de merde ! Mais qu'est-ce qui m'a pris de me laisser faire ? Ça ne me ressemble pas du tout.

Lorsque je pénètre dans la salle à manger, Marion empile nos assiettes.

— Je vais donner un coup de main, lui dis-je en prenant un couvert.

— Hors de question, tu es l'invitée, assieds-toi, je vais chercher les desserts !

Elle sort de la salle à manger tandis que je pousse un énorme soupir, j'ai honte de ce qui vient de se passer, Marion n'était pas très loin en plus... Je me retourne en entendant des pas approcher.

— Je t'interdis de refaire ce que...

Je n'ai pu finir ma phrase que Jared vient à nouveau plaquer ses lèvres contre les miennes, mais cette fois, je le repousse instantanément. Je n'entrerai pas une nouvelle fois dans son jeu ! Mais il m'attire avec force contre lui et ne me lâche pas.

— Dis-moi que tu n'as pas envie de m'embrasser et je te lâche tout de suite, me dit-il de sa voix rauque.

Il me semble bien moins amusé, bien sûr que je veux ses baisers, mais ma décision est prise depuis des heures.

— Je n'ai pas envie que tu m'embrasses, réponds-je en tournant la tête à contrecœur.

Il me force à retourner ma tête avec son pouce et l'envie de plaquer mes lèvres est triplée.

— Regarde comme ton souffle est saccadé, regarde comme ton corps est aimanté par le mien, tes genoux tremblent, Lena, dit-il au creux de mon cou, me procurant un millier de frissons.

Il dépose un baiser sur mon cou et continue une lignée jusqu'à ma mâchoire tandis que je me consume de l'intérieur. Il joue avec moi. À cette pensée, je recule brusquement de quelques pas.

— Non, je ne veux pas, Jared, lui dis-je à bout de souffle.

Jared souffle bruyamment et je lis bien sa colère sur son visage, il sait que je viens de mentir, parce que j'en meurs d'envie, imaginer ses lèvres contre les miennes est une torture que je dois maintenant m'infliger. Lui et moi, «nous» n'existerons jamais.

— Il faut que tu arrêtes d'avoir peur de moi, combien de fois faut-il que je te répète que je n'ai pas joué avec toi ? me dit-il tristement.

— Je n'ai plus aucune confiance en toi, Jared... Tu as couché avec la fille qui me déteste le plus, tu te souviens ? Et elle m'a dit que tu jouais avec moi, mais je ne l'ai pas crue assez à ce que je vois...

— Bon Dieu ! Je regrette de m'être laissé faire par cette salope ! D'accord ?

Laisser-faire ? Ça voudrait donc dire que c'est elle qui est venue à lui et pas le contraire, car si c'est bien elle, dans l'état qu'était Jared avant de me laisser sur le ponton, plus elle qui lui fait du rentre-dedans, je veux bien croire qu'il s'est fait... qui des deux ment alors ?

— Je suis tellement désolé de t'avoir fait autant de mal en baisant avec elle, mais je sais que tu peux me pardonner ?

Le pourrais-je vraiment ?

— Qu'attendez-vous pour vous asseoir ? fait la voix de Marion qui vient d'entrer dans la pièce avec nos desserts.

— Je reviens, dit Jared qui part en furie.

Ou bien de tristesse ? Je ne sais pas quoi faire... Dois-je exécuter mon plan qui est de lui dire une bonne fois pour toutes de me laisser tranquille ?

— Est-ce que tout va bien ? me demande Marion d'un air inquiet.

— Oui, réponds-je avec un sourire. Je ne sais pas... avoué-je finalement.

Je m'assieds lourdement sur ma chaise tandis que Marion pose nos desserts sur la table et tire une chaise pour être près de moi avant de s'asseoir en prenant ma main dans la sienne et la caresse tendrement comme une mère l'aurait fait. Ça me réconforte beaucoup.

— Jared est assez... spécial et je sais qu'il est très têtu, très arrogant, fier et j'en passe ! me dit-elle ce qui nous fit rire. Mais il a un bon fond et un très grand cœur.

— Je sais... soufflé-je.

Malgré son comportement, je verrai toujours au fond de ses yeux une tout autre personne. Même s'il me montre le contraire en ce moment.

— Écoute, je ne sais pas ce qui se passe entre vous, mais

je sais qu'il regrette, me dit-elle sincèrement.

— Comment ? demandé-je en levant les yeux sur elle.

— Il tourne en rond depuis quelques jours et ne dort pas la nuit, et quand il s'est endormi sur le canapé, il a prononcé à plusieurs reprises ton nom.

— C'est vrai ?

Marion me sourit en guise de réponse avant de reprendre :

— Lorsqu'il m'a parlé de toi la première fois, j'ai clairement vu comment ses yeux pétillaient, il est heureux quand il est avec toi, mais ne lui dis surtout pas que je t'en ai parlé, il me tuerait.

— Promis, lui dis-je, me sentant soudain beaucoup mieux.

— Alors ce dessert ? fait la voix de Jared, qui surgit dans la pièce.

Et si elle avait raison ? Si Jared était vraiment amoureux de moi ? Et que tout ce qui s'est passé avec Lucy ne soit vraiment qu'un accident causé par ses talents de manipulatrice ? Tout s'embrouille dans ma tête et je ne sais plus quoi en penser. Mais ce qui est sûr, c'est que quelque chose en moi a changé.

Marion ne m'a rien dit d'extraordinaire, mais pour moi, savoir que je rends Jared heureux me rend tout à coup la plus heureuse. Je le dévisage et vois maintenant à quel point il semble fatigué et il n'a pas l'air heureux.

— Alors voici des fondants au chocolat avec sauce anglaise faite maison ! Régalez-vous les enfants, dit Marion avec un clin d'œil en ma faveur.

***

Pendant le reste de la soirée, Jared est très froid et distant. Je comprends qu'il soit en colère contre moi parce que j'ai menti, mais il y a autre chose et je compte bien découvrir quoi, car il m'a l'air bouleversé. C'est enfin le moment de dire au revoir.

Nous sommes devant la porte du garage.

.— Merci, Marion, pour ce dîner, c'était délicieux, dis-je

en la serrant dans mes bras.

— Merci, j'espère vraiment te revoir Lena, me dit-elle avec un grand sourire.

— Ne compte pas là-dessus... bredouille soudain Jared à voix basse, mais pas assez pour que je ne l'entende pas.

— Allez les enfants !

Nous entrons dans le garage et là, c'est le silence total. Une fois sur la route, je décide d'y mettre fin.

— Jared j'ai quelque chose à te dire, je...

— C'est bon Lena j'ai compris, je ne t'embêterai plus jamais, me coupe-t-il sans quitter la route des yeux.

Je tourne brusquement la tête vers lui, le cœur battant comme jamais avec une angoisse qui grimpe en flèche.

— Qu'est-ce que tu veux dire par là ? lui demandé-je la gorge serrée.

— Tu ne veux pas de moi alors à présent, je te laisserai tranquille.

— Quoi ?

— Tu as bien entendu, me dit-il sèchement.

Pour avoir entendu, j'ai entendu. C'est comme si on prenait mon cœur entre deux mains et qu'on le compressait bien trop fort. Je reste silencieuse tout le reste du trajet, sentant mon cœur sur le bord des lèvres. Jared va disparaître de ma vie... En arrivant devant chez moi, Jared est le premier à sortir de la voiture, je n'avais même pas remarqué que nous étions déjà arrivés ni qu'il était sorti. Je me décide à en sortir et me dirige en silence avec Jared devant chez moi, j'ouvre la porte et entre en laissant ouvert, mais Jared reste là, me regardant comme si c'était la dernière fois.

Non...

— Bonne nuit Lena, me dit-il avant de fermer la porte lentement sans me lâcher des yeux.

Lorsqu'elle se ferme, je reste devant et sens cette fois mon cœur s'arrêter pour de bon. Alors c'est tout, il s'en va et je vais rester là, comme ça ? J'ai tout fait pour qu'il s'éloigne de moi, j'ai essayé de le haïr pour le fait qu'il ait couché avec Lucy et maintenant que j'ai enfin réussi, qu'il va enfin partir, c'est comme si tout mon univers s'écroulait, comme si toute ma vie partait d'un coup. Je ne peux pas. Je suis incapable de le laisser partir. Je tremble, et je sais que tout mon corps veut être près de Jared. J'ouvre la porte et accours le plus vite que je peux, mais Jared vient tout juste de démarrer en trombe.

— Non, non, non !

Je me mets à courir encore plus vite en agitant les bras dans tous les sens.

— Jared, attend ! hurlé-je comme une vraie hystérique.

La voiture ralentit brusquement dans un gros dérapage, de la fumée apparaît sous les roues et Jared sort de la voiture quelques secondes après, il est complètement paniqué et ne comprend rien à la situation.

— Lena, qu'est-ce qui se passe ? crie-t-il en se mettant à courir vers moi.

Je continue de courir à bout de souffle et dès que je l'atteins, je plaque mes lèvres contre les siennes alors qu'il se crispe légèrement, ne sachant comment réagir. Mais ses lèvres s'étirent en un sourire contre les miennes et ses bras se referment autour de moi.

CHAPITRE VINGT-SIX

Nos langues se mêlent alors que cette peur s'évanouit enfin. Mais Jared recule soudain, les deux mains sur mes épaules avant de froncer les sourcils dans un regard qui se durcit.

— qui joue avec qui, là ? J'espère que tu ne te fiches pas de moi, Lena !

— Je ne joue pas, Jared, je veux que tu restes, je suis incapable de te laisser partir.

Lorsqu'il m'a dit qu'il ne viendrait plus jamais, c'est à ce moment-là que j'ai compris que ce serait impossible d'être loin de lui.

À voir sa tête, il ne s'attendait sûrement pas à ce que je change d'avis. Il me dévisage encore un peu avant d'enfin réaliser.

— Tu veux que je reste ? me demande-t-il, un peu confus.

Les traits de son visage se détendent, mais il reste sceptique, se demandant sûrement s'il rêve ou non.

— Oui, mais il faudra que tu me laisses un peu de temps... Tu comprends ?

Il se recule d'un pas, me lâchant, et ses yeux sont si brillants que je me rends vraiment compte qu'il tient à moi.

— Je comprends parfaitement, oui, me dit-il avec sérieux avant de sourire et me soulever de terre pour me faire voler dans les airs.

Nous rions et il me fait redescendre lentement, au moment où nos lèvres vont se toucher, un bref klaxon nous fait redescendre sur terre et pour de bon. J'avais presque oublié que nous étions au beau milieu de la route et que des voitures attendaient pour passer.

— Ouais ça va ! crie Jared au gars dans la voiture. Allez viens, miss coincée.

Il me prend par les épaules et pendant que nous marchons jusqu'à la Mustang, je lui pose une question.

— Pourquoi «miss coincée» ?

— Si je te le disais, se décide-t-il à me dire, tu me dirais de partir pour de bon.

Il a un petit sourire, mais je lis quelque chose dans son regard, quelque chose comme ce moment, dans la salle de bains plus tôt dans la soirée, où il s'est avancé avec ce... désir. Je sens mes joues rougir, mais avant qu'il ne le remarque, nous sommes déjà devant chez moi. En entrant dans la maison, nous nous asseyons sur le canapé et là, un petit malaise s'installe peu à peu entre nous. Jared semble ne pas savoir comment se comporter, c'est étrange qu'il se tienne si bien alors qu'il y a à peine une heure, il voulait me rendre folle. Il a peut-être peur que je fuie ?

— Jared, j'habite ici, je ne vais aller nulle part, tu le sais ?

— Oui... c'est juste trop beau pour être vrai. Après tout ce que j'ai fait... Tu veux essayer de me pardonner.

— Ce n'est pas extraordinaire et c'est en partie grâce à Marion qui m'a dit que tu regrettais beaucoup.

— Elle a osé ?

— Ne te mets pas en colère contre elle ! Au contraire, si elle ne m'avait pas parlé, tu serais parti et peut-être que je ne t'aurais jamais rattrapé.

— Oh... dans ce cas, je lui dois des remerciements.

Il se mordille la lèvre et soupire en se rapprochant de moi. Sa main vient caresser ma joue tendrement et je le laisse faire, sans le quitter des yeux. Ces magnifiques émeraudes...

— Tu as su voir en moi ce que personne n'a jamais vu, tu t'en rends compte ?

Je souris, émue par ses mots, et place ma main sur son cœur battant.

— Parce qu'au fond, tu as un cœur, bien que j'en aie parfois douté.

— Il est à toi à présent, me dit-il comme une caresse sur ses lèvres.

Je m'approche de lui et place ma tête sur son cœur alors qu'il caresse mon dos. Ce petit moment nous permet de nous rendre vraiment compte que nous sommes... ensemble.

— Bon, dis-je en me redressant. Je dois aller sous la douche, après ce footing, j'en ai grand besoin !

— Est-ce que je peux rester ?

Sa question me surprend un peu et avec un sourire, je lui réponds :

— Est-ce que tu demandes d'habitude ?

— Hum... jamais, rit-il.

— Bon, j'y vais, dis-je en me levant du canapé.

— Moi aussi, j'ai besoin d'une douche, ça te dérange ?

— Pas du tout, tu y iras juste après.

— Pourquoi pas avec toi ?

Je lève les yeux au ciel en guise de réponse et me dirige dans ma chambre pour récupérer quelques vêtements avant de me diriger vers la salle de bains accompagnée par Jared. Lorsque j'ouvre la porte, je me retourne et place ma main sur son torse avec un regard qui en dit long, ce qui a l'effet d'un sourire malicieux venant de sa part.

— Où est-ce que tu comptes aller comme ça ?

— C'est bon... souffle-t-il. Mais ce serait bien plus amusant à deux.

L'idée passe en flèche dans mon esprit avant que je ne lui referme la porte au nez. Je ferme à double tour, sachant de quoi est capable le grand Jared Welland et une fois en sécurité, je me dévêtis et entre dans la baignoire pour une bonne douche. Une fois finie et habillée, je sors de la salle de bains pour rejoindre Jared.

— J'ai fini, tu peux y aller, lui dis-je en m'avançant vers le lit.

Lorsque je vois qu'il lit mon livre Cinquante Nuances de Grey, que j'ai laissé sur ma commode, avec tellement de concentration, je ne peux m'empêcher de rire aux éclats.

— C'est passionnant ce que vous lisez, miss coincée. Enfin, pas si coincée que ça à ce que je vois, me dit-il avec un sourire taquin.

— Je sais qu'il y a des scènes chaudes mais moi, c'est l'histoire d'amour entre Christian et Anastasia qui me plaît, me défends-je.

— N'empêche qu'il y a plus de scène de sexe que d'histoire d'amour là-dedans !

— Si tu lisais du début et pas que les scènes de «sexe», tu comprendrais mieux leur histoire d'amour ! Je la trouve tellement romantique que le reste m'échappe complètement.

— Ouais si tu le dis... bon, je vais prendre une douche, dit-il en posant le livre et en se dirigeant dans ma salle de bains avec des vêtements en main.

— Où as-tu pris ces vêtements ?

— Dans ma voiture, tu sais, au cas où, me dit-il avant de fermer la porte derrière lui.

En attendant Jared, je décide d'aller nous préparer un bon chocolat chaud dans la cuisine. Le lait est presque à la bonne température alors je sors deux grandes tasses avec deux sucres et du chocolat en poudre, une fois prêt, je verse le lait et prends deux cuillères avant de repartir dans ma chambre. En entrant, la porte de ma salle de bains vient tout juste de s'ouvrir et Jared sort, vêtu d'une simple serviette autour de la taille. Je reste plantée devant son corps musclé et tatoué, encore un peu mouillé. Ses cheveux bouclés sont gorgés d'eau et en bataille et je ne peux m'empêcher de le regarder avec émerveillement. Lorsqu'il me voit, il se crispe, mais un sourire amusé apparaît sur ses lèvres.

— C'est pour moi ? me demande-t-il en s'avançant pour

prendre une tasse de mes mains.

— Oui... lui réponds-je d'une petite voix en avalant ma salive.

— Quoi ? Tu n'as pas voulu prendre une douche avec moi, alors ne te plains pas.

— Je ne me plains pas, il est hors de question que je prenne une douche avec toi et tu comptes rester habiller comme ça ? grondé-je.

— Tu rougis, Lena, et tu devrais t'asseoir, tes genoux ont l'air de flancher.

— Arrête ça, lui dis-je, sentant effectivement mes joues rougir.

— Allez viens je rigole, me dit-il en m'attirant contre lui.

Son odeur de fruit m'enivre complètement. Il sent tellement bon... Il prend mon menton entre ses doigts et dépose plusieurs baisers sur mes lèvres et un dernier sur mon nez.

— C'est tellement bon de pouvoir enfin t'embrasser, me chuchote-t-il.

— Enfin ?

— Dès l'instant où je t'ai vue, j'ai eu envie de t'embrasser, de te protéger, et de ne t'avoir rien que pour moi, ça me rendait parfois fou, m'avoue-t-il.

— C'est pour ça que tu ne veux pas que je reste avec Jacob ?

C'est une question qui peut risquer de le contrarier comme toujours, mais je n'arrive pas à l'effacer de ma tête. Et bizarrement, Jared reste très calme.

— Oui et non, Jacob est mon meilleur ami. Mais il cache pas mal de choses et le savoir tout en le voyant tourner autour de toi me met hors de moi.

— Je comprends que ça te fasse peur, mais je t'assure qu'il ne me fera rien de mal, et puis... j'aimerais que tu fasses un effort et lui parle.

— Hors de question, dit-il catégoriquement.

— Mais pourquoi ? Il est bien ton ami ? Il voulait simplement m'aider et me protéger, tu sais... je sais que tu peux le faire.

Sous mon regard plein d'espoir, il y réfléchit un peu en se mordillant la lèvre avant de souffler. Je souris, car je sais qu'il va le faire.

— Seulement pour que tu me pardonnes plus vite d'être un gros con.

Il va le faire ! Et savoir qu'il va faire des efforts me prouve bien que j'y arrive, il change peu à peu et se montre sous sa vraie forme.

— Merci, maintenant tu pourrais t'habiller, s'il te plaît ? dis-je en allant sur le lit pour boire mon chocolat.

— Pour ma défense, j'avais oublié mon t-shirt sur le lit ! dit-il en le ramassant.

— Et tu ne pouvais pas enfiler le bas et revenir enfiler le haut ?

— Non, sinon tu n'aurais pas pu baver comme tu l'as fait, miss coincée, dit-il avec un clin d'œil.

Je ris, un peu honteuse et continue de boire mon chocolat en pensant que cette soirée est loin d'être comme je m'y attendais. Dire que si je l'avais laissé partir, j'aurais perdu l'amour de ma vie. J'ai l'impression que notre histoire a été écrite et que nous étions destinés à nous rencontrer. Du moins, c'est ce que je ressens, car on ne rencontre pas une personne par hasard, c'est ce que mon père m'a dit l'une des rares fois où il était sobre. Depuis ce jour, je n'ai plus cru au hasard et Jared me le rappelle. Et si je n'avais pas décidé de rentrer à pied, me laissant reconduire chez moi par Kate, je ne serais pas passée par ce chemin et Jared ne m'aurait jamais croisé. C'est un peu un mal pour un bien, tout compte fait. Sacré hasard ! Lorsque Jared revient et habillé cette fois, nous terminons notre chocolat chaud avant d'éteindre toutes les lumières pour nous mettre au lit. Je pose ma tête contre son torse et n'arrive toujours pas à croire qu'il soit là, qu'après tous ces jours à vouloir l'oublier et le haïr, il est là contre moi et j'entends son cœur, qui m'appartient, battre lentement alors qu'il caresse mes cheveux tendrement.

— Lena ? dit ce dernier en me tirant de mes pensées.

— Hum, hum ?

— Est-ce que tu crois au hasard ?

Si j'y crois ? Eh bien, j'étais en train de penser que nous étions destinés à nous rencontrer et comme par «hasard», il me pose presque le même genre de question.

— Absolument, pourquoi ? lui réponds-je en souriant à m'en faire mal à la mâchoire.

— Parce que je savais que tu serais plus qu'un hasard.

— Comment tu l'as su ? Comment peux-tu être si sûr ?

— Je l'ai senti...

Sur ces derniers mots, il s'endort. Je dépose un petit bisou sur son torse avant de sombrer à mon tour dans mes rêves.

***

Ce matin, je suis réveillée par l'impression d'être observée. Les yeux clos, je repense à la soirée d'hier et ouvre enfin les yeux pour les poser sur la première chose qui s'offre à moi. Je ne peux pas mieux regarder au réveil ! Jared me sourit tendrement avec ses yeux remplis d'amour. Encore hier, j'aurais douté de ce regard, mais aujourd'hui, je le vois aussi resplendissant et véritable que jamais ! Mais au fond de moi, il y a encore de vilaines images de lui et Lucy, ensemble, s'embrassant et même pire...

— Qu'est-ce qui ne va pas ? me demande Jared en fronçant les sourcils.

Je reste silencieuse et comme s'il avait lu dans mon regard, il s'attriste un peu et vient me serrer contre lui si fort que j'en ai presque mal, mais c'est si bon de l'avoir aussi près de moi.

— Je voudrais que l'on y aille doucement ensemble, lui dis-je alors que je ne suis pas sûre que ce soit vraiment ce que je veux.

Je suis incertaine, j'ai encore beaucoup de mal à faire

disparaître et ce n'est pas en un battement de cils que ça va disparaître. Mais je sais maintenant que je pourrai compter sur Jared. Il m'a prouvé son amour.

— Doucement, si c'est ce que tu veux, alors c'est d'accord, me répond-il.

Le ton de sa voix me laisse à penser qu'il est tout sauf d'accord. Mais il fait l'effort et j'apprécie beaucoup même si maintenant, je regrette un peu d'avoir été si méchante et de l'avoir attristé.

— Merci, dis-je avant de me lever.

Je me dirige vers mon armoire quand il m'arrête en me disant :

— Où vas-tu ?

— Nous avons cours aujourd'hui et je ne veux pas arriver en retard.

— Miss coincée est de retour ! roule-t-il des yeux.

— Elle n'est jamais partie, elle dormait ! souris-je.

— Comment fais-tu pour être aussi organisée tout le temps, tu n'en as jamais marre ?

— Pas du tout, je fonctionne comme ça. que ça te plaise ou non et puis je ne me laisse pas surprendre comme ça.

Enfin... pas avec toi... le seul qui n'ait jamais été dans mes plans d'avenir et qui arrive à me faire sortir de mon self-control en seulement une seconde. Est-ce une bonne chose ou non ? Ce qui est sûr, c'est que je ne peux pas être loin de lui maintenant.

— Surprise ! crie-t-il avant de me jeter un oreiller à la figure.

Je fais en effet une tête surprise et n'arrive pas à croire qu'il ait osé. Qu'est-ce que je disais, une seconde !

— Tu vas me le payer !

Sans aucune maturité, il court jusqu'à la sortie de la chambre et dévale les escaliers, je fais de même et ne le trouve nulle part. Je décide d'aller à la cuisine et d'ouvrir le frigo pour y prendre du jus d'orange et m'en servir un verre, mais mes yeux se posent sur de la mayonnaise, le truc le plus dégoûtant du monde ! Je souris avec une idée bien en tête et l'empoigne avant de me retourner et là, Jared me surprend encore une fois et m'enlève le tube des mains.

— De la mayonnaise ? me dit-il en me bloquant entre le plan de travail et lui.

— Et alors ? Tu l'aurais bien mérité !

— Miss coincée, tu ne sais vraiment pas faire des mauvais coups !

— Je n'ai pas sept ans d'âge mental comme toi, réponds-je en essayant de le pousser. Tu peux me dire pourquoi j'ai accepté de te donner une autre chance ?

— Parce que je suis irrésistible et que mes tatouages t'obsèdent.

— Ah, la bonne blague.

Bon, il a vrai sur toute la ligne, mais je ne suis pas obsédée par ses tatouages, je pense juste que c'est comme regarder une œuvre d'art.

— Oh tu me blesses là, tu le sais ? me dit-il en faisant la moue.

Avec ses yeux verts et sa tête d'enfant, comment lui résister ?

— Bon, tu as gagné ! Tu es le plus beau et mérites même un petit bisou à condition que tu me lâches.

Il affiche une tête fière et approche ses lèvres des miennes, mais je dérive sur sa joue et arrive à filer de son emprise en marchant au pas de course.

— Ça, c'est un mauvais coup bas ! Tu t'améliores, miss coincée !

Je ris jusqu'à ce que j'atteigne ma chambre pour enfin me préparer. Tout en m'exécutant, je me demande comment vont réagir les autres lorsqu'ils vont nous voir ensemble. J'avoue que ça m'angoisse, mais celui qui me fait le plus peur, c'est Jacob. Je ne sais pas pourquoi, mais j'appréhende beaucoup sa réaction. Après tout le mal qu'il s'est donné pour moi pour me protéger de Jared, je crains qu'il ne se fâche ou quelque chose comme ça. Il faut que j'aie une discussion avec lui dans ce cas.

CHAPITRE VINGT-SEPT

Lorsque la voiture s'immobilise, je vois déjà quelques regards d'élèves sur moi.

— Laisse-les te regarder, tu n'as rien fait de mal et le premier qui te dit quelque chose, je lui casse la tête, d'accord ? me dit Jared en me caressant la main.

— De toute façon, ils se lasseront bien de penser que je suis ta groupie, soufflé-je.

— Peu importe ce qu'ils pensent, ils sont jaloux que ce soit toi, et seulement toi, Lena.

Ses mots me touchent beaucoup, mais il y a toujours cette sensation de peur en moi.

— Ils doivent trouver ça bizarre qu'une célébrité comme toi reste avec moi et pas avec une bimbo.

— Qu'ils pensent ce qu'ils veulent, moi j'aime la personne que tu es. Mais crois-moi, ils te regardent quand même, souffle-t-il comme si ça le dérangeait.

— Ils te regarderont aussi, je te signale qu'il s'agit de tes fans.

— Ce ne sont pas mes fans qui me font le plus peur, c'est tous les garçons qui te regardent un peu trop longtemps.

— Personne ne me regarde, tu es fou ! Et ce sont les regards meurtris qui me font peur.

— Ne t'en fais pas, généralement après une semaine, ils se lassent toujours de regarder mes conquêtes.

— Tes... conquêtes ? Je suis une de tes conquêtes dans ce cas, dis-je, légèrement blessée.

— Mais non, pas avec toi, tu te souviens ? C'est juste le temps que j'ai constaté à chaque fois qu'ils m'ont aperçu avec des filles.

— Oh, avec combien de célébrités es-tu sorti ? demandé-je plus sur le ton de la curiosité que de la jalousie.

— Aucune, dit-il en sortant de la voiture.

Je fais de même et le talonne, ayant oublié que nous sommes fusillés du regard.

— Ce n'est pas possible ! Tu es sûrement sorti avec beaucoup de filles !

— Oui en effet, mais jamais sérieusement, et toi ? Je suis sûr que tu as déjà été amoureuse de quelqu'un ?

Sa voix est sèche.

— Bah... euh... peut-être bien ? bégayé-je.

Jared s'arrête subitement et je manque de lui rentrer dedans.

— Voyez-vous ça, et qui est-ce ? Est-il ici ? dit-il avec ce qui me semble une énorme jalousie qui fait ressortir les veines de son cou.

Je rêve là !

— Il n'est pas ici et ça remonte à très longtemps ! C'était juste un premier baiser insignifiant en plus...

— Quoi ? dit-il presque en criant.

— Mon Dieu, Jared, c'était en primaire !

Il fronce les sourcils, toujours en rage, mais se calme légèrement et son visage s'apaise un peu.

— Oh... fait-il comme soulagé. Ça ne compte pas vraiment dans ce cas.

— Tout comme je me fiche aussi de tes «conquêtes».

— Ta jalousie me transperce presque la peau, me dit-il avant de marcher jusqu'à l'entrée principale.

— Oh que non ! C'est faux !

Que devrai-je dire de la sienne alors ? Bon, j'avoue avoir un pincement au cœur en sachant qu'il a dû en avoir des centaines et être très intime avec elles, mais comme il l'a dit, il n'est jamais sorti avec elles pour du sérieux, c'est-à-dire sans sentiment.

D'accord, ça me rend tout de même un peu jalouse ! Lorsque je vois mes amis, et qu'eux voient la personne qui m'accompagne, ils me font un regard un peu confus et surprotecteur.

— Laisse-moi leur parler, tu veux bien ? me dit Jared.

Je hoche la tête et je m'arrête là, dépose mon sac à dos dans mon casier tout en les observant. Jared s'avance et lorsqu'il est devant eux, il leur dit quelque chose qui semble détendre Kate. Mais Alex, lui, fronce les sourcils et lui dit à son tour quelque chose, puis finit par sourire et se tape dans la main avant que Jared ne se tourne et me fasse un petit signe de main pour que je vienne. J'avance d'un pas timide alors que je n'ai pas de quoi l'être avec mes amis. Alex me prend dans ses bras et me chuchote à l'oreille :

— Je l'ai menacé s'il te refait du mal et crois-moi, il a eu la peur de sa vie !

Je ris en pensant que c'est lui qui a dû avoir peur vu le gabarit de Jared, mais il a fait ça pour me protéger et ça prouve l'ami extraordinaire que j'ai.

— Je suis tellement heureuse que ça se soit arrangé ! De toute façon, je savais que vous alliez finir ensemble !

Jared et moi, on se regarde discrètement et je rougis en pensant qu'en fait, je ne lui ai qu'à moitié pardonné. Jared se frotte la nuque en comprenant mon attitude et je décide à ce moment de parler seule à seule avec Kate un peu plus loin.

— En fait, on n'est pas vraiment ensemble... Enfin, si, mais je lui ai dit qu'il me faut un peu de temps pour...

— Digérer qu'il ait baisé avec Lucy, je vois.

— Oui, en gros... dis-je, la gorge serrée par les mots qu'elle emploie. Mais j'ai aussi un gros doute, dois-je lui faire à nouveau confiance ?

Kate réfléchit tout en regardant Jared qui discute avec Alex, puis elle me regarde à nouveau.

— Pour ma part, il me semble sincère, mais prends ton temps, s'il t'aime, il sera patient.

— D'accord… Je crains que ça ne marche pas et qu'il aille vers Lucy à nouveau…

— Je ne pense pas qu'il y retournera, il a compris son erreur, crois-moi et Lucy a dû le forcer un peu pour qu'il lâche prise aussi facilement.

C'est exactement ce qu'il m'a dit, qu'elle avait fait tout son possible pour le faire céder. Dans ce cas-là, je pense pouvoir le croire, mais ma confiance et le reste viendront sans doute plus lentement.

— Oui, il m'a dit la même chose.

— Au fait, où elle est cette salope ? me demande Kate.

— Je pense qu'elle est chez elle et camoufle ses blessures.

— C'est vrai que tu n'as pas dû la louper ! Je suis fière de toi, Lena !

La cloche retentit et tous se regroupent pour entrer dans les classes. Je m'attends à voir Jacob, mais ne le vois nulle part, je me retourne et demande à Kate discrètement où il est.

— Il n'est pas venu parce qu'il avait des choses à faire, un rendez-vous chez le psy ou un truc du genre, je crois, me répond-elle.

Un psy ? Je pense qu'elle s'est trompée, pourquoi Jacob irait chez un psy ? Elle a dû confondre. Je n'aurai pas cette conversation avant demain, j'espère qu'il ne va pas mal le prendre et je ne comprends pas pourquoi je me fais un souci pareil sur le fait de lui dire que moi et Jared, nous ne sommes plus en guerre, mais pas tout à fait en paix. Ça me fait penser au début de notre étrange amitié entre lui, la «star arrogante et mystérieuse» et moi-même, la «miss coincée». On dirait presque que nous avons remonté le temps, mais si j'avais su qu'en découvrant qui est Jared, je serais aussi brisée et bien… Je ferais la même erreur, je crois. Le cours commence et je me concentre comme je peux, il faut que mes notes remontent en flèche.

***

Lorsque Jared me dépose devant chez moi, il me dit qu'il ne peut pas rester, car il a des choses à faire dont je n'ai aucune idée, car il est resté vague. Je me retrouve alors sur mon canapé et me demande sérieusement ce qu'il fabrique, c'est étrange la manière dont il m'a parlé, comme s'il me cachait quelque chose.

Ma confiance est alors au plus bas, j'en suis même à me demander si j'ai bien fait de vouloir lui pardonner. Toutes mes pensées se bousculent à l'idée qu'il me fasse encore du mal, je ne crois pas que cette fois-ci j'arriverai à lui pardonner ou à m'en remettre. Je décide d'arrêter de me torturer l'esprit et me dis que l'on parle là de Jared Welland, qui n'a jamais voulu autre chose que me protéger jusqu'à maintenant. Alors avec ou sans confiance, il faut que je pense à ça. Et il m'aime.

Je décide de continuer un peu la lecture de cinquante nuances de Monsieur Grey

Et finit par dévorer le livre entièrement. Il est près de dix-sept heures et Jared n'est toujours pas là. Je souffle et décide d'aller prendre un bon bain chaud pour tenter de me détendre un peu. Mon téléphone en main, je décide d'envoyer un message à Jacob pour lui demander pourquoi il n'était pas venu en cours aujourd'hui, car je ne pense pas qu'il soit allé voir un psy. Si oui, je suis curieuse de savoir pour quelle raison.

Ne voyant pas de réponse de sa part, je pose le téléphone et me laisse couler sous l'eau, j'y reste jusqu'à ce que le manque d'air se fasse ressentir et je décide de sortir. Je me sèche et cherche mes vêtements avec ma main sur le rebord du lavabo, mais seul bémol, j'étais tellement occupée à me torturer l'esprit que j'ai oublié mes vêtements. Je m'enroule dans ma serviette et sors de la salle de bains.

Je regarde mes pieds qui laissent des traces sur mon parquet et quand je relève les yeux, je sursaute de surprise en voyant Jared devant la porte de ma chambre.

Je serre la fine couche de la serviette qui cache ma nudité contre moi quand je vois le regard que me porte Jared. Il a ce désir brûlant dans les yeux et ça me fait reculer d'un pas, mais me donne une décharge électrique qui s'arrête au niveau de mon bas-ventre. Qu'est-ce qu'il m'arrive, c'est quoi cette sensation ?

— Je... j'ai oublié mes vêtements, balbutié-je en tentant de ne pas devenir aussi rouge que les murs de ma chambre.

Je me dirige sous son silence chercher n'importe quoi qui peut m'habiller. Je trouve un jean avec un débardeur blanc et des sous-vêtements que je mets en boule avant de tenter de courir jusqu'à la salle de bains, mais je percute Jared de plein fouet et manque de faire tomber ma serviette. Je ne l'ai même pas entendu marcher jusqu'ici.

— C'est donc ça ma punition, devoir te regarder avec un seul morceau de tissu sur le dos ? me dit-il en haussant un sourcil, les bras croisés.

— Mais de quoi tu parles ? J'ai oublié mes vêtements ! lui répété-je en voulant passer à côté de lui.

Mais chose qui ne m'étonne pas, il me retient par le bras.

— Ne joue pas l'innocente, Lena.

— Je ne suis pas en train de... commencé-je avant de souffler. Mais toi, où étais-tu ?

— Je faisais quelque chose de secret.

Au moins, il ne s'en cache pas.

— Oh et tu ne comptes pas me dire ce que c'est ? m'énervé-je.

— Non, je te laisserai... le découvrir, dit-il, focalisé sur ma serviette.

Il s'approche de moi et une alarme se déclenche dans ma tête, mais lorsqu'il m'embrasse fougueusement, je me laisse aller contre ses lèvres et enfouis mes mains dans sa chevelure parfaite. Ça a le don de le faire gémir et faire vibrer mes lèvres, ce son rauque me met dans tous mes états. Je sens mes jambes me lâcher, mais Jared me retient par la taille comme s'il avait deviné que je ne tiendrais pas longtemps debout. J'oublie complètement mes doutes et mes peurs pour me retrouver dans un brouillard de plaisir. Je me presse contre lui et sa main passe dans mon dos.

— Lena... si tu n'arrêtes pas, nous allons avoir un gros problème... me chuchote Jared entre deux baisers.

Mais c'est tellement fort entre nous, cette alchimie parfaite, que je ne l'écoute pas le moins du monde. Du moins... jusqu'à ce que je ressente quelque chose de dur au niveau de mon ventre. Je me recule, sourcils froncés et Jared baisse les yeux en même temps que moi sur... doux Jésus ! Je ne sais pas trop quoi dire, c'est la première fois qu'un garçon a ce genre de réaction à cause de moi, est-ce normal ? Je n'en sais absolument rien, mais ce qui est sûr, c'est que je dois avoir une drôle de tête pour que Jared s'empêche de rire.

— C'était inévitable, me dit-il, sans honte ni gêne.

— Inévitable ? répété-je, sentant mes joues s'enflammer.

— Comment veux-tu que je réagisse ? Tu es nue sous cette serviette que je meurs d'envie d'arracher et tu te frottes contre moi !

— Désolée... je vais aller m'habiller.

Je ramasse mes vêtements et fonce honteusement tête baissée dans la salle de bains m'habiller.

Waouh ! Je n'arrive pas à croire ce que je viens de provoquer, mais cette sensation dans mon bas-ventre qui me contracte, ça m'a fait complètement dérailler. Qu'est-ce qu'il m'arrive ? Qu'est-ce que ça peut bien signifier ? Je suis pourtant sûre que ça se rapproche d'un désir que je n'avais certainement jamais ressenti auparavant.

Lorsque je sors enfin de la salle de bains, Jared est assis sur le lit avec un oreiller sur les genoux.

— Jared ?

— Présent, me dit-il en tournant la tête dans ma direction.

— Écoute, je n'aurais pas dû me promener comme ça,

alors…

— Alors quoi ? me coupe-t-il. Tu crois que je vais te sauter dessus comme un connard ?

— Non, c'est juste que…

Merde, comment lui dire que j'ai peur de ne pas être à la hauteur de ses attentes. Lucy a raison, je suis la Sainte Vierge en personne !

— C'est bon, j'avais compris que tu étais vierge, me dit-il en levant les yeux au ciel.

— Quoi ? Mais comment tu…

— Ça saute aux yeux, Lena… Et quoi ? Tu crois que je préfère les filles avec de l'expérience ?

— Non… enfin, je ne sais pas ce que tu préfères, mais sûrement pas les…

— Vierges ? me coupe-t-il à nouveau.

— Arrête de dire ce mot c'est… gênant.

Je me sens ridicule, je n'ai jamais eu d'expérience, absolument rien ! Tandis que lui, il a dû avoir une centaine de filles dans son lit. Je grimace en imaginant qu'il est avec une autre et il se met à rire et vient me serrer dans ses bras.

— Lena, Lena… Je suis bien heureux que personne ne t'ait encore touchée, tu sais.

— Pourquoi ça ?

— Parce que je serai le plus heureux d'être ton premier et ton dernier, qui sait ?

Ça me rassure beaucoup, mais je ne sais pas si je serai capable un jour de passer à l'acte.

— Mais je ne suis pas prête… Alors si tu allais voir ailleurs, ça ne serait sans doute que ma faute…

Je le sens se raidir des pieds à la tête, puis il s'écarte un peu de moi et place ses mains qui m'électrifient à chaque fois sur mes épaules. Il me regarde de ses yeux émeraude grands ouverts avec un air très surpris, mais je peux y lire tellement d'amour, de tendresse et de tristesse. Triste ? Pour quelle raison que je ne sois pas prête ou que je pense qu'il ne pourra pas m'attendre ? L'un ou l'autre, ça me serre le cœur à un point que je ne peux le regarder dans les yeux bien longtemps.

— Écoute-moi, j'ai été un sale con toute ma vie avec les filles et je t'ai fait du mal avec Lucy, ce que je regretterai toute ma vie. Mais... maintenant, jamais je n'irai voir ailleurs, tu m'entends ? me dit-il en levant ma tête avec ses doigts. Tu me changes à un point que tu n'imagines pas, Lena.

— Désolée...

— Allez viens, j'ai une surprise pour toi.

Sans m'en dire plus, je le suis jusqu'à la Mustang et il me lance les clés que je rattrape agilement.

— C'est toi qui conduis, bébé.

— Quoi ? Tu es sûr de toi ?

— Aussi sûr que je t'aime, allez, emmène-nous faire une balade.

Je ressens une montée d'adrénaline et d'anxiété lorsque je monte côté conducteur. Je m'installe correctement et suis tout excitée, ce qui fit sourire mon séduisant passager, le célèbre Jared Welland.

— Tu n'as vraiment pas peur que je la bousille ?

— Absolument pas, j'y tiens comme si c'était mon propre enfant, mais il faut bien que tu apprennes à la conduire un jour, non ?

Son regard me projette complètement dans un avenir où nous serions ensemble et heureux. Je pense que c'est exactement ce qu'il voulait que je ressente. Je démarre donc et écoute le ronronnement du moteur avant de passer la première et d'accélérer. La voiture part très vite : c'est fou la puissance qu'elle dégage alors que j'appuie à peine sur la pédale. Je roule un peu au hasard et suis étonnée de moi-même, Jared ne tarde pas à me le faire remarquer en déposant sa main sur ma cuisse.

— Tu conduis comme une pro, je suis impressionné.

— Merci, c'était donc ça, la surprise qui t'a pris des

heures ? ne puis-je m'empêcher de demander.

— Du tout, celle-ci, je la garde encore secrète.

— Tu n'es pas obligé de me faire quoi que ce soit comme surprise, tu le sais ?

— Oui, je le sais, je te connais, miss coincée.

Après avoir avalé les quelques kilomètres avec le plus grand plaisir, nous rentrons chez moi, où nous décidons de manger des chips au poulet devant un des Batman. Comme si rien de tout ce qui s'était passé ne s'était produit, comme si Jared n'était pas Jared Welland, mais un garçon normal et que j'étais seulement moi et pas une fille qui aime une star à la folie.

CHAPITRE VINGT-HUIT

Les souvenirs de la veille m'aident à me réveiller avec le sourire. Je m'étire tel un chat et cherche ensuite Jared du bout des doigts, mais tout ce que je touche, se sont les draps encore tièdes de sa présence. Signe qu'il ne doit pas être bien loin. Je me redresse, un peu déçue de ne pas avoir de câlins du matin, mais pas encore assez pour oublier la soirée passée avec lui. C'était une soirée tout à fait banal, sauf bien sûr lorsqu'il m'a confié le volant en toute confiance de la Mustang qu'il affectionne sûrement plus que tout ce qu'il possède. Mais rire ensemble avec un bon vieux film et discuter sans dispute, sans aucun problème qui vienne en tête, juste nous dans notre petit monde, c'est amplement suffisant pour moi. Je décide de partir à sa recherche si bien sûr, il est encore là. Je descends les escaliers en bâillant et l'appelle :

— Jared ?

Sa voix me parvient instantanément.

— En bas… avec Jacob.

Je m'arrête, manquant de louper une marche et je me retiens de justesse à la rambarde.

Ai-je bien entendu là ? Je continue de descendre les dernières marches et les trouve tous deux au salon, crispés et silencieux, mais pas en train de se donner des coups de poing et des insultes. Mon Dieu, j'avais oublié Jacob ! Moi qui comptais lui parler tranquillement seule à seul…

— Jacob, ça fait un moment que je ne t'ai pas vu, dis-je, extrêmement mal à l'aise.

Il doit se faire un tas d'idées sur le fait que Jared soit là, torse nu et décoiffé, et moi qui viens de me réveiller.

— Je suis venu voir comment tu vas, je m'inquiétais un peu, me dit-il d'une petite voix.

Je remarque aussitôt que quelque chose ne va pas. Il ne me regarde pas et son sourire qui d'habitude pourrait faire de l'ombre aux étoiles est si triste. C'est bien la première fois que je vois Jacob ainsi, serait-il contrarié ? Jared lui a-t-il dit que nous sommes ensemble ? Mais pourquoi alors fait-il une tête pareille ?

— Non, tout va bien, merci de t'inquiéter, lui dis-je en allant le serrer dans mes bras.

C'est quelque chose de très risqué étant donné que «Monsieur Welland» est juste à côté, mais il semble très calme et ne dit pas un mot. Mais il se racle bruyamment la gorge, signe que je dois m'écarter de Jacob, ce que je fais immédiatement. Je m'assieds à côté de Jared en lui jetant un petit coup d'œil, il serre la mâchoire et entremêle ses doigts tranquillement, mais il fait des efforts surhumains pour ne pas exploser.

— En fait, nous avons quelque chose à te dire. Lena, je te laisse lui dire, me dit Jared d'une voix assez dure.

Son regard insistant et impatient montre clairement pourquoi il veut que je le lui dise aussi rapidement. Je n'en reviens pas qu'il me force ! Ce n'est pas comme ça que je veux lui annoncer la nouvelle, lui dire que nous sommes ensemble, que petit à petit je lui pardonne alors qu'il s'est donné tant de mal pour m'aider à aller mieux et loin de Jared.

— Eh bien... commencé-je délicatement. Nous... nous sommes réconciliés.

Je sens que je vais passer un mauvais quart d'heure, mais Jared et sa jalousie possessive m'agacent tellement...

— Oh... bon euh... je dois y aller, les cours vont bientôt commencer, on se voit là-bas, nous dit Jacob qui se lève sèchement avant de marcher comme s'il avait le feu au derrière.

— À toute... commencé-je, mais il est déjà sorti de la maison.

Je souffle un bon coup avant de regarder Jared qui semble se contenir de me tuer, ses yeux lancent des éclairs, ce qui me fiche vraiment la trouille.

— Je vais... aller me préparer, lui dis-je en me levant.

Je marche presque en courant sans me retourner et je suis bien étonnée qu'il ne me suive pas. Je relâche tout l'air dans mes poumons et avant que je dise que ça aurait pu être pire, une main se referme sur mon bras et m'entraîne dans ma chambre. La porte claque et je me retrouve collée à celle-ci.

— Comme ça, nous nous sommes «réconciliés» hein, Lena ! me dit Jared qui monte le ton.

— Tu me forçais presque, Jared, j'aurais dit la vérité si tu n'étais pas aussi possessif ! lui réponds-je.

— Mais tu es à moi ! Tu m'appartiens ! Et personne ne touche à ce qui m'appartient !

Il se décale de moi et commence à faire les cent pas tout en réfléchissant tandis que ses mots m'ont rendue complètement muette.

— Tu l'aimes ? me lâche-t-il en s'arrêtant.

Mais bien sûr que non abruti, je n'aime que toi ! Ai-je envie de lui dire. Mais penser que je lui appartiens, que je suis à lui, comme un vulgaire objet, me brise le cœur. Est-ce comme ça qu'il me voit ?

— Réponds ! me crie-t-il, ce qui me fait sursauter.

— Non, je ne l'aime pas comme ça ! Mais lui ne me considère sûrement pas comme si j'étais un jouet ridicule qu'on ne doit pas toucher ! Finis-je par lui dire, sentant des larmes chaudes couler sur mes joues.

Son visage se détend et il relâche les épaules, tout comme l'air de ses poumons, en me voyant pleurer. Sa rage s'adoucit peu à peu jusqu'à ce qu'il se rende compte de son comportement trop impulsif. Et je sais qu'il déteste que je pleure.

— Excuse-moi Lena... mais je t'aime tellement que je ne contrôle plus rien lorsque Jacob est près de toi.

Il s'approche de moi, mais je l'arrête en posant ma main sur son torse.

— Pourquoi seulement Jacob ? lui demandé-je sèchement.

— C'est tout le monde... mais surtout lui parce que... parce qu'il t'aime, m'avoue-t-il en grimaçant.

— Quoi ? Mais c'est n'importe quoi ! Et même si c'était vrai, le sentiment n'est pas partagé, Jared, tu le sais !

Je n'ai jamais pensé à Jacob de cette manière, ni qu'il puisse être amoureux de moi, c'est ridicule. Mais ça pourrait expliquer son comportement de tout à l'heure ? Non, ce n'est qu'un très bon ami. Je chasse l'idée et puis, c'est de Jared que je suis amoureuse, mais son comportement est insupportable et égoïste.

— Lena...

— Je dois aller me préparer, le coupé-je froidement sans le regarder.

Je n'attends pas qu'il dise un mot ou essaye de me retenir et m'exécute. Bonne réaction ou non, il me faut un peu de temps. Je suis blessée et en colère. Cette réaction, c'est celle de Jared Welland, l'arrogant fier que je n'aime pas du tout. J'en suis à me demander si un jour, il se débarrassera de cette fichue carapace.

***

Pendant le trajet si court qui me paraît tout de même extrêmement long, aucun de nous ne dit un mot. En arrivant, je sors de la voiture comme une vraie furie sans un regard à Jared. Je pars à mon cours d'histoire, suivi des cours de maths et d'anglais, sans arriver à me concentrer comme je l'aurais voulu. Un million de pensées me torturent l'esprit. En voyant Kate au réfectoire, assise à table, je la rejoins et je lui raconte absolument tout ce qui s'est passé ce matin.

— Tu dois aller lui parler pour tout arranger, Lena, je l'ai croisé tout à l'heure, il était complètement perdu et si triste... Je n'avais pas compris pourquoi, mais maintenant ça s'explique, me dit Kate qui m'a l'air assez inquiète pour lui.

— Je vais y réfléchir, mais son comportement envers son meilleur ami n'est pas correct.

Kate boit son soda avant de me répondre.

— Jacob a tout l'air de t'aimer beaucoup, mais de là à être amoureux... En fait, ça pourrait être possible.

— Kate, bien sûr que non ! Jacob est très beau garçon, il est mon ami et je suis sûre qu'un tas de filles lui courent après !

— Oui, mais s'il ne voulait que toi ? Et si toi, tu étais amoureuse aussi sans le savoir ?

— Mon Dieu, Kate, tu ne m'aides pas là, tu sais ? Et puis... non... pas de Jacob.

Mais j'étudie tout de même ça et même si je le trouve magnifique, avec son sourire de surfer et sa gentillesse angélique, je ne pense pas que je ressente quelque chose qui se rapproche à de l'amour. Car tout est pour une seule personne. Je soupire et me laisse aller contre la chaise. Jamais je ne resterai fâchée bien longtemps contre lui...

— Kate, Lena, fit la voix d'Alex qui vient s'asseoir avec nous. J'ai pensé que l'on pourrait regarder des films avec du pop-corn ce soir, avec Jared et Jacob ?

— Bonne idée, d'ailleurs, où est Jacob ? demandé-je en regardant un peu toutes les têtes autour de nous.

— Je lui ai demandé de vous rejoindre, mais il n'a pas voulu. Il est bizarre notre tête blonde, nous dit-il.

Kate me regarde de ce regard qui dit : «tu vois, je te l'avais dit». Mais je pense plutôt qu'il est fâché que je ne l'ai pas prévenu avant. Je décide de continuer ma journée de cours l'esprit toujours ailleurs. J'ai aussi un million d'occasions d'aller parler à Jared pour tout arranger, mais ce qui me déchire, c'est que j'ai accidentellement fait du mal à Jacob.

Lorsque vient le moment de rentrer, je sors du bâtiment en fredonnent I Don't Wanna Be In Love de Dark Waves en marchant vers le parking. Je m'arrête aussitôt lorsque je vois la Mustang filer à toute allure devant mes yeux. Je me demande si c'est à cause de ce matin ou bien que je suis tellement dans mes pensées que j'oublie que nous sommes en froid. Du moins… que je suis en froid. Maintenant, il me semble que c'est le contraire.

— Jared m'a demandé de te ramener, me dit Alex qui s'approche en posant la main sur mon épaule.

— Pourquoi ? demandé-je sans quitter la route des yeux.

— Il avait quelque chose à faire, je suppose, je suis sûr que ça va aller, viens.

***

En rentrant chez moi, je décide de ranger un peu la maison, bien qu'elle soit déjà intacte pour accueillir mes amis, car ma télé est plus grande que celle d'Alex. Mais il me faut faire quelque chose pour ne pas devenir complètement folle à force de penser autant. Je me fais ensuite couler un bon bain chaud et me glisse de façon à ce que l'eau m'engloutisse ainsi que tous mes petits tracas, mais en remontant à la surface, c'est encore là. que vais-je faire s'il décide de ne plus me parler ? Peut-être qu'il en a eu marre d'attendre que je vienne à lui ? Ou bien il ne veut tout compte fait pas attendre que je me décide à lui pardonner ? Tout se mélange et fait un sacré cocktail.

J'ai les mains sur les hanches et scanne ma chambre à la recherche de quelque chose qui puisse me faire passer le temps. Mes yeux se posent sur Anna Karénine de Léon Tolstoï. Le livre de Jared qu'il m'a offert : le livre qu'il chérit tant et qui est une édition très rare et ancienne. Je m'approche du livre et frôle du bout des doigts la couverture avant de le prendre délicatement et descendre au salon pour commencer à le dévorer.

La première personne qui sonne à la porte est Kate qui me

raconte que Dimitri lui avait fait faux bond pour cette soirée. Je tente de la rassurer quand j'entends sonner à nouveau. Il s'agit d'Alex et Jacob. Et je suis heureuse que notre petit ange californien m'offre un de ses sourires magnifiques. Mon cher voisin a apporté des canettes de bière, je le gronde un peu, mais finit par lâcher prise et le laisse entrer. Avant de fermer la porte, je regarde un peu dans la rue si j'aperçois la Mustang, mais rien. Il n'est pas au courant de cette petite soirée, mais j'avais pensé qu'il allait venir me voir avec ses deux émeraudes pour s'excuser encore alors que c'est à moi de me faire pardonner mon silence.

— Alors, j'ai pris tous les meilleurs films d'horreur de tous les temps, nous dit Alex qui vient s'écraser entre Kate et moi sur le canapé.

Jacob, lui, est tranquillement assis et joue avec son portable.

— Pas de zombies ! Je déteste ça, lui répond Kate qui se met à grelotter d'horreur.

— Non, j'ai pris des classiques du genre Scream, Halloween, Massacre à la tronçonneuse, et mon préféré : L'exorciste.

— Cool ! Bon, moi, je vais préparer le pop-corn, dis-je en me levant. Mais il me faut de l'aide pour attraper le saladier.

Mais Kate et Alex se disputant sur le premier film qu'on va regarder, ils ne semblent pas m'écouter.

— Je viens et moi, je préfère les films d'action, dit Jacob qui se lève du canapé.

Il me suit jusqu'à la cuisine où je lui montre le placard le plus haut. Il en sort le grand saladier en verre sans problème et me le tend.

— Merci, si seulement j'étais à peine plus grande, j'y arriverais, ris-je.

— Moi, je te trouve mignonne du haut de tes, hum... un mètre soixante-cinq ?

— Non un mètre soixante neuf, lui réponds-je fièrement,

même s'il n'y a pas de quoi.

— Pour quatre centimètres de plus, c'est pareil, me dit-il en s'approchant d'un pas vers moi.

Nous nous regardons un petit moment avant que je pense aux mots de Jared sur le fait que Jacob m'aime et qu'il est dangereux de rester avec lui. Mais je chasse tout ça, car je devrais plutôt penser à m'excuser de n'avoir rien dit plus tôt et comme j'aurais aimé le lui faire savoir.

— Je... je vais chercher les pop-corn, lui dis-je en m'exécutant.

Je mets en route le micro-ondes à trois minutes et patiente avec Jacob.

— En fait, je te dois des excuses. J'aurais dû te prévenir avant que...

— Ne t'en fais pas, je comprends, me coupe-t-il gentiment. Alors... vous vous reparlez comme avant ? me questionne-t-il en se rapprochant de deux pas.

— Oui, mais... commencé-je suivie d'un long soupir.

Pendant un moment, je n'y pensais plus et avoir ça en tête est encore une vraie torture. Jacob vient me serrer dans ses bras comme s'il avait lu dans mes pensées.

— Qu'a-t-il encore fait ? me dit-il en soufflant dans mes cheveux.

Je ne peux pas lui dire qu'il est jaloux de lui à un point qu'il ne veut même pas lui parler, à lui, son meilleur ami ! qui est un vrai ange avec moi. Et que l'on s'est aussi disputés ce matin à ce propos. Sans m'en rendre compte, j'ai enfoui ma tête contre son torse et j'ai serré mes bras autour de sa taille. Pas parce que je le voulais, mais parce que je cherchais ce contact, comme pour pouvoir enfin retirer un instant tout le poids sur mes épaules, pour m'apaiser un peu. Mais je me rends compte que le contact que je cherche est seulement celui de Jared. Je me rends aussi compte que je suis restée trop longtemps dans les bras de Jacob et je ne veux surtout pas qu'il se fasse des idées, bien que je sois sûre qu'il pense que c'est amical.

— La routine, finis-je par répondre avec un petit sourire.

— Hum… Jared est stupide, il ne devrait pas te faire du mal, mais te traiter comme tu le mérites.

Je fronce un peu les sourcils et avant que je ne puisse dire quelque chose, il m'attrape par la taille sans me quitter des yeux, mon cœur se met en alerte totale et je le dévisage avec de gros yeux en me raidissant sur place.

— Jacob, lui dis-je d'une voix terrifiée. Ne fais pas ça…

— Je ne peux plus me retenir, me dit-il avant de plaquer ses lèvres contre les miennes.

Je ne réponds pas à son baiser et reste crispée sous le choc. Mais sans comprendre pourquoi, j'y réponds un court instant, ne voyant rien d'autre que le visage de Jared lorsque je ferme les yeux. Je m'écarte brusquement de lui et le micro-ondes se met à biper, mais je ne bouge pas.

— Jacob… Jared et moi, nous sommes ensemble. Ce n'est pas qu'une simple réconciliation, lui dis-je avant d'éteindre le bruit infernal du micro-ondes.

— Quoi ? Mais tu viens de me dire…

— que nous nous sommes simplement disputés, le coupé-je brutalement.

— Mais c'est insensé ! Est-ce que tu es amoureuse de lui ? me dit-il, visiblement en colère.

— Oui, je le suis, Jacob…

— D'accord… est-ce qu'on peut oublier ? Non attends, le problème, c'est que j'ai des sentiments pour toi ! me dit-il, comme devenu fou.

— Jacob non, s'il te plaît… dis-je d'une voix à peine audible, manquant d'air.

— Si tu ne ressentais rien pour moi, tu n'aurais pas mis aussi longtemps à me repousser, me dit-il en s'approchant encore de moi.

— Jacob, non !

— Pourquoi lui ? Parce qu'il est célèbre ? Parce que je ne

pense pas que ce soit pour son caractère !

— Parce que je l'aime simplement pour ce qu'il est, je me fiche qu'il soit célèbre ou qu'il ait un mauvais caractère… s'il te plaît… Jacob.

Je le supplie presque du regard pour qu'il arrête. Il hésite un moment tout en me regardant et soupire.

— Excuse-moi je n'aurais pas dû, c'est juste qu'il ne te mérite pas. Il se comporte comme un vrai connard avec toi et je ne le supporte pas.

— Je t'assure qu'il change, il se cache juste sous cette carapace.

— Si tu le dis. Moi je le connais, je sais ce qu'il fait, je sais comment il joue, me dit-il en serrant la mâchoire. Veux-tu oublier tout ceci et faire comme si rien ne s'était passé ?

— Oui, d'accord, c'est oublié.

Que puis-je dire ? À part que Jared avait une nouvelle fois raison. Mon Dieu, s'il apprend ce qui s'est passé… C'est un accident, calme-toi ! Oh mon Dieu, si Jared l'apprend, il sera anéanti, détruit, et Jacob en payera sans doute le prix. Tout est de ma faute, j'aurais dû l'écouter. Jacob sort le premier de la cuisine tandis que je prends plusieurs rafales d'air, espérant ne pas être aussi pâle qu'un cachet d'aspirine.

J'entre dans le salon avec le regard interrogateur de Kate, mais je l'ignore en souriant de toutes mes dents. Je lui raconterai parce que j'ai promis de ne plus rien lui cacher, mais pas maintenant. Je donne le saladier rempli de pop-corn à Alex, car je ne peux rien avaler au risque de vomir et les scènes de massacre à la tronçonneuse m'en donnent plus envie qu'autre chose. Au milieu du film, là où normalement je m'endors, j'ai les yeux grands ouverts. Kate commence à s'endormir, Alex est à fond dans le film et Jacob a les bras croisés et semble encore remonté. Il me regarde de temps à autre du coin de l'œil et ne suit que très peu le film.

— Je peux me joindre à vous ? dit soudain une voix plus que familière.

Je tourne brusquement la tête, le cœur battant et découvre Jared en bas de jogging gris et en t-shirt noir.

— Mais oui, assieds-toi à côté de ta Lena, lui répond Alex avec un clin d'œil.

Jared me regarde pour voir si ça ne me dérange pas et comme réponse, je me pousse un peu pour lui laisser de la place. Il vient s'asseoir et me regarde un petit moment avant de prêter attention au film. Mon estomac se tord dans tous les sens, je culpabilise énormément. J'attrape soudain la main de Jared, comme si la peur de le perdre me rendait folle et c'est le cas. Jared presse à son tour ma main dans la sienne tout en se détendant dans le canapé. Après avoir fini Massacre à la tronçonneuse, suivi de Scream, tout le monde se retrouve devant ma porte pour rentrer chez eux.

— Bon, à demain en cours, leur dis-je.

— Et toi, tu ne pars pas ? demande Alex à l'intention de Jared qui est à côté de moi.

— Non, mais toi t'as raté un épisode ! Ils sont ensemble alors ils restent ensemble, lui répond Kate en bâillant.

— Oh c'est vrai suis-je bête ! Alors pas trop de folie, les enfants, dit-il avec un sourire amusé.

— Oui, nous sommes officiellement ensemble, dis-je en serrant la main de Jared.

Je croise le regard de Jacob, qui n'est sûrement pas le même que Kate ou Alex. Il finit par baisser les yeux tout en se frottant la nuque.

— Allez, bande de cachottiers ! rit Alex avec un clin d'œil.

— Ne te fais pas trop d'idées tordues, Alex ! lui répond Jared en riant.

Une fois la porte fermée, que nous sommes seuls tous les deux, je pivote pour voir un Jared bien souriant et heureux.

— Alors tu vois, ce n'est pas si difficile de dire que nous sommes ensemble.

— Alors toi... dis-je en levant les yeux au ciel, ce qui le fit rire.

— Lena… tu sais, tu n'es pas un objet à mes yeux, mais la femme que j'aime, c'est juste que… j'ai peur de te perdre et comme je suis un gros con impulsif et possessif, ça n'arrange rien, m'avoue-t-il.

J'aime tellement ce Jared qui se confie à moi…

— Je sais, lui dis-je en le serrant dans mes bras. J'ai eu peur aussi de te perdre, je croyais que tu étais parti fâché tout à l'heure.

— Non, je devais aller chercher ceci.

Il se recule et fouille dans sa poche de jogging avant de me dire :

— Voilà le fameux «secret» que je te cachais.

Il prend mon poignet qu'il retourne pour y accrocher, devant mes yeux ébahis, un bracelet en argent. Lorsqu'il retourne mon poignet, je vois une sorte de petite plaque gravée du signe de l'infini exactement comme celui tatoué sur son poignet.

— Jared… commencé-je, mais je ne peux finir.

— Maintenant, c'est en te regardant toi que je trouve toute la force dont j'ai besoin.

Prise d'émotion, je lui saute au cou avec une forte envie de pleurer tellement ce petit cadeau me touche. Mais encore plus ces quelques mots qui atteignent mon cœur de plein fouet. Moi qui doutais de ses absences étranges, c'était pour m'offrir ce petit bracelet !

— Nom de Dieu, je t'aime tellement que ça me fait mal, dit-il en me serrant encore plus fort.

— Moi aussi, mais là, j'ai surtout mal aux côtes !

— Excuse-moi, me dit-il en desserrant ses bras avant de me porter en mode sac à patates sur son épaule.

— Qu'est-ce que tu fais ? crié-je.

— Il est temps d'aller au lit, bébé, me dit-il en montant les escaliers.

CHAPITRE VINGT-NEUF

Ce qui est fou, c'est que je me sente tellement bien... La fin de la soirée d'hier me fait prendre conscience que Jared Welland, ce garçon aux mille mystères qui cache sa vraie nature aux yeux de tous, aux yeux de ses fans et même des personnes qui lui sont proches, m'aime moi et me montre un peu plus sa véritable personnalité chaque jour. Mais bien que ça me fasse presque pousser des ailes, j'ai cette sensation de mal-être intérieur qui fait que je ne peux profiter pleinement de tout ceci.

Jacob. Rien que d'y penser, mon estomac se retourne. J'ai été prévenue d'abord par Jared, puis par Kate, mais ça ne voulait pas entrer dans ma tête. Et maintenant... je me sens si mal pour ce baiser, j'ai mal pour lui et je crains que notre amitié en prenne un sacré coup maintenant qu'il m'a avoué ses sentiments.

Jared avait raison, me souffle désespérément ma conscience.

Je culpabilise, j'ai énormément de remords même si ce n'est pas moi qui l'ai embrassé et que je n'ai pas vraiment répondu à son baiser. Enfin... un peu, mais le beau visage de Jared apparaissait sous mes paupières et c'est pour ça que j'ai mis tant de temps à le repousser. J'ai donc fait comme si de rien était, je me suis levée comme tous les jours, me suis préparée et suis partie en cours avec Jared.

Lorsque je vois Jacob plongé dans son téléphone près de son casier, je me dis que je peux aller lui dire bonjour. Je m'avance alors et lui souris, mais dès qu'il me voit, il prend son sac à dos, ferme son casier brusquement, ce qui fait sursauter quelques élèves et part d'un pas rapide. Je m'arrête net le regardant me fuir. Mais pourquoi ? Je croyais que tout était rentré dans l'ordre, que nous étions toujours amis, ai-je mal interprété ce qu'il voulait dire par : «veux-tu oublier tout ça» ou serait-il en colère contre moi ? Quoi qu'il en soit, il faut qu'on parle. À la pause déjeuner, j'irai le voir.

— Lena, qu'est-ce que tu fais, on va être en retard ? me glisse tendrement Jared à l'oreille.

— Oui, je voulais juste voir quelque chose, lui réponds-je en me tournant pour agripper son cou.

Je souris lorsque je regarde le bracelet qu'il m'a offert et peu importe les regards autour de nous, je ne vois que les beaux yeux de Jared.

— Allons-y, dis-je alors que nous marchons main dans la main, unis pour notre infini à nous.

Lorsque je vais au réfectoire comme prévu, je cherche Jacob et arpente toutes les tables en espérant trouver un petit moment seule à seul pour lui parler. Lorsque je le vois enfin, il est en compagnie de trois garçons que je ne connais pas. Son sourire de surfer californien disparaît et laisse place à un visage assez froid, ce qui me fait frissonner.

— Alors, qu'est-ce que tu fais ? me dit soudain Jared qui pose sa main sur mon épaule, me faisant sursauter par la même occasion.

Je ne réponds que par un sourire et reporte mon attention sur Jacob, mais il n'est plus là. Je le vois soudain s'avancer vers moi, mais il dévisage Jared aussi froidement que quand il m'a regardée quelques secondes avant, si ce n'est plus. Jared lui rend son regard, mais il est tout de même surpris par son comportement, tout comme moi.

— Viens, il y a de la place là-bas, dis-je en marchant comme un éclair.

Une fois assise, je joue un peu avec le contenu de mon plateau et pense à un moyen d'arranger la situation.

— Qu'est-ce qui te préoccupe, ma miss coincée ?

Je ne manque pas le «ma», qui me décroche un sourire.

— Rien, seulement mes notes qui baissent un peu. Je dois y remédier et bosser deux fois plus, mens-je.

Devant son regard doux, je me hais un peu plus et aimerais tant que ce baiser avec son meilleur ami ne soit qu'un mauvais rêve déjà oublié...

— Tu es pire qu'une geek, ce sera du gâteau et puis ce n'est pas la fin du monde, me rassure-t-il.

Pour moi, si, car c'est ma chère mère qui veut que j'aie un niveau toujours proche de la perfection alors que la vérité, c'est qu'elle se fiche complètement de ce que je ferai plus tard. Mais c'est aussi quelque chose que seule une «miss coincée» déteste voir sur une fiche.

— Je t'assure, ce serait l'apocalypse.

N'ayant plus faim de mes spaghettis, je regarde un peu autour de moi et remarque les regards de certaines élèves sur Jared, se mordillant les lèvres, ou bien quelques messes basses entre elles, qui déclenchent un petit feu inexpliqué en moi. J'ai envie de mettre mon poing dans la gueule de celle qui se mordille la lèvre avidement sans le lâcher du regard. J'entends soudain le rire de Jared et porte mon attention sur lui.

Aurait-il remarqué mon envie de meurtre ?

— Quoi ? lui dis-je, intriguée.

— Rien, rien, me dit-il avec un grand sourire.

Après avoir terminé notre repas, nous allons partir quand mes yeux se posent encore sur ces filles qui ne lâchent pas Jared du regard. Il faut que je m'y habitue, il faut que je m'y habitue, me répété-je en boucle dans ma tête. Mais leurs regards me mettent hors de moi. Je sens ce feu se propager dans chaque partie de mon corps. Ne pouvant plus me retenir, je me place devant Jared et plaque mes lèvres contre les siennes. Je sens sa surprise, étant donné que l'embrasser devant des personnes m'aurait rendue morte de honte et il le sait, son sourire contre mes lèvres me le prouve. Et maintenant, toute la gent féminine a la bouche grande ouverte et grimace de dégoût, ce qui me donne un grand sourire de satisfaction. Je me rends donc à mon cours toute fière de moi, alors que c'était pitoyable de faire ceci et que ce n'est pas une chose que j'aurais été capable de faire avec n'importe qui.

Jared Welland me change et ça me terrifie.

***

Lorsque je sors de mon dernier cours, je cherche encore désespérément Jacob dans les couloirs et dans les salles, mais rien. Je veux vraiment qu'on ait une discussion. Je continue de le chercher et marche vite en regardant chaque visage qui m'entoure ; quand je sens quelque chose se refermer sur mon bras et me tirer. Je pivote et me retrouve plaquée contre un casier et… embrassée. Malgré la surprise, je me détends contre les douces lèvres de Jared. Quand il se décolle de moi, il me fait signe de tête de regarder à ma droite, il y a un groupe de garçons qui nous scrute avant de reprendre leur conversation.

— Moi aussi je marque mon territoire, Mademoiselle Peterson, me dit-il avec un sourire amusé.

Je sens mes joues devenir écarlates, tous les élèves nous regardent et Jared a deviné mon petit manège, causé par de la jalousie pure.

— Ce n'était pas mon attention. Enfin... presque, avoué-je en souriant.

— Lena Peterson, jalouse, c'est quelque chose ! rit-il.

— Je ne suis pas jalouse ! protesté-je en croisant les bras.

Il serait trop fier et content si je l'avouais.

— Mais oui, allez, on rentre miss coincée, me dit-il avec un clin d'œil.

Il prend ma main et comme toujours, des millions de picotements remontent le long de mon bras jusqu'à mon épaule. Tout le monde nous regarde avec de gros yeux alors je regarde mes chaussures honteusement. Dans le parking, je vois Jacob adossé à sa Mercedes. Il est là comme s'il attendait quelque chose ou quelqu'un, ses yeux se posent sur nous, alors je pense que ça doit être le bon moment. Je sens que Jared va me faire une crise...

— Jared, je voudrais aller parler à Jacob un instant seule à seul... marmonné-je en sachant qu'il ne va sûrement pas être d'accord.

Tout en fronçant les sourcils, il lève ses émeraudes sur Jacob avant de souffler et de me regarder à nouveau.

— Je t'attends dans la voiture, me dit-il en marchant vers celle-ci.

J'aurais plutôt cru qu'il allait me faire une scène, mais non. Il fait des efforts qui me surprennent tellement... Sans attendre de perdre l'occasion, je me dirige vers Jacob et m'adosse à côté de lui sur sa voiture. Il m'ignore comme si je n'étais pas là, alors je me mets à lui parler doucement :

— Jacob... je sais qu'il y a quelque chose qui ne va pas à propos d'hier et ça me rend triste, car nous sommes amis, tu veux en parler ?

Il tourne enfin la tête pour me regarder, mais reste silencieux un moment, tout en réfléchissant.

— que veux-tu que je te dise ? finit-il par dire. Je ne comprends pas pourquoi tu es avec Jared après tout ce qu'il te fait.

— Ça n'a pas été facile, mais il fait beaucoup d'efforts et je sais qu'il m'aime.

— Je sais qu'il t'aime... Mais je déteste la manière dont il te le montre.

Je baisse les yeux un instant puis le regarde à nouveau.

— Jacob... je suis désolée si je t'ai fait de la peine hier, je sais que tu le prends mal.

— Oui, mais... j'ai l'impression que ce sera différent entre nous maintenant que j'ai fait la bêtise de t'embrasser et d'avoir avoué mes sentiments, m'avoue-t-il. Et je suis en rage de te voir avec lui.

— Je suis désolée... Mais ça pourrait être comme avant entre nous, si tu le veux bien ? lui demandé-je en tendant ma main. Mon ami me manque, ajouté-je.

Il hésite, mais finit par tendre la main et m'attirer contre lui.

— Je préfère t'avoir en amie plutôt que pas du tout, me souffle-t-il.

— Bon, je dois y aller, Jared m'attend, on se voit plus tard, d'accord ?

— D'accord.

Je pars en direction de la Mustang avec un peu moins de poids sur les épaules, un bruit de soufflement attire mon attention et je vois Lucy Jones fumer comme un pompier. Tiens donc elle est revenue ? Pourtant, je ne l'ai pas vue aujourd'hui... Mais j'étais tellement dans mes pensées que je ne m'en suis peut-être pas rendu compte. Elle me sourit et me dit un «bye», mais je n'y prête pas d'importance, je me demande juste pourquoi elle est si heureuse. Mais après réflexion, je m'en fiche royalement.

— Alors, de quoi vous avez parlé ? me questionne Jared alors que j'ai à peine eu le temps de mettre le pied dans la voiture.

— De tout et rien, je voulais savoir un truc sur un cours, mens-je.

— Hum...

Je vois très bien qu'il s'efforce de rester calme, ce qui me fait sourire malgré moi, il fait tant d'effort... Et le voir ainsi est tellement mignon.

— Je t'aime, mon bel Apollon ! lui dis-je en l'embrassant sur la joue.

Il se détend instantanément et sourit comme un vrai enfant, je ne peux m'empêcher de rire.

— Apollon ? Oui, c'est vrai que vu mon physique av...

Avant qu'il ne puisse finir, je lui mets un coup de poing

dans le bras, me faisant plus de mal qu'à lui.

— Aïe, m'exclamé-je en frottant mon poignet.

— Pauvre petite fleur, tu as mal ? me taquine-t-il.

Qu'est-ce qu'il peut me mettre hors de moi ! Sans crier gare, je lui mets une bonne claque et sa tête s'en retourne, je me fais une nouvelle fois mal, mais cette fois-ci, lui aussi a eu mal.

— Pauvre petite fleur, tu as mal ? lui dis-je avec un sourire amusé.

— Je te promets que tu vas le regretter amèrement, me dit-il en appuyant sur le champignon, me collant brusquement au siège.

— Comme la dernière fois lorsque je suis allée dîner chez toi ? Je n'appelle pas ça de la vengeance, lui dis-je en mettant ma ceinture de sécurité.

Je joue avec le feu, ça va mal finir.

— J'aurais pu aller plus loin si Marion n'avait pas été là, me répond-il avec un petit sourire en coin qui en dit long.

— Quoi ? Jusqu'où ?

Je perds tout à coup mon sourire et commence à me brûler les doigts.

— Jusqu'où il aurait fallu aller pour te faire craquer... Mais cette fois, je vais faire encore mieux.

— Parce que la dernière fois, ce n'est pas ce que tu as fait, me faire craquer ?

Je déglutis en imaginant le pire.

— Comme je te l'ai dit, si Marion n'avait pas été là... je t'aurais fait crier.

J'avale ma salive avec difficulté en sachant très bien de quoi il aurait été capable de faire sans Marion. Alors maintenant que je l'ai provoqué, jusqu'où sera-t-il capable d'aller ?

Oh mon Dieu…

CHAPITRE TRENTE

Sur la route pour rentrer chez moi, Jared tourne au mauvais endroit et ce, précipitamment, ce qui me fait m'accrocher à la portière pour ne pas basculer sur lui malgré la ceinture.

— Qu'est-ce qui te prend ? lui demandé-je alors qu'il ne se rend pas compte des risques qu'il prend en tournant aussi vite.

— J'ai quelque chose à te montrer alors prépare-toi à entrer au paradis, miss coincée.

Ça semble beaucoup l'exciter et le connaissant, s'il me dit que je vais entrer au paradis, je veux bien le croire. Nous roulons donc jusque chez lui. Je le regarde, sourcils froncés, me demandant bien où se trouve ce fameux «paradis», bien que je n'aie aucune idée de ce que cachent vraiment les murs de cette maison gigantesque. Je n'ai même encore jamais vu la couleur de la chambre de Jared. Mais peut-être qu'on ne fait que s'arrêter. Lorsqu'on entre, Jared me barre le passage dès qu'il referme la porte derrière moi et place ses mains sur mes épaules en me disant rapidement :

— Ne bouge pas d'ici, je reviens tout de suite.

Je n'ai pas le temps de lui répondre qu'il court dans la maison jusqu'à ce que je ne le voie plus. Je souffle, mais j'avoue que je suis très curieuse de découvrir ce qu'il a à me montrer. Après quelques minutes à patienter à la même place, Jared revient avec un morceau de tissu couleur bordeaux entre les mains. À mesure qu'il s'avance, je reconnais là une cravate et sa vengeance me vient en tête ; je le regarde alors plus qu'étrangement et l'interroge du regard, mais il ne fait qu'éclater de rire.

— Promis, je ne vais pas me transformer en sadique et te fouetter ! me dit-il en passant derrière moi.

Il souffle dans mon cou et je retiens ma respiration, me sentant mal à l'aise. Soudain, la cravate apparaît devant mes yeux et je sens Jared la nouer derrière ma tête. Je ne vois plus rien, à part un rouge presque noir qui m'empêche d'y voir quoi que ce soit.

— Aie confiance en moi, Lena.

J'aimerais tant avoir aveuglément confiance en lui... Mais n'est-ce pas ce que je fais ? Jared pose ses mains sur mes hanches et sur le coup, je n'ai aucune confiance. Mais je fais un pas, j'espère qu'un jour, ce sera grâce aux pas qu'on fait ensemble qu'il gagnera toute ma confiance. Je me laisse diriger par ses mains toujours posées sur moi et ressens des picotements incessants que j'essaye de chasser en pensant plutôt au paradis que Jared va me faire découvrir.

— Nous y sommes presque, on a quelques marches à monter, fais attention.

Je lève le pied et monte les marches sans problème, puis je me laisse encore guider.

— Ce ne serait pas plutôt pour te venger tout ceci ? demandé-je, méfiante.

— Je réserve ça pour plus tard, miss coincée.

Jared me fait m'arrêter et ouvre une porte que j'entends grincer. Il me prend ensuite les mains et m'avance d'une dizaine de pas avant de retourner derrière moi.

— Tu es prête ? me susurre-t-il à l'oreille.

— Pas vraiment, non, avoué-je.

Je sens qu'il sourit, et délicatement, il retire la cravate, je papillonne plusieurs fois des yeux avant de poser mes mains sur ma bouche. Mon Dieu ! Une bibliothèque ! Mais pas n'importe comment : elle est gigantesque et les étagères sont pleines à craquer de livres. Un canapé, une table basse et divers meubles font du décor un endroit tellement… paradisiaque ! Je savais que Jared aimait les livres, mais pas à ce point.

— Ici, c'est mon endroit préféré de la maison. J'ai attendu un moment avant de me décider à te faire découvrir mon jardin secret, me dit-il.

Il part s'asseoir sur le canapé au vieux cuir marron foncé et continue avec un sourire :

— Je lis, je joue de la guitare et m'y endors même !

Je ris, et parcours des yeux les ouvrages divers : Victor Hugo, Émile Zola, et même Herman Melville, l'auteur de Moby Dick ! Si un jour on m'avait dit que Jared Welland, le garçon le plus détestable pour ma part, qui plus est célébrité plus que célèbre, possédait une bibliothèque avec des livres qui ont marqué l'histoire, je crois que j'aurais ri à gorge déployée et me serais jetée à terre tellement j'aurais été hilare.

— Je ne peux pas en croire mes yeux ! Jared…

— Sauf Marion qui vient dépoussiérer, tu es la seule à avoir l'honneur de venir ici.

— Et quel honneur ! Je me sens presque comme une enfant à Disney Land, souris-je.

— Tu peux venir quand tu veux et prendre les livres que tu souhaites.

— Sérieusement ? dis-je avec des étoiles dans les yeux.

Jared éclate de rire devant mon visage qui paraît être celui d'une enfant devant le plus beau cadeau du monde.

— Mon Dieu, tu me surprendras toujours. Toutes les filles veulent des diamants, mais toi, des livres te suffisent !

— Je n'aime pas les diamants et les bijoux, sauf celui-là… dis-je en baissant les yeux et en jouant avec mon bracelet en argent. Jamais je ne le quitterai.

— Jamais je ne te quitterai, me dit-il d'une voix sérieuse.

Je lève les yeux sur lui et ressens une chaleur se propager instantanément en moi. Je lui souris avec les joues sans doute rouges et il ouvre ses bras, il ne me faut pas une seconde pour aller m'y blottir et y rester en profitant de ses caresses dans mon dos.

***

Lorsque Jared me ramène chez moi, il doit repartir aussitôt chez lui après un coup de fil de Marion. Je décide donc d'aller me faire couler un bain. En regardant la baignoire se remplir, je pense à ma mère et d'une pensée à l'autre, je me rends compte qu'elle ne sait pas que moi et Jared sommes ensemble... Pire encore, quelle sera sa réaction ? Je suis sûre qu'elle ne sera pas d'accord, surtout que Jared n'est pas n'importe qui et que je ne peux pas lui cacher que c'est une star. La connaissant, elle rira et se demandera bien ce que peut me trouver Jared Welland. Parfois, je me le demande bien aussi...

Mais bon, peu importe sa réaction, elle ne pourra pas m'interdire quoi que ce soit. Je n'ai jamais rien voulu de toute ma vie avant lui. Une fois mon bain prêt, je me dévêts, me glisse dans la mousse et savoure l'eau chaude pour me relaxer. Je n'arrive toujours pas à croire que Jared m'ait montré son petit paradis secret. J'ai l'impression de le découvrir encore un peu plus et ça renforce mes sentiments déjà si grands.

Ça fait un petit moment que je suis dans mon bain à me détendre tranquillement, les yeux clos. J'entends soudain un grincement à peine audible, mais les rideaux bleus qui entourent la baignoire me cachent la vue, alors je n'y prête pas attention jusqu'à ce que j'entende un autre bruit. Je me concentre, ne bougeant plus pour ne pas faire de bruit et quelques secondes passent avant que je ne pense que c'est mon imagination. Je referme les yeux et me glisse un peu plus sous la mousse quand les rideaux s'ouvrent sèchement et que quelque chose, ou plutôt quelqu'un, entre dans la baignoire. J'écarquille les yeux tout en remontant mes genoux contre ma poitrine pour me cacher. Dieu merci, la mousse me recouvre complètement.

Il dépasse les bornes !

— Jared ! crié-je en voyant ce dernier dans ma baignoire.

— Je ne pensais pas qu'on rentrerait à deux là-dedans, dit-il un sourire malicieux aux lèvres.

Je le foudroie du regard sans bouger, bien entendu.

— Je t'ai dit que je me vengerais, il me semble ? continue-t-il avec ce sourire insupportable, mais insupportablement beau.

— Sors immédiatement ! Sinon...

— Sinon quoi ? me coupe-t-il. Tu vas sortir là, tout de suite ?

Je grogne de rage, étant coincée. Bravo Lena ! Tu voulais jouer et bien tu en payes le prix !

— Ça te dérange si j'attrape le gel douche, juste au-dessus de toi ? Par contre, je dois t'avouer que je suis entièrement nue comme tu peux déjà le remarquer.

Quoi ! Mes yeux s'écarquillent d'un coup, j'étais tellement préoccupé par ma nudité que je n'ai pas pensée à la sienne ! Jared s'avance plus près de moi et se lève avec une lenteur extrême devant mes yeux ronds terrifiés à l'idée de voir le bas de son ventre. Mais lorsque l'eau atteint la limite de son nombril, il est si près de mon visage que j'ai l'impression de manquer d'air. Il se lève d'un coup en même temps que moi qui allais sortir en courant. Mais maintenant, je suis là, nue, devant son corps à quelques centimètres du mien. On se regarde dans les yeux et mon cœur bat à toute allure. Jared a un sourire vainqueur qui apparaît sur ses lèvres tandis que je dois être rouge comme jamais je ne l'ai été.

— Oh... putain de merde ! s'exclame-t-il les yeux ronds comme des soucoupes alors que j'essaye de me cacher avec mes mains. En fait, je porte mon caleçon !

Je baisse les yeux et effectivement, il porte bien un caleçon cet abruti !

— Jared, tu as été trop loin !

— Non pas encore, je ne peux pas voir ton derrière, me dit-il en mordillant sa lèvre. Mais ce que je vois est déjà assez suffisant...

Je suis tellement en colère et rouge de honte. Et comme une pauvre cloche, je reste debout ! Je me repositionne comme il y a une minute et Jared se met à rire.

— Donne-moi une serviette ! hurlé-je.

— Désolé, mais non il n'y en a plus.

— Jared !

— Bon, ça va !

Il sort de la baignoire et revient avec une grande serviette qu'il ouvre en long.

— Allez, je ne regarde pas promis, me dit-il en tournant la tête et en fermant les yeux.

J'hésite un instant, mais me lève et avance devant la serviette. Jared m'y enroule et me prend par la taille. Il me regarde, mais pas avec amusement, non, il a plus un regard désireux qui me tord le ventre dans tous les sens.

— Tu es si belle, tu ne devrais pas avoir honte devant moi, me dit-il de sa voix rauque.

Toute ma colère se dissipe. Merde, je déteste qu'il ait ce pouvoir sur moi ! Je baisse les yeux, sentant mes joues rougir et je sais qu'il y réagit tout le temps. Il relève ma tête, effleure mes lèvres avec son pouce, me donnant une décharge de chaleur dans tout le corps.

— J'aime que tu rougisses pour moi, dit-il avec cette même voix qui fait trembler mes genoux.

— Jared... soufflé-je.

— Je sais, ne t'en fais pas, dit-il en déposant un doux baiser sur mes lèvres.

Le bas de mon ventre se contracte sous l'effet de ses lèvres, de cette chaleur et de son corps si près du mien. Son odeur enivrante me rend folle. Mes jambes me tiennent à peine. Je n'ai aucune expérience en matière de «sexualité», mais je sais que ce qui se passe là, tout de suite, est plus que puissant, car je n'ai qu'une pensée en tête qui m'enveloppe dans un brouillard épais. Mais Jared met fin à notre baiser tout en caressant ma joue tandis que je brûle d'envie de plus.

— Allez, plus de vengeance.

— Oui, réponds-je d'une voix tremblante.

Sans perdre une seconde, je sors de la salle de bains, tête baissée. Je sais qu'il doit trouver ça étrange, mais mes jambes ne vont pas tenir longtemps vu comment elles tremblent. que vient-il de m'arriver ? Depuis que je connais Jared, jamais je n'avais ressenti une telle attraction sauf pour le dîner chez lui où il m'a coincée dans sa salle de bains. Je ne dirais pas que c'est déplaisant, bien au contraire... Mais il faut que je m'éloigne de lui sur-le-champ. Cette chaleur est étouffante et je n'ai qu'une envie, c'est qu'il fasse tout ce qu'il veut de moi. Ça ne me ressemble pas ! La seule personne qui pourrait m'aider dans ce domaine, c'est Kate. Elle pourra sans doute me dire pourquoi j'ai eu envie de lui au point de lui sauter littéralement dessus alors que je ne lui fais toujours pas confiance à cent pour cent ! C'est décidé, je vais lui en parler dès demain.

CHAPITRE TRENTE ET UN

Le lendemain, comme prévu, j'attends d'être seule avec Kate pour pouvoir lui parler. Mais je n'en ai pas l'occasion de toute la matinée. Il me tarde de parler de mon «incontrôlable envie», car dès qu'il me touche, me frôle, c'est un feu qui me consume. Nous sommes à présent au réfectoire et je suis impatiente de lui en parler, mais devant nos amis, ça ne risque pas d'arriver. Ce sera donc pour plus tard. Je mange une pomme et me mets à écouter la conversation.

— J'ai appris que l'on a assez de fer dans le corps pour fabriquer un clou, c'est la seule chose qui est restée dans ma tête, dit Alex avant de rire.

— Passionnant, où as-tu appris ça ? lui demande Kate tout en mangeant une frite de son assiette.

— À la télé sur Discovery Channel.

— C'est un peu stupide, fais-je remarquer.

— Mademoiselle s'y connaît mieux ? me dit-il en croisant les bras.

Je souris avant de me lancer dans quelques petites choses que je connais sur le corps humain.

— Savais-tu que : la salive contient de l'opiorphine, une substance trois fois plus puissante que la morphine, ou encore que les globules rouges peuvent traverser notre corps entier en vingt secondes à peine, ou que nous partageons cinquante pour cent de notre ADN avec la banane ?

Je m'arrête quand je vois la mâchoire d'Alex commencer à se décrocher.

— D'accord… je me couche, dit-il alors qu'il me semble avoir trop de choses à retenir.

— Einstein ne serait pas ton père par hasard ? me demande Jacob.

— Malheureusement non, lui réponds-je, heureuse qu'il me parle enfin.

Depuis que nous sommes installés à table, il n'a pas dit un mot. J'avais presque pensé qu'il était à nouveau en train de me faire la tête à propos de Jared et moi… ou de ce baiser. Chasse cette pensée Lena, l'affaire est réglée ! Le rire cristallin et la main de Jared posée sur ma cuisse me ramènent sur terre, mais pour me plonger de nouveau dans cette sensation incontrôlable.

— J'ai fini, il faut que j'y aille, dis-je en me levant, laissant tomber mollement sa main sur ma chaise.

Je suis ma journée, étant un peu froide certes, mais j'ai une idée et je ruse donc pour que Jared laisse Kate me ramener chez moi sous prétexte qu'on doit parler de trucs de filles. Bien sûr, il se doute de quelque chose étant donné que je l'évite un peu, enfin… ses caresses, car j'ai l'impression qu'elles sont de plus en plus mortelles. Cette sensation n'a jamais été aussi forte jusqu'à me tordre le bas du ventre aussi intensément, même un simple regard de sa part et je m'embrase. Il me tarde vraiment d'en parler à Kate. Elle a bien plus d'expérience que moi, je sais qu'elle pourra m'aider. Mais bien sûr, je ne vais pas lui dire que Jared m'a vue entièrement nue à cause d'une vengeance ! D'ailleurs, je crois que je n'ai jamais eu aussi honte de toute ma vie.

La cloche retentit enfin et je m'empresse de sortir du bâtiment en compagnie de Kate.

Nous nous dirigeons vers sa voiture. Pendant le chemin, elle ne cesse de me parler de Lucy et de la raclée que je lui ai mise. Même si je suis fière de moi et que parler d'elle me met hors de moi, je suis trop concentrée sur les mots que je vais employer pour lui demander ce qui m'arrive. Une fois dans la voiture et sur la route, j'hésite longuement et Kate le remarque, car tout est bien trop silencieux. Nous entendons seulement l'autoradio.

Elle finit par soupirer et y met fin :

— Bon, tu vas accoucher ? Qu'est-ce qui se passe ? me demande-t-elle en baissant le volume de la radio pour m'écouter attentivement.

— Comment tu sais que je veux te dire quelque chose ?

— Parce que tu es dans ta caboche depuis des heures et que tu me réponds avec des «hum, hum». Et puis toute la journée, j'ai senti que tu avais quelque chose à me dire et en plus, tu m'as demandé de te ramener pour qu'on soit seules ! Alors ?

— J'aimerais comprendre quelque chose qui m'est arrivé... lui dis-je avec une pointe de stress et de honte dans la voix.

— Je t'écoute ? me répond-elle avec un petit sourire en coin comme si elle savait déjà tout.

Je me tortille sur le siège, mal à l'aise, en jouant avec le fil de la déchirure de mon jean au niveau du genou et prends une bonne respiration avant de me lancer.

— C'est à propos de... sensations étranges quand je suis avec Jared... si tu vois ce que je veux dire... balbutié-je espérant de tout cœur qu'elle ait compris.

Elle crie en freinant brusquement, ce qui me fait sursauter.

— Tu es malade de crier comme ça ! lui dis-je, le cœur battant.

Un long coup de klaxon retentit alors que Kate pousse un juron, mais s'excuse à un type qui nous double, se demandant sûrement ce qui lui a pris.

— Excuse-moi, mais je sais ce que tu as, commence Kate, droite comme un piquet avec un sourire radieux aux lèvres. Je suppose que les symptômes sont : les jambes en coton, une envie incompréhensible et la libido en feux ?

— Non !

Mais en y réfléchissant... c'est tout à fait ça, elle a tapé dans le mile.

— Enfin... oui, qu'est-ce que ça signifie ? C'est mal ? questionné-je.

— Absolument pas ! Au contraire, ça veut dire que tu meurs d'envie de baiser avec lui ! Ta première fois ! dit-elle, tout excitée.

— Quoi ? Mais... je fais quoi ? lui dis-je, les yeux écarquillés.

— Lena, tu es un cas désespéré... souffle-t-elle en levant les yeux au ciel.

— Il faut que je...

— Baise avec lui, oui ! me coupe-t-elle.

— Tu peux arrêter de dire ce mot !

— Quoi ? Baiser !

— Oui ! crié-je. Ce mot !

On commence soudain à rire comme des folles.

— Bon sérieusement, ce n'est pas mal, au contraire. Je te connais Lena et je sais que jamais tu ne donnerais ta virginité comme ça. Donc si c'est Jared que tu as choisi, si tu penses que c'est avec lui que tu veux le faire, alors vas-y, fonce !

— Je ne sais pas, Kate. J'ai encore du mal à lui faire entièrement confiance après ce qui s'est passé entre Lucy et lui...

— Pour ma part, je ne sais pas comment tu te débrouilles, mais regarde-le. Après tout ce que tu m'as dit sur lui, regarde comme il a changé, me dit-elle avant de me sourire tendrement.

Elle a raison, je ne peux nier qu'il ait changé, et ce, grâce à moi... Sa carapace commence enfin à tomber, et il s'en veut encore tellement...

— Je vais y réfléchir, lui dis-je en retirant ma ceinture.

Kate s'arrête devant chez moi et je sors de la voiture en la remerciant, mais elle m'arrête avec un visage sérieux qui m'inquiète un peu. Ses lèvres se tordent en un sourire moqueur.

— Protégez-vous bien !

Je lève les yeux au ciel et regrette presque de lui en avoir parlé. Mais maintenant, je suis fixée sur mon problème qui n'en est pas tout à fait un. En entrant chez moi, je décide d'allumer la musique à fond et de faire un peu de ménage en attendant ma superstar. Mes pensées sont toutes concentrées sur le fait de passer à l'acte, ce n'est pas quelque chose qui se fait sur un coup de tête ! Ça m'angoisse parce que je suis une vraie page blanche, alors que Jared doit être expert en la matière. C'est un vrai blocage pour moi tout ça !

Une fois que j'ai fini de rendre la maison intacte, je me laisse bercer par Skinny Love reprise par Bon Iver et décide de me reposer cinq petites minutes sur le canapé, quand je suis surprise par deux bras tatoués qui se nouent autour de ma taille suivie par des lèvres chaudes et douces qui se posent délicatement sur mon cou. L'odeur enivrante de fruit me fait inspirer à pleins poumons. Directement, des papillons envahissent mon ventre et un frisson me parcourt l'échine. Mais je me retire doucement de l'étreinte de Jared pour lui faire face avec un petit sourire qui se veut accueillant, mais est plutôt nerveux.

— Lena... souffle-t-il en croisant les bras. Tu es encore fâchée à cause d'hier ?

Mes yeux se posent sur son torse parfaitement dessiné sous ce t-shirt col en V noir. Mais je me force à le regarder dans les yeux.

— Bien sûr que non...

— Menteuse ! Je le vois dans tes yeux ! Pourquoi es-tu si distante alors ? Ne me dis pas que tu as honte que je t'aie vue nue ?

Il a un sourire au coin des lèvres alors que mes joues s'enflamment à ce souvenir. que dire ? La vérité ? Je commence sérieusement à être vraiment nerveuse et ne sais quoi lui répondre devant ce regard qui devient de plus en plus impatient et curieux. Il ne va pas lâcher le morceau, c'est certain ! Je ne peux pas lui dire que je suis presque incontrôlable et que mon corps entier le réclame, mais que j'ai peur de... peur de quoi ?

— Je... tu... commencé-je sans savoir ce que je vais dire.

— Je, tu, quoi ? me coupe-t-il, impatient, en inspirant.

Merde, je n'y arriverai pas ! Allez, courage Lena !

— Lena, dis-moi la vérité !

— J'ai envie de toi ! lâché-je d'un coup.

Eh merde ! Je l'ai fait ! Je n'arrive pas à croire que je viens de lui dire que j'ai envie de lui. C'est vrai, mais ce n'est pas du tout ce que j'avais l'intention de dire exactement, dans ma tête, ça ne paraissait absolument pas comme ça.

— Hier, j'ai eu terriblement envie de... et c'est bien la première fois de toute ma vie que je ressens ça.

Jared reste silencieux, regardant à terre en encaissant la bêtise que je viens de lâcher et lorsqu'il plonge ses yeux dans les miens, je sais que j'aurais dû la fermer. Il se met soudain à rire de bon cœur tandis que je le regarde noir avec les joues empourprées.

— Tu trouves ça drôle ! Ce n'est pas ce que je voulais dire en plus ! dis-je en marchant honteusement pour me réfugier je ne sais où.

Mais Jared me rattrape en courant et m'empêche de monter les escaliers en me barrant le passage.

— Excuse-moi, mais c'est tellement innocent dans ta bouche que je n'ai pas pu m'empêcher de rire.

— Innocent ? J'ai déjà une tête de «Sainte Vierge» et maintenant d'innocence ? J'en ai marre que tout le monde se fout de moi, pousse-toi !

Au moment où je vais le pousser, il me saisit les poignets.

— Ne t'énerve pas, c'est juste que ça me rend plus fou qu'autre chose... Ta manière de t'habiller, ta manière de rougir et la douceur de tes lèvres...

Il avance de plus en plus pendant qu'il me parle. Ses yeux

me dévorent et il se met à mordiller sa lèvre inférieure. Je comprends une seule chose : je suis foutue ! Je n'y échapperai pas, pas cette fois. Avant qu'il puisse faire un mouvement, je recule lentement tandis qu'il avance d'un pas, me regardant tel un lion devant sa proie, alors je me retourne et cours dans la cuisine.

— Jared non, ce n'est pas ce que je voulais dire ! lui dis-je en allant derrière la table.

Il tourne à gauche pour la contourner et je fais de même pour toujours rester devant lui. Seule la table le sépare de moi. Me sépare de ce regard plein de désir qui me fait trembler.

— C'est trop tard Lena, tu l'as dit et hier, j'ai atteint les limites de la folie.

— Quelle limite ? Tu m'as simplement vue nue !

Bon oui, c'est déjà une bonne limite à ne pas franchir, mais c'est moi qui suis le plus atteinte par la folie, il était tellement calme comparé à moi.

— Il m'a fallu une force incroyable pour me contrôler, heureusement qu'il s'agit de toi, sinon... commence-t-il avant de courir et de m'attraper par les hanches pour me coller contre lui.

— Sinon j'aurais porté plainte pour viol, lui dis-je en essayant de sortir de son étreinte.

Un sourire malicieux se forme sur ses lèvres juste avant qu'il ne me soulève pour m'asseoir sur la table. Il se place entre mes jambes déjà tremblantes malgré ma lutte et tout ce que je lis dans ses yeux est extrême. Je suis en feu et il le ressent.

— Tu trembles Lena, tu sais pourquoi ?

— Non c'est faux, protesté-je.

— Alors, dis-moi de m'arrêter... me dit-il en frôlant mes lèvres avec les siennes.

— Je... non, arrête-toi...

Mais mes lèvres ne sont pas d'accord avec moi, elles

s'écrasent sur les siennes avec fougue. Lorsque Jared gémit, mon envie augmente plus et je sens quelque chose durcir entre mes jambes qui n'est nulle autre que son envie à lui. Je ne suis pas prête ! Et pourtant mon corps semble être animé par quelque chose qui m'empêche de l'arrêter, comme s'il ne m'appartenait plus. Il lui appartient.

CHAPITRE TRENTE-DEUX

Nos langues se taquinent et dansent ensemble, c'est un vrai feu entre nous, à la fois doux et brûlant. Tout est enveloppé dans un brouillard, mais lorsque Jared descend ses mains pour agripper mes fesses, une alarme se déclenche dans ma tête. La panique me gagne et mon envie disparaît, tout comme la bulle dans laquelle nous étions plongés, mon esprit est à nouveau lucide. Je me raidis un peu alors qu'il presse ses mains plus fortement encore. Je ne peux pas, pas comme ça. Avant qu'il ne puisse tenter quoi que ce soit d'autre ou bien que je le repousse violemment, quelqu'un sonne à la porte. Au lieu de s'écarter de moi, Jared continue sans y prêter attention, comme s'il n'avait pas entendu. Mais ce quelqu'un dehors se met à mitrailler la sonnette et Jared finit par grogner en laissant sa tête tomber en arrière.

— Je vais ouvrir, lui dis-je en descendant de la table à toute vitesse.

Je me dirige à la porte au pas de course et Alex et Jacob entrent en trombe avec un pack de bière à la main.

— Lena, tu vas nous sauver la vie ! Ma télé ne marche plus et le match de foot va commencer, tu veux bien nous laisser le regarder chez toi ? me supplie Alex qui se positionne à genoux et fait la moue d'un chien battu.

Je regarde Jared qui vient à côté de moi et même s'il est silencieux, son regard me supplie aussi, mais pour que je refuse. Je soupire et lui fais un petit regard rempli d'excuses.

— D'accord, leur dis-je en sentant la foudre s'abattre sur moi.

Alex se lève et me serre dans ses bras, me soulevant de terre avant de m'embrasser sur la joue, Jacob, lui, me gratifie d'un sourire et d'un «merci». Sans perdre une seconde, ils se dirigent tous deux au salon, allument la télé et zappent les chaînes jusqu'à ce qu'ils trouvent la bonne.

— Jared, viens regarder avec nous ! crie Alex sans quitter le match des yeux.

— Une seconde, crie à son tour Jared.

Il n'a pas bougé de l'entrée et me regarde rageusement. J'avale ma salive avec difficulté sachant que je vais sûrement m'en mordre les doigts.

— Je n'ai pas l'intention de crier Lena, alors arrête de faire cette tête, me dit-il en levant les yeux au ciel.

— Tu n'es pas contrarié ?

— Bien sûr que si, ma copine refuse de coucher avec moi pour je ne sais quelle raison !

— Je suis désolée, mais j'ai encore un peu de mal à...

— Me faire confiance ? J'avais saisi.

Ses yeux se radoucissent et il soupire comme s'il avait compris quelque chose.

— Tout comme j'avais saisi que tu n'étais pas comme les autres filles.

— Je suis désolée...

Je baisse la tête, sachant très bien que je n'ai pas l'assurance de toutes ses filles.

— Lena, ce n'est pas grave, au contraire, me dit-il en venant poser ses mains chaudes sur mes joues. Le moment venu, je te promets que ce sera parfait.

— C'est vrai, tu ferais ça ?

Il me connaît mieux que moi-même, c'est flippant. Mais je ne sais pas pourquoi je ne suis pas prête, je n'arrive pas à comprendre, c'est pourtant si simple de sauter l'étape. C'est sans doute ce manque de confiance qui m'en empêche, pourtant je l'aime plus que tout et ressens un désir incontrôlable.

— Je ferai tout pour toi, Lena, mais à condition que tu me dises tout, comme tu l'as fait, sinon il se reproduira la même chose...

Il baisse les yeux et je fais de même pour voir une bosse sous son jean, je déglutis et me sens rouge de honte.

— Heureux qu'il y ait des coussins sur le canapé pour cacher ça, me dit-il.

— Heureuse que personne ne l'ait remarqué. Et merci de m'attendre, j'ai une chance incroyable de t'avoir, lui dis-je en le serrant dans mes bras.

Même si je ne le vois pas, je sais qu'il sourit, ce qui me fait sourire aussi. Peu de garçons resteraient avec une fille qui ne veut pas passer à l'acte. Mais Jared le fait et il peut me donner tout l'amour que je n'ai jamais eu, pas même de mes parents. La part qui me manque tant au fond de moi, ce vide infini que je ressens est enfin rempli, complété, par tout son amour.

— Je t'aime, lui dis-je en serrant un peu plus mes bras autour de sa taille.

— Je t'aime aussi, mon cœur.

Il m'embrasse avec tellement de douceur et d'amour que mon cœur se gonfle de plaisir, j'en oublie Alex et Jacob qui sont bien sûr trop concentrés sur la télé dans le salon pour remarquer notre discussion et tant mieux ! Après avoir rejoint les garçons, Jared prend une bière qu'Alex lui tend ainsi qu'un coussin pour cacher son excitation et se concentre sur le match. Quand leur équipe favorite marque un but, les trois idiots crient et sautent presque du canapé. Je reste un peu avec eux avant d'aller dans ma chambre, les laissant entre garçons. Je prends une douche rapide, enfile un bas de jogging et le tshirt blanc de Jared que je lui ai piqué pour son odeur de fruits et je les rejoins, me blottissant dans les bras de ma superstar.

— Joli t-shirt, me chuchote Jared lorsqu'il remarque que c'est le sien.

— Merci, je l'ai volé à mon copain, lui réponds-je.

— Oh… et qui est l'heureux élu, que je lui fracasse les deux jambes ?

— Devant moi, idiot, ris-je.

— Ce n'est pas que l'on ne vous aime pas, mais là, c'est la finale et on est à égalité ! dit Alex sans quitter l'écran des yeux.

Je lui souris et reporte mon attention sur Jacob qui nous regarde étrangement. J'espère qu'il n'a pas encore cette pensée que je n'ai rien à faire avec Jared… Non, tout est rentré dans l'ordre. Je lui souris et il me sourit en retour. Une fois le match terminé, Jared et moi raccompagnons Alex et Jacob à la porte d'entrée.

— On se voit demain et n'oubliez pas, ce samedi, on sort tous chez Steve, nous dit Alex.

— Je ne serai pas là, nous dit Jared.

— Ah bon ? dis-je en fronçant les sourcils.

— Non, demain matin je dois partir, j'ai oublié de t'en parler à cause de…

Il sourit, embarrassé, mais je ne saurais dire si c'est à cause de ce qui s'est passé entre nous ou du fait qu'il ait oublié de me parler de son départ, mais pour aller où ? Et combien de temps ?

— J'ai un concert qui m'est sorti de la tête, me dit-il en se frottant la nuque, visiblement gênée.

— Tu pars combien de temps ? lui demande Alex.

— Un ou deux jours, je ne sais pas encore, lui répond-il.

Un ou deux jours…

— Hum… bah à la prochaine, mec, lui dit Alex.

Une fois qu'ils sont partis, Jared a l'air mal à l'aise et bien que j'aurais préféré qu'il m'en parle plus tôt, il n'a pas à se sentir gêné. Je sais très bien, même si je l'oublie parfois, qu'il est une star avec pleins d'obligations.

— Je suis désolé, j'aurais dû t'en parler avant.

— Non, ça va et puis ce n'est que deux jours, je sais à

quoi m'attendre en sortant avec une superstar, lui dis-je en souriant pour qu'il se détende.

— Hum, fait-il avec un petit sourire. Et donc tu sais que mes fans sont presque tous du sexe féminin ? Et qu'elles sont toutes folles de moi ?

Fans ? Je n'avais jamais pensé aux fans de Jared de cette manière. Je sais qu'elles peuvent être folles et parfois flippantes, car lorsque nous avions été au défilé de mode où elles couraient et criaient un tas de choses à la vue de Jared, j'avais eu si peur pour ma vie que sur le moment, je n'avais pas remarqué que c'étaient pratiquement toutes des filles qui, en plus, sont sans doute amoureuses de lui au point de tout faire...

Bravo Jared, maintenant ça va me torturer toute ma vie ! Et il a l'air d'en être fier comme tout, ma réaction le fait sourire à pleines dents.

— Ce que je sais aussi, c'est que sans toi dans les parages, je devrai me trouver une distraction, non ? Deux jours, c'est long...

Bien sûr, je lui mens, mais il essaye de me rendre jalouse. Bon, il y arrive sans problème, mais il va regretter de m'avoir foutu toutes ses fans dans la tête ! Car je sais qu'elles vont essayer de l'approcher, le toucher et lui crier des «je t'aime». En y pensant, je bouillonne que quelqu'un d'autre lui dise je t'aime.

— Quel genre de distraction ? ricane-t-il.

Fous-toi bien de moi, mais cette fois, c'est moi qui vais gagner !

— Hum... cherché-je. Jeremy ! Tu sais, le garçon qui est toujours au fond à ma droite en cours de maths ? Je dois avouer qu'il a un sourire à tomber.

Il commence à serrer la mâchoire, mais il se doute de mon petit jeu, je vais devoir aller plus loin qu'un beau sourire.

— Cool... moi ce que je vais faire en ton absence... commence-t-il avant de s'arrêter pour rire.

Je comprends tout de suite ce qu'il va dire et pour lui, ce serait un jeu d'enfant avec toutes ses filles qui viennent pour le voir chanter.

— Bien, nous pensons à la même chose alors, réponds-je sèchement.

Et paf dans le mile ! Son visage commence à prendre une couleur rouge, rouge de rage. Alors je continue.

— Et puis… il a de très grandes mains, Jeremy, ça peut être utile si tu vois où je veux en venir…

Là, ses yeux s'écarquillent, je parierais tout ce que j'ai qu'il imagine ses mains sur moi. Dois-je continuer la torture à ce stade ? Mmm… encore un peu.

— Il pourrait peut-être m'apprendre à…

— À rien du tout ! Si je vois ce connard poser une main sur toi, il est mort ! me dit Jared qui explose.

Je commence à rire et me plie en deux. Je finis par m'écrouler par terre et taper avec ma main le carrelage devant un Jared qui commence à capter que je blaguais.

— Espèce de petite menteuse !

— Mon Dieu, j'arrive plus à respirer, dis-je en me relevant.

— Tu trouves ça drôle ? me dit-il le visage fermé de toutes émotions.

Je m'arrête de rire un instant et reprends mon souffle comme je peux. Je crois que j'ai été trop loin. Il me regarde un moment comme ça tandis que je commence à regretter mon jeu. Mais quand un petit sourire se dessine au coin de ses lèvres, je sais que je dois courir.

— Non ! crié-je en courant dans le salon.

Avec les rires et la course, je finis par m'affaler sur le canapé avec un point de côté. Jared vient me porter en mode sac à patates sur son épaule et me donne une grosse claque sur les fesses.

Il monte les escaliers et je crains que le pire ne soit pas encore passé.

— que vas-tu faire de moi ? ris-je.

— Hum... ta punition sera que je t'embrasse jusqu'à la mort ! me répond-il. Allez, au moins jusqu'à l'endormissement.

Je ris encore et d'un coup, je suis jetée sur quelque chose de mou et doux, mon lit. Jared, juste devant moi, se met à rire.

— Quoi ?

— J'ai bien d'autres punitions, Mademoiselle Steel, mais... je crains que ce ne soit pas raisonnable.

Mais c'est Cinquante nuances de Grey ça ! Je me rappelle qu'il a lu certains chapitres, mais de là...

— Depuis quand tu lis ces livres ? Je croyais que tu trouvais cette histoire absolument pas romantique ? demandé-je avec un grand sourire.

— Eh bien, j'ai acheté les livres pour comprendre ce que tu pensais être si «romantique».

— Et ?

— Et j'ai compris, dit-il avec un haussement d'épaules.

Une petite minute... Il a lu les livres seulement pour comprendre mon point de vue ?

— Tu me surprendras toujours.

— Tout comme toi, me dit-il en venant me serrer dans ses bras musclés.

Il dépose un bisou sur mon crâne et caresse mon dos de bas en haut.

— Quel est ton livre préféré à toi ? lui demandé-je.

— J'ai beaucoup aimé Gatsby le magnifique, mais j'hésite sur mon préféré entre Anna Karénine et Orgueil et Préjugés. J'aime l'histoire.

— Mon Dieu, ça ne te ressemble tellement pas !

— J'aime lire les vieux livres, ça m'aide à me calmer, me dit-il.

— Te calmer ?

Il cesse ses caresses alors je me redresse, les yeux rivés sur lui.

— Quand je faisais des cauchemars et que j'étais très violent, ma mère avait du mal à me calmer alors elle m'aidait à m'évader avec la lecture de tout ce qui lui passait par la main. C'est de là que me vient une si grande bibliothèque.

— Où tu t'y sens le mieux, complété-je.

Je me souviens de la fois où il faisait un de ses cauchemars. Il m'avait attrapé par le poignet et crié comme un fou, j'avais eu si peur... Mais une question me trotte dans la tête depuis, de quoi rêve-t-il pour être dans un état pareil ?

— Qu'est-ce que tu fais comme cauchemar ? Si tu ne veux pas me le dire, ce n'est pas grave, c'est juste une question...

— Je... ça n'a aucune importance, maintenant, je n'en fais que rarement.

— Comment ça rarement ?

— Quand je ne dors pas avec toi...

CHAPITRE TRENTE-TROIS

«Quand je ne dors pas avec toi», ces mots ont résonné dans ma tête toute la matinée. Jared est parti pour son concert et ses mots sont présents depuis. Mais s'il faisait des cauchemars ? Il a dit qu'il en faisait seulement quand il ne dormait pas avec moi, alors peut-être que ce soir, il va en faire ? Ou non ? Mon Dieu, il est parti il y a quelques heures seulement et il me manque déjà. Je crois que je ne peux même pas imaginer ce qu'une semaine sans lui me ferait ! Suis-je accro à lui à ce point ? Non, je m'inquiète seulement trop pour lui.

— Lena, me dit Kate en claquant des doigts juste devant mon visage.

Je papillonne des yeux avant de lui sourire, un peu gênée de ne pas l'écouter depuis déjà quelques minutes.

— Désolée, tu disais ? lui dis-je en remuant ma cuillère dans la soupe.

— Je disais que Dimitri me plaît beaucoup et que j'espérais le voir à la fête demain soir.

— Oh... eh bien, je te rassure, tu as l'air de lui plaire aussi.

— Tu crois ? me dit-elle avec un grand sourire.

— J'en suis sûr, ça se voit. Regarde, il est là-bas, lui dis-je avec un signe de tête vers une table du fond.

— Tu crois que je devrais aller le voir ? me dit-elle avec des yeux inquiets qui attendent une bonne réponse.

Au même moment, je regarde Dimitri qui n'arrête pas de tourner la tête dans notre direction. Il est assez timide, je me souviens que nous avions fait équipe pour une course à pied et il parlait très peu, mais était très gentil et très beau garçon. Il a des cheveux brun foncé et une mâchoire carrée avec des lèvres fines et sa carrure d'athlète ne peut que plaire à Kate. Et puis, sans Kate, je n'aurais jamais fait la rencontre de Jared, alors je lui dois bien un gros coup de pouce.

— Aller, fonce ! l'encouragé-je.

Elle se lève d'un bond et part dans sa direction. Arrivée devant lui, Dimitri lui fit signe avec un grand sourire de s'asseoir et ils commencent à discuter. Je souris en les regardant avec envie, parce que oui, je suis accro à Jared et il me manque plus que tout. Je retourne dans mon assiette à jouer avec ma nourriture sans en manger une seule cuillère et soupire. La chaise devant moi émet un grincement et je me demande pourquoi Kate est revenue aussi rapidement.

— Alors comment ça... commencé-je avant de lever les yeux et de voir Lucy à la place de Kate.

Qu'est-ce qu'elle me veut ?

— Surprise la Sainte Vierge ? Tu pensais peut-être que j'allais te laisser t'en tirer comme ça ? me dit-elle avec un rire aigu.

— Non, mais je croyais que tu serais assez intelligente pour ne plus m'approcher, lui réponds-je.

— Et te laisser gagner la partie ? Tu sais, ce n'est pas parce que Jared joue l'ange gardien avec toi, qu'il ne le fait pas pour se jouer encore de toi.

— Arrête Lucy... soufflé-je.

— Dois-je te rappeler qu'il a baisé avec moi pour se jouer de toi ? Allez, ne me dis pas qu'il n'a jamais essayé de te rendre folle, de dépasser les limites pour te déflorer ?

J'ai un gros doute en y pensant, car oui, il a essayé à plusieurs reprises de me rendre folle au point que je lui aurais sauté dessus sans retenue. Mais hier, il m'a encore prouvé qu'il n'a jamais et ne jouera jamais avec moi. Car il m'attend.

— Tu es dégoûtante comme fille, tu sais ? Et non, il n'a

jamais rien fait, il me respecte.

— C'est ce que tu crois, me dit-elle en se levant. Oh, Kate, j'adore ta chemise, c'est du vomi ?

— Hé, ma grande, faut arrêter les petits plats de maman, ton cul ressemble à celui de Madame Owens !

— Tu sais quoi, ça sert à rien de te parler à toi, la pouffe ! dit-elle en partant sèchement.

— Quelle salope, dit Kate une fois qu'elle est plus loin. Lena ça va ?

— Oui, ne t'en fais pas, j'ai pris l'habitude, tu sais.

— Lena, elle te voulait quoi ? dit soudain Jacob qui vient s'asseoir avec nous.

— Elle m'a dit que la partie n'était pas finie bla-bla-bla... soufflé-je.

— Hum, elle ne s'est pas remise de la raclée que tu lui as donnée, c'est ça ?

— Entre autres, je sens qu'elle va m'en faire voir de toutes les couleurs cette fausse Barbie !

— Bien trouvé ! dit Kate.

Ils rient de ce tout nouveau surnom que je viens de lui donner tandis que moi, je sens que tout va mal finir.

— Je vais aller voir Dimitri, ça ne vous embête pas que je vous laisse ? demande Kate qui m'a l'air partagée entre nous et lui.

— Je me demande même pourquoi tu es revenue. Allez, va voir ton prince charmant ! lui dis-je.

Lorsque je suis seule avec Jacob, je ne peux m'empêcher de penser que j'ai trahi Jared. Je sais très bien que ce baiser était un accident, mais cette culpabilité que je ressens ne me quitte pas.

— Kate a trouvé chaussure à son pied, dit soudain Jacob, qui me sort de mes pensées.

Il les regarde avec envie avant de poser les yeux sur moi et de se mordiller la lèvre. Je ne peux m'empêcher de voir à quel point il est beau et plaisant.

— Oui, c'est génial que ce soit Dimitri l'heureux élu, réponds-je.

— En parlant d'heureux élu bien chanceux, ça a l'air de bien marcher entre Jared et toi ?

— Oui… il a beaucoup changé, dis-je, un peu déstabilisée par le «chanceux» qu'il vient d'employer.

— Hum, heureux de l'entendre, dit-il, la mâchoire serrée. Je dois y aller, à plus.

Il se lève sans que je puisse lui dire un mot et s'en va très tendu. Qu'est-ce qui lui prend ? Je soupire et pousse mon plateau où la soupe est glaciale. Je me retrouve seule et ressens un vide incroyable que je tente de couvrir en me plongeant dans mes cours. Alex, en bon ami, a décidé d'abandonner Jacob pour rester un peu avec moi, ça me touche, mais en plein cours il essaye de viser la tête de Kate à l'aide d'une boule de papier alors que Madame Christian est retournée pour écrire sur le tableau.

— Et si on essaye d'avoir Lucy d'ici ? me dit-il avec un petit sourire amusé.

— Tu vas avoir des ennuis si tu n'arrêtes pas, lui dis-je à voix basse.

— Elle le mériterait, et crois-moi, on ne va pas la laisser t'approcher. Attends de voir la tête de Jared quand il va savoir que mademoiselle veut te tendre un piège.

— Ça ne va pas lui plaire en tout cas… Mais vaut mieux l'ignorer et ne pas la chercher, lui dis-je en lui arrachant la boule de papier des mains.

***

Pour mon dernier cours, je regarde la chaise vide devant moi en mordillant mon crayon à papier. Il me manque atrocement. Moi qui pensais pouvoir me plonger dans mes cours et peut-être oublier le vide qu'il laisse, c'est raté. Je me demande bien ce qu'il fait et l'imagine se préparer à chanter dans sa loge ou se faire maquiller. Penser à Jared se faisant maquiller me fait sourire et même rire. La poche de mon jean se met soudain à vibrer, je jette rapidement un coup d'œil à la professeure qui est concentrée à corriger des fiches avant d'extirper discrètement mon téléphone de ma poche. Mon cœur manque un battement en voyant un message de Jared.

De : Superman.

Tu me manques tellement... C'est insupportable d'être aussi loin de toi, mon cœur.

Je souris à pleines dents en voyant son message et y réponds aussi vite que possible.

À : Superman.

Tu me manques aussi... Tu t'amuses bien ?

Une fois envoyé, je me concentre sur le cours, mais cinq minutes plus tard, mon téléphone vibre à nouveau, mon cœur se met à battre encore plus fort.

De : Superman.

Je m'amuse très bien avec mes fans.

En voyant ce message, mon sourire disparaît tandis que le sien doit s'agrandir. L'idiot ! Il essaye encore de me rendre jalouse et le pire, c'est qu'il y arrive sans problème.

À : Superman.

Heureuse pour toi... Au fait, Jeremy a pris ta place...

J'hésite à l'envoyer, mais je le fais quand même. Je sais qu'il déteste que quelqu'un lui prenne se place, qui en fait est vide, mais il ne le saura pas... Il se demandera plutôt de quelle place je parle. Il n'avait qu'à pas me parler de ses fans. Même pas dix secondes ne s'écoulent avant qu'il me réponde.

De : Superman.

De quoi tu me parles là ?

Je me force à ne pas exploser de rire et range mon téléphone dans ma poche en le mettant sur silencieux, car le professeur me lance un regard noir et faire patienter Jared alors qu'il doit bouillonner de rage est un vrai plaisir...

En rentrant chez moi, je pose mes affaires dans ma

chambre et m'affale sur mon lit dans un gros soupir. Puis je saisis mon téléphone et constate le nombre de messages et d'appels manqués de Jared. Eh merde ! J'avais complètement oublié de lui répondre, il doit faire une crise pas possible. Je me redresse droite comme un i et commence à lire ses messages.

De : Superman.

Lena ?

Je souris en voyant ce message, mais le suivant me fait moins sourire.

De : Superman.

Lena répond-moi sinon je prends le prochain vol pour rentrer !

Non… il n'aurait pas annulé son concert pour ça ? Je vais vite dans mes contacts et l'appelle en espérant qu'il ne l'a pas fait. Il décroche à la première sonnerie.

— Je te jure que j'ai failli le faire ! me dit-il d'une voix dure, mais aussi soulagée.

— Et toi, tu t'amuses bien avec tes fans ! hurlé-je.

— Elles étaient toutes à mes pieds et ont même fait la fête avec moi ! crie-t-il à l'autre bout du fil.

La rage me vient en pensant qu'il n'est peut-être pas en train de blaguer et mon manque de confiance en lui ne fait qu'augmenter.

— Tu sais quoi ? Amuse-toi bien avec tes fans, gros con ! aboyé-je en raccrochant.

Je sens la boule dans ma gorge grossir à cause de la rage et balance mon téléphone par terre. Par chance, il n'est pas cassé, mais je le laisse ici et vais plutôt me faire couler un bon bain. Comment en sommes-nous encore arrivés là ? Quand j'ai fini de prendre mon bain, je me sens seule, j'ai maintenant moins de rage, car elle a été remplacée par de la tristesse en pensant que rien ne va entre nous, que peut-être jamais nous ne serons un de ces couples qui peuvent passer une semaine sans se disputer.

CHAPITRE TRENTE-QUATRE

Mon réveil fut l'un des plus atroces, même ceux que ma mère me donnait en criant étaient mieux que me réveiller sans Jared. Sa place, son parfum et ses longs cils noirs sur ses paupières closes alors qu'il dort tel un ange, me manquent tellement. Le silence quand je déjeune ne me donne aucune envie de passer cette journée à me morfondre. Je décide donc d'enfiler un legging de sport, un débardeur noir et mes baskets pour aller courir.

Ça fait près d'une heure que je me défoule, les écouteurs dans les oreilles avec Come As You Are de Nirvana qui me donne le courage de courir encore un peu plus. Avant, je courais pour ne plus penser à rien et surtout à ma vie. Je partais aussi pour ne pas rester avec ma mère et pouvoir m'épuiser et peut-être faire s'envoler mes soucis. Je m'arrête un peu pour regarder l'heure sur ma montre qui indique midi trente-sept. Je fais alors demi-tour en trottant, pensant qu'il est temps que je rentre me faire quelque chose à dîner. Mais je presse le pas, motivée par l'envie insoutenable d'appeler Jared.

Depuis hier, je n'ai pas eu de nouvelles de lui, est-il encore fâché ? Suis-je encore fâchée ? Après réflexion... pour ma part, je ne le suis plus. Je sais qu'il a dit ça pour me taquiner et il sait que moi aussi. On s'est juste emportés comme de vrais enfants sous le coup de la colère et la jalousie même si à un moment, j'ai vraiment cru qu'il faisait la fête avec ses fans et que je pensais qu'entre nous, rien ne marcherait jamais. Mais la nuit m'a porté conseil et peu importent les difficultés, je l'aime et j'oublie trop souvent qu'il est célèbre. Je crois même ne vraiment pas m'en rendre compte, même s'il m'a fait entrer dans son monde pour une soirée à un défilé de mode. Et puis... ce sont ses fans qui me font le plus peur, mais je suis sûre que Jared ne fera rien, même si je l'ai mis dans une colère noire.

Du moins, je l'espère de tout cœur. En passant devant la maison d'Alex, je vois celui-ci à la fenêtre de sa chambre, tenant les rideaux beiges d'une main et de l'autre me faisant signe de venir. Je souffle et pense que Jared pourra attendre un petit moment, juste le temps que j'aille voir mon ami. Je me dirige vers la porte de sa maison au pas de course et sonne. Quelques secondes plus tard, j'entends des bruits de pas dévaler les escaliers, Alex m'ouvre et me prend par le poignet pour me traîner.

— Qu'est-ce qui te prend ? lui demandé-je.

— Toi, qu'est-ce qui te prend ? Pourquoi tu es allée courir ? Ça fait une éternité que je ne t'ai pas vue le faire !

— Eh bien, j'avais besoin d'un peu de sport pour me passer le temps, c'est tout.

— Tu courais parce que quelque chose te tracasse, je le sais, car je suis ton voisin et ton meilleur ami, alors ?

— C'est juste que... soufflé-je en me laissant tomber sur son canapé. Tu es très observateur.

— Merci, je sais, sourit-il. Alors ?

Il s'assied de la même manière que moi et hausse un sourcil tandis que je me mords la lèvre à l'idée qu'il va me prendre pour une cinglée lorsque je vais lui expliquer mon énorme angoisse.

— C'est Jared, commencé-je avec un sourire nerveux.

— Pas étonnant, mais encore ?

— Hier, on a cherché à se rendre jaloux, mais ça a fini en dispute et je me demande s'il va vraiment...

— Voir ailleurs ? termine-t-il, un fin rictus amusé.

— Oui, je l'ai mis dans une sacrée colère et je crains qu'il fasse des choses avec ses fans...

— Waouh... fait Alex plus sérieusement. Tu n'as pas confiance en lui ?

— Alex, je... oui, je n'ai pas confiance en lui depuis ce qui s'est passé avec Lucy.

Pourtant, depuis, il m'a montré que je le pouvais et je pense le connaître mieux que personne, mais c'est un blocage que je suis incapable de faire disparaître.

— Je suis sûr que c'est le genre de garçon qui ne se fout pas des filles malgré sa célébrité. Mais c'est vrai que baiser Lucy n'a pas été son meilleur choix.

— Alex ! grondé-je.

— Ça va ! dit-il levant les yeux au ciel. Mais tu penses vraiment que c'est un garçon comme ça ? qui saute sur les filles pour jouer avec elles ? Bon, faut avouer que pour moi, il reste un mystère total, mais je ne pense pas que ce soit un salaud, pas avec toi.

Je baisse les yeux et y réfléchis, tout en imaginant Jared Welland en vrai connard avec des filles. Mais je secoue la tête négativement.

— Et puis c'est ton Jared Welland, c'est toi qu'il a choisi parmi les milliers de bombes qu'il aurait pu avoir.

C'est vrai qu'en pensant qu'il aurait pu avoir même la plus belle femme sur cette terre, c'est moi qu'il a choisie. C'est avec moi qu'il s'affiche, une simple fille. Ça me redonne le moral.

— Oh Alex, tu ne sais pas à quel point tu viens de m'aider, lui dis-je en le serrant dans mes bras.

— C'est normal, Lena.

Et puis il ne serait certainement pas sorti au défilé avec n'importe qui à son bras, sachant que nous serions pris en photo. Je me surprends à jouer avec la chaîne du bracelet qu'il m'a offert. Parce que je suis son infini.

— Dis-moi, tu viens à la fête, j'espère ?

— Oui, j'ai la voiture de ma mère, comme ça, je pourrai rentrer sans vous demander une heure plus tard de me ramener.

— Tu resteras quand même plus longtemps ? Et si tu dois conduire, pas d'alcool.

— Oui et oui, bon, je dois y aller, je suis impatiente d'appeler Jared.

Quand je rentre chez moi, je fonce vers les escaliers que je monte en trombe pour aller récupérer mon téléphone là où je l'ai laissé hier ; c'est-à-dire par terre. Manque de chance, celui-ci n'a plus de batterie et mon ventre se met à gargouiller violemment, je le pose alors sur mon lit et décide de revenir le mettre en charge une fois mon estomac plein. Je me prépare des œufs au plat et du bacon grillé. Une fois que tout est prêt, je m'installe à table et engouffre un morceau de bacon fumant en savourant son goût délicieux. Je me demande bien ce que fait Jared en ce moment, s'il pense à moi et si je lui manque comme il me manque — c'est-à-dire atrocement — ou s'il est encore en colère contre moi. Une fois que j'ai fini de manger, je n'en peux plus, je ne peux plus rien avaler.

Je fais la vaisselle rapidement avant d'aller me prendre une bonne douche. Comme je n'ai rien à faire avant ce soir pour la fête chez Steve et que mon téléphone est trop long à charger, je décide d'aller rendre visite à Marion. Sur le trajet, j'écoute une des chansons de All Time Low des Kids in The Dark et une pensée me vient à l'esprit ; je me rends compte que je n'ai jamais entendu Jared chanter. Il fredonne souvent en voiture, mais jamais à pleine voix. Et son anniversaire ? J'ai eu vent que c'était dans le mois de décembre qui approche à grands pas, mais je ne sais pas la date exacte. Mon Dieu, quelle petite copine je fais ! Je ne connais presque rien de lui. Il est temps d'y remédier et Marion pourra sans doute m'aider pour le plan que je viens d'avoir.

En arrivant devant le portail, je sonne et j'entends la voix de Marion quelques secondes après dans l'interphone. Elle m'ouvre le portail et j'entre à pied, laissant ma voiture sur le bas-côté. Comme toujours, mes yeux s'écarquillent devant la maison, on dirait une représentation de la Maison-Blanche, mais bien sûr en plus petite.

— J'espère que je ne dérange pas, je me suis dit que je pourrais te rendre visite, dis-je, un sourire aux lèvres.

— Non pas du tout viens, entre, me dit Marion en m'ouvrant la porte en grand.

Nous nous dirigions au salon. Je m'assieds sur le canapé tandis que Marion s'assied sur le fauteuil en face de moi. Elle croise ses jambes, tire un peu sur sa jupe bleu marine et me regarde étrangement.

— Jared m'a appelé ce matin, me dit-elle.

— Oh...

Lui a-t-il dit que nous nous étions disputés ?

— Il paraissait un peu bizarre... Est-ce que ça va entre vous ?

— En fait... on s'est un peu disputés hier, mais rien de grave, avoué-je.

— Alors tout va bien entre vous, je suis rassurée, me dit-elle en soupirant de soulagement.

Ces yeux pétillent de bonheur, j'en conclus donc qu'elle a dû vraiment se faire un sang d'encre pour nous. Cette femme est un ange, rien à dire.

— Dis-moi, je voudrais te poser quelques questions sur Jared, lui demandé-je un peu gênée.

— Demande-moi n'importe quoi, me dit-elle avec un grand sourire.

— Eh bien... je voudrais savoir quand il est né exactement. Je sais que c'est dans le mois de décembre, mais je ne sais pas la date exacte et j'aimerais aussi savoir tout ce qu'il aime, il ne me parle que très peu...

— Je te rassure, ce n'est pas contre toi. D'ailleurs, même

pour moi il reste encore un mystère, me dit-elle.

— Un sacré mystère en effet, murmuré-je.

— Jared est né le premier décembre d'ailleurs, son anniversaire approche très vite ! dit-elle les yeux écarquillés.

Ce qui me laisse quelques semaines pour mon plan...

— Ce qu'il aime, c'est hum... à vrai dire, je ne sais pas trop. Jared ne parle que très peu de ses goûts, me dit-elle avec un soupir de désespoir.

— Je sais... soufflé-je à mon tour. J'avais pensé à lui faire un anniversaire surprise, avec tous ses amis, mais je ne connais personne.

— Quelle idée merveilleuse ! Je pourrais contacter ses amis et les inviter ?

— Tu pourrais faire ça ?

— Bien sûr sans problème, j'ai son carnet d'adresses ! Je m'occuperai des préparatifs, j'imagine déjà une belle décoration dans les jardins avec des tables recouvertes de blanc, Jared sera ravi !

Après avoir parlé encore un peu des quelques détails de cet anniversaire surprise et bu du thé délicieux aux fruits rouges que Marion a préparé, je rentre chez moi avec une seule idée en tête : appeler Jared. Mais je suis déçue de n'avoir reçu ni appel ni message et de tomber directement sur sa messagerie en essayant de le joindre. Peut-être qu'il ne peut pas répondre ou qu'il n'a plus de batterie ? Quoi qu'il en soit, j'ai hâte qu'il rentre pour qu'on s'explique. Mais pour le moment, je voudrais m'amuser avec mes amis et qui sait, peut-être que Jacob pourra m'aider à lui trouver un cadeau parfait. Après tout, il le connaît depuis bien plus longtemps que moi. Mais son comportement au réfectoire hier me laisse à penser qu'il ne voudra pas me parler.

CHAPITRE TRENTE-CINQ

Je me regarde dans le miroir et admire mon travail. Je porte un simple jean avec une chemise bleu nuit sans manche. Mes cheveux sont détachés comme toujours et tombent en cascade de boucles sur mes épaules et mon maquillage est aussi très simple. Je prends un blazer noir un peu long comme veste, car le froid hivernal commence à se faire ressentir. Je mets des boots noires et me voilà prête. J'ai essayé d'appeler Jared deux fois en tombant directement sur sa messagerie à chaque fois il y a à peu près une heure, j'espère de tout cœur qu'il va bien et qu'il va s'arrêter de faire l'enfant pour m'appeler. Je respire un bon coup et avant que je ne change d'avis, je sors de ma maison, clés en main. J'hésite ensuite à rebrousser chemin et rentrer chez moi, mais pourquoi ?

Je finis par entrer dans la voiture et démarrer. Le trajet est court, je réussis à repérer une place rapidement et m'y gare sans problème.

Je sors de la voiture, la fermant à clé et m'élance pour marcher, mais je manque de tomber à cause de quelque chose qui me retient en arrière. En voulant me retourner, je fais tomber les clés par terre, je ne peux même pas me baisser pour les attraper. Ma veste est coincée dans la portière et elle est fermée à clé. Je souffle en pensant que ça n'arrive qu'à moi, quand quelqu'un se penche devant moi et ramasse mes clés. Il s'agit d'un homme, il a sûrement la quarantaine et est habillé d'un costume noir et d'une cravate verte foncée. Lorsqu'il s'approche en me souriant, je suis frappée par ses yeux et les traits de son visage et reste sans voix.

— Je vais vous ouvrir, me dit-il d'une voix grave et rauque.

Il ouvre la portière et me rend mes clés. Je le regarde, ou plutôt le dévisage comme s'il était un extraterrestre, mais je me ravise, pensant que ça ne se fait pas.

— Merci beaucoup, ce genre de chose n'arrive qu'à moi, lui dis-je avec un petit sourire honteux.

— Oh non, je vous assure, ça arrive souvent, euh...

— Lena, je m'appelle Lena, lui réponds-je.

— Enchanté, moi c'est Erik, me dit-il avec un large sourire qui me frappe tout aussi.

— Eh bien Erik... Je vous remercie encore une fois, c'est très gentil de m'avoir aidée.

— Mais de rien, vous devriez aller à votre fête avec vos amis, je ne vais pas vous retenir plus longtemps, me dit-il.

Comment sait-il que je dois aller à la fête ? Peut-être parce qu'on entend la musique d'ici et que les jeunes viennent seulement pour les fameuses fêtes de Steve ? Suis-je bête !

— Oui merci, lui dis-je avant de partir en direction de la maison.

Quelque chose me déstabilise chez lui, tellement que je n'ai pu m'empêcher de me retourner pour le regarder s'éloigner. Je ne comprends pas quoi, mais je préfère ne plus y penser.

— Lena, tu es enfin là ! me dit Kate quand j'arrive devant la maison.

Je suis surprise et tellement heureuse qu'elle soit en compagnie de Dimitri. Je leur souris et jette un petit regard à Kate avec plein de sous-entendus qu'elle ne manque pas. Elle me sourit à son tour et lâche le bras de Dimitri pour me serrer dans ses bras.

— Il est génial, merci. C'est grâce à toi... me chuchote-t-elle pour que Dimitri n'entende pas.

— Je n'ai rien fait du tout, pas la peine de me remercier, chuchoté-je à mon tour.

Elle s'écarte de moi, repasse son bras autour de celui de Dimitri et affiche toujours ce sourire magnifique qui rayonne de bonheur.

— Bonsoir Lena, me dit Dimitri avec un sourire amical.

— Bonsoir Dimitri, lui réponds-je le plus chaleureusement possible.

Ce n'est pas tous les jours que Kate est aussi rayonnante grâce à un garçon alors je pense que Dimitri a droit à toute ma reconnaissance.

— Bon, je crois qu'il est temps d'aller mettre le feu à la piste ! s'écrie Kate.

Nous entrons tous les trois dans la maison et comme Kate l'a dit, nous mettons le feu à la piste. À un moment, nous n'en pouvons plus de danser et nous nous installons sur le canapé.

— Dimitri, si on allait chercher à boire pour ses demoiselles ? propose Alex.

— D'accord.

Il embrasse Kate sur la joue et lorsqu'il est plus loin, Kate explose de joie en poussant un cri aigu.

— Mon Dieu, je suis raide dingue de lui !

— Je n'avais pas remarqué, ris-je. Il est super gentil et te rend tellement heureuse.

Je lui souris, heureuse qu'elle ait trouvé la perle rare et soupire lorsque je pense à la personne que j'aime et qui n'est pas là. La main de Kate vient se poser sur mon genou avec un petit regard triste, mais hors de question de gâcher son bonheur.

— Tout va bien, il me manque, mais il va rentrer d'ici peu, lui dis-je en souriant.

— Petit cocktail sans alcool pour Mademoiselle ! dit Alex qui revint s'asseoir et me donne un gobelet.

— Merci.

Nous parlons un peu tous les quatre, avant que l'envie pressante d'aller aux toilettes me prenne. Lorsque j'en sors, je descends et cherche les tourtereaux et Alex, mais tombe sur Jacob. Je ne l'ai pas vu de la soirée et il a l'air de ne pas tenir sur ses deux jambes. Il est complètement saoul, ma parole ! Je me dirige vers lui et le rattrape avant qu'il ne s'étale par terre.

— Jacob, est-ce que ça va ? Tu veux aller t'asseoir ?

Pourquoi est-il aussi saoul, qu'est-ce qu'il s'est passé ? Les questions se bousculent dans ma tête, mais je dois d'abord trouver un endroit calme où l'asseoir.

— Merci Lena, je crois que je vais vomir, me dit-il en grimaçant.

— Oh, viens, je t'emmène prendre l'air.

Je l'escorte en l'aidant à sortir du mieux que je peux et une fois dehors, Jacob respire plusieurs fois de grosses bouffées d'air. Assis au milieu du jardin sur la pelouse humide, je reste avec lui en grelottant, car je ne pouvais pas le laisser seul dans son état.

— Lena... commence-t-il en fixant un point invisible devant lui. Pourquoi tu l'as choisi lui ?

Je sais qu'il parle de Jared et que c'est l'alcool qui le fait parler.

— Jacob... soufflé-je.

— Non s'il te plaît, réponds-moi.

Il tourne la tête vers moi et attend que je parle et la seule chose que je peux faire, c'est lui dire la vérité après tout.

— Je ne sais pas, mais... je crois que je l'ai aimé dès que je l'ai vu.

Je me souviens les jours après qu'il m'ait amenée à l'hôpital où je n'arrêtais pas de penser à lui sans vraiment comprendre pourquoi, car je croyais que je n'allais plus jamais le revoir. Et maintenant, nous sommes ensemble.

— Mais vous vous disputiez tout le temps ! Tu le haïssais !

— C'est vrai, mais je refusais de l'aimer. Le haïr était plus simple, car au fond, je le voulais plus que tout.

— Je ne comprendrai jamais... Tu veux bien me ramener

chez moi ?

— Oui bien sûr, je mets Kate et Alex au courant.

Je prends mon téléphone dans ma poche et tape vite fait un message disant que je ramène Jacob chez lui et rentre chez moi juste après. Une fois fait, j'aide Jacob à se lever et l'amène jusqu'à la voiture.

— Chouette ta voiture, me dit-il avant de rentrer à l'intérieur.

— Merci, mais c'est celle de ma mère.

Je démarre et commence à rouler un moment, très pensive, quand soudain, je me rends compte que je me dirige chez moi, j'ai complètement oublié que je devais ramener Jacob et je ne sais pas où il habite.

— Où habites-tu ?

Il ne me répond pas alors je le regarde du coin de l'œil, son front est collé à la fenêtre et il ne bouge pas.

— Jacob ?

Oh non, il s'est endormi ! Comment je vais faire, je ne sais pas où est sa maison.

— Jacob, réveille-toi ! lui dis-je en le secouant un peu.

Mais il ne fit que se retourner dans le siège. Je tente d'appeler Alex, car il doit certainement le savoir, mais personne ne me répond. Après quelques minutes à réfléchir, je décide de rentrer chez moi avec Jacob. Une fois arrivée, je défais ma ceinture, coupe le moteur et fais le tour de la voiture pour ouvrir la portière de Jacob. Je défais sa ceinture et le secoue encore un peu.

— Jacob, allez, réveille-toi !

— Hum... on est arrivé ? marmonne-t-il.

— Non, je ne sais pas où tu habites !

— Je ne sais pas non plus...

— D'accord... eh bien, tu vas devoir dormir chez moi, lui dis-je en l'aidant à sortir de la voiture.

Je vois la fenêtre de la voisine s'allumer et elle jette un mauvais œil dans notre direction. Elle nous observe silencieusement dans son peignoir tigré avec sa cigarette alors qu'il est près d'une heure et demie du matin. Elle doit me prendre pour une drôle de fille à amener un garçon comme ça chez moi. Mais je préfère m'occuper de Jacob plutôt que de savoir ce qu'elle pense. Une fois à l'intérieur de la maison, nous allons dans ma chambre pour que Jacob se débarbouille un peu et que je prenne une couverture et une taie d'oreiller pour l'installer sur le canapé.

— C'est bon, je me sens un peu mieux, me dit Jacob lorsqu'il sort de la salle de bains.

Il s'approche de moi et s'arrête d'un coup en me regardant.

— Quelque chose ne va pas ? lui demandé-je. Tu as envie de vomir ?

Il ne me répond pas et marche vers moi avec ce regard qui me dit que je devrais le fuir. Il s'arrête une fois devant moi à quelques centimètres et ayant les yeux baissés, je lève la tête pour le regarder silencieusement avec un visage qui doit montrer ma peur. Je fais un pas en arrière en déglutissant et sens le rebord de mon lit. Ses yeux sont posés sur mes lèvres et avant que je m'en rende compte ou puisse dire un mot, il me pousse sur le lit et se place entre mes jambes.

— Jacob, s'il te plaît...

Je sens son corps entier sur le mien alors qu'il approche ses lèvres des miennes tandis que mon cœur bat la chamade dans ma poitrine. Il les frôle, me regardant dans les yeux alors que je ne bouge pas d'un centimètre, coincée sous lui.

— Si tu savais à quel point j'en ai envie... me dit-il en se mordant la lèvre inférieure. Mais je te respecte trop pour te faire un coup pareil.

Il finit par se dégager de moi et roule sur le côté. Je regarde le toit un moment, tentant de reprendre mon souffle normalement. Et quand je tourne la tête pour le regarder, ses yeux sont clos, il s'est endormi. Je ne veux pas le réveiller, alors je retire ses chaussures et le recouvre. Ensuite, je pars me démaquiller et me mettre en pyjama.

Une fois fait, je retourne dans ma chambre et n'ayant pas d'autre choix je me glisse à côté de lui en veillant à laisser un espace suffisant pour qu'on ne se touche pas. J'ai l'impression de trahir Jared une deuxième fois en dormant dans le même lit que Jacob, surtout après ce qu'il vient de faire. Mais je suis heureuse qu'il n'ait rien tenté d'autre. Avec l'alcool, on peut faire des choses regrettables, ça, je le sais. J'ai les yeux grands ouverts sans trouver le moindre sommeil et ne pense qu'à Jared qui ne donne aucun signe de vie.

CHAPITRE TRENTE-SIX

Il est à peu après quatre heures du matin quand je réussis à m'endormir, aucun rêve n'est venu perturber mon sommeil, seulement le fait que j'oublie souvent que Jacob dort à côté de moi. Ce matin, du moins je pense que ça l'est, je sens ma peau se réchauffer grâce au soleil qui traverse les rideaux, j'entends les battements d'ailes des oiseaux chantant dehors alors que je ne suis pas très loin de sortir de mon sommeil.

Soudain, j'entends vaguement un grincement, mais ça me paraît bien loin, je me demande même si j'ai vraiment entendu ce bruit. Quand un autre bruit plus sourd, quelque chose qui tombe au sol violemment, me fait sursauter, j'ouvre brusquement les yeux et me redresse sèchement. Jared… il est là, devant la porte avec une valise noire à ses pieds. Il me regarde sans un mot et mon cœur se gonfle de plaisir. Mon Dieu ! Qu'il m'a manqué ! Mais quelque chose cloche. Il respire bruyamment et je vois d'ici ses muscles se tendre par la crispation ainsi qu'une veine qui apparaît sur son front comme s'il était sur le point d'exploser.

— Jared…

— C'est quoi ce putain de bordel ! crie-t-il d'un coup.

Il a les yeux écarquillés qui se déplacent de moi à… quelque chose bouge dans le lit à côté de moi et en tournant la tête, je vois Jacob qui se réveille. Mon cœur fait les montagnes russes et je n'arrive pas à croire que je l'ai oublié.

— C'est quoi ce putain de bordel ! crie à nouveau Jared.

Il s'avance dangereusement du lit, ou plutôt de Jacob, je me lève alors d'un bond et lui barre le chemin. J'entends ensuite Jacob se lever derrière moi.

— Jared, ce n'est pas ce que tu crois, lui dit Jacob qui vient à côté de moi.

— Ah non ? Je peux savoir ce que tu fiches dans son lit ! lui crie Jared. Si tu l'as touchée, je te tue ! Tu m'entends, je te tue !

Sa respiration est bruyante et ses yeux sont rouge vif.

— Je me suis endormi ! Je ne l'ai pas touchée Jared, alors arrête avec ça ! lui dit sèchement Jacob qui visiblement se met en colère.

— Comment veux-tu que je te fasse confiance avec ce que tu as fait ?

Jared serre la mâchoire et les mains, il me fait vraiment peur, je l'ai déjà vu en colère, mais cette fois-ci, c'est exactement la même colère, avec ce même regard, que lorsque je me suis fait agresser, je crains le pire.

— Jared, c'est la vérité et c'est de ma faute, c'est moi qui l'ai ramené. Il était saoul et ne savait même plus où il habitait ! le défends-je.

Mais il semble ne rien vouloir entendre et m'ignore, au lieu de se calmer. ça a plutôt l'air de le mettre dans une colère noire.

— Tu as bu en plus ! dit-il juste avant de se retourner vers moi. Et toi, tu ne comprends toujours pas pourquoi je ne veux pas que tu t'approches de lui ?

Ses yeux se tournent à nouveau vers Jacob et le défient sans que je comprenne ce qui se passe vraiment.

— Allez, dis-lui, je sais que tu en meurs d'envie, lui répond Jacob.

Je regarde Jared et Jacob à tour de rôle, ne comprenant toujours rien à la conversation. Nous restons un moment silencieux tous les trois.

— Très bien, je vais le faire, s'énerve Jacob d'une voix que je ne lui connais pas. Alors voilà, j'ai fait des choses horribles à une fille, j'étais obsédé par elle, je lui ai fait vivre un enfer, mais sache que Jared aussi cache beaucoup de son passé de «mal aimé».

— Peut-être que j'ai fait des choses pas jolies, mais je n'ai pas tenté de violer une fille en la saoulant ! enchaîne Jared, hors de lui.

— Je sais très bien ce que j'ai fait ! Mais toi ! Toi ! répète Jacob, d'une rage jamais vue. Tu jouais à ton jeu débile avec toutes ses filles, tu les humiliais et une fois que tu les baisais, tu les laissais comme le putain de connard que tu es ! Et tu veux que je te dise, oui, j'ai envie de te voler ta femme !

Je reste estomaquée comme si je me mangeais des rafales de coup dans le ventre. Je ne peux pas croire ce que j'entends.

— Tu vois pourquoi je te dis qu'il ne te mérite pas ? me dit Jacob. Tu serais bien mieux avec moi, Lena.

Je ne réponds pas. Puis soudain, Jacob se retrouve à terre, Jared vient de lui donner une droite en plein dans la mâchoire. Il se relève et lui met un coup de poing dans le ventre. Une bagarre éclate pendant quelques minutes avant que Jared ne lui balance un coup de poing dans le ventre et que Jacob tombe sur mon lit en toussant. Il se frotte à l'endroit du choc et relève péniblement la tête vers Jared avec un regard haineux.

— Je veux que tu te barres et que tu n'approches plus jamais Lena ! lui souffle Jared.

— Pourquoi tu as peur qu'elle me préfère à toi ? Parce que... commence-t-il avant de se taire subitement.

Je sais qu'il pense au baiser et qu'il meurt d'envie de lui dire, mais je le supplie du regard pour qu'il ne le fasse pas.

— Casse toi ! crie soudain Jared.

Jacob se relève et s'avance vers la porte. Je veux parler, dire quelque chose, mais toutes ces révélations m'ont retournées.

— Lena, je suis désolé, me dit Jacob avant de sortir de ma chambre.

Jared se retourne vers moi et je me sens tomber dans le vide, mes jambes tiennent à peine. Je repense à la conversation avec Alex , nous pensions qu'il était incapable de jouer avec des filles comme un connard. J'étais persuadée qu'il n'en était pas capable et là, j'apprends qu'il jouait avec elles et les humiliait...

— Est-ce que... est-ce que c'est vrai ? demandé-je, sentant une boule se former dans ma gorge.

— Quoi ? que j'ai joué avec des filles ? Ou que si je n'étais pas intervenu, Jacob aurait violé une fille parce qu'il en était obsédé ?

— Oui... dis-je d'une voix brisée.

— Oui, c'est la vérité, j'ai fait des choses pas très belles et la plupart de ses filles ne le méritaient pas.

— Oh mon Dieu... murmuré-je en me laissant tomber sur mon lit.

— Je suis désolé que tu l'aies appris comme ça...

Il s'assied près de moi et veut mettre une main sur ma cuisse, mais je la retire et me lève d'un bond comme si son toucher était une torture.

— À combien de personnes as-tu fait autant de mal ? le questionné-je d'une voix tremblante.

Je veux et je dois le savoir. Je sens la boule dans ma gorge grossir de plus en plus et les larmes commencent à me piquer les yeux. Jared le remarque et c'est comme si je le frappais, comme si le ciel lui tombait sur la tête.

— Je... je ne sais pas vraiment... beaucoup trop, m'avoue-t-il.

— Jared...

— Écoute-moi, me coupe-t-il. Tout ceci remonte à longtemps et je regrette chaque jour ce que j'ai fait. Mais je t'en supplie, ne me laisse pas pour mes erreurs passées.

— Jared, je ne sais pas quoi penser...

— S'il te plaît, ne fais pas ça, j'en mourrais, me dit-il d'une voix brisée et les yeux remplis de peur.

Je veux me mettre à sa place un instant, pensant que si lui savait que Jacob m'a embrassé, je voudrais qu'il me pardonne, parce que c'était une erreur et que je voudrais qu'il ne me juge pas trop vite et se mette à ma place, car moi aussi, j'en mourrais s'il me laissait pour une erreur stupide.

— Laisse-moi juste digérer tout ça et ça va aller.

Il souffle, soulagé, et comme si la distance lui était maintenant insupportable, il vient me prendre dans ses bras, me serrant aussi fort qu'il le peut. Je suis encore sous le choc et surtout, je n'aurais jamais pensé que Jacob était capable de tels actes. Mais moi aussi, je garde le secret de ce baiser avec lui, et malgré tout ce que j'ai appris sur lui, j'ai énormément de peine pour lui. C'est quand même mon ami et c'était celui de Jared.

Comment vais-je avoir confiance maintenant ?

— Est-ce qu'il t'a fait quelque chose ? dis-moi la vérité, me questionne-t-il en se décalant.

Le souvenir de Jacob sur moi dans mon lit avec ses lèvres frôlant les miennes me vient en tête alors que Jared fronce les sourcils et serre la mâchoire, mais je vois une lueur de peur dans ses yeux.

— Il ne m'a rien fait, il s'est juste endormi dans mon lit.

— Tu en es sûre ?

— Oui, nous avons seulement partagé le même lit.

Il serre encore plus la mâchoire et devient terrifiant, en pensant sûrement que seul lui avait le droit de partager mon lit. Il me le confirme.

— Personne d'autre que moi. Je vais le tuer... souffle-t-il de rage.

— Calme-toi Jared, tu ne crois pas que tu en as assez fait ? Il ne mérite pas ta colère, c'est moi qui l'ai ramené ici !

— Mais il a clairement dit qu'il voulait que tu sois avec lui ! À moins que ce soit ce que tu veux ?

Ces yeux me lancent des éclairs de fureur alors que je n'arrive pas à croire qu'il pense ça.

— Mais tu es fou ! Je n'aimerai personne d'autre que toi, merde !

Je n'en peux plus ; toutes ces révélations, ces mensonges... Mes mensonges et la vision incessante de Jared en vrai connard avec des filles me font sortir de moi-même. Je rentre dans ma salle de bain à toute allure et je m'y enferme à clé, me glissant contre la porte en prenant de bonnes bouffées d'air. Des pas approchent derrière et j'entends Jared se laisser glisser à son tour contre la porte.

— Je n'ai jamais été quelqu'un pour toi, car je savais que tôt ou tard, tu allais souffrir de toutes les choses que j'ai pu faire...

Il s'interrompt alors que je m'étais redressée pour écouter attentivement.

— Avant toi, continue-t-il. Je ne sais pas ce que tu m'as fait, Lena, mais... tu m'as changé, tu m'as montré que je pouvais être bon et affronter mes peurs... mes cauchemars.

Je plaque ma tête et ma main contre la porte et souris, bien que je sois encore sonnée par les événements.

— Pourquoi jouer avec ses filles ? Qu'est-ce que ça t'apportait ? demandé-je calmement.

Un silence presque insupportable avant qu'il ne réponde :

— Parce que j'étais le célèbre Jared Welland et que je le pouvais. Comme ça, je pouvais ne pas montrer autre chose que ce que je voulais. C'est très... compliqué à expliquer.

— Tu te sentais seul et sans... famille, tu avais le droit d'en vouloir à la terre et être cruel.

C'est moi qui ai dit ça ? Je prends sa défense alors que c'est mal ce qu'il a fait ! Est-ce mon amour qui me rend aveugle ou bien je le comprends plus que tout ?

— Mais qui es-tu vraiment, Lena Peterson ? dit-il d'une voix étonnée.

— Juste moi...

— Ce n'est pas possible que tu puisses exister pour moi alors que j'ai fait tellement de mal, que le diable en personne a dû s'asseoir et prendre des notes !

Je ris avant de soupirer pour relâcher toute la pression. Je suis de nouveau calme et amoureuse d'une star torturée. Car oui, Jared Welland se cache sous ce mauvais masque pour ne pas montrer à quel point il a souffert.

— Lena, tu vas ouvrir cette porte pour que je t'embrasse sauvagement.

J'aime beaucoup quand Jared donne ses ordres tranquillement. Je me lève et déverrouille la porte comme envoûtée et sous son contrôle. J'obéis. La porte ouverte, Jared me dévore des yeux comme s'il était en manque total. Je suis sa drogue et j'avoue aimer ça. Nous nous jetons l'un contre l'autre dans un baiser avide et sauvage comme il l'avait prédit. Puis haletant, il s'arrête là, avec un désir dans les yeux qui, malheureusement, ne sera assouvi que par ce que je peux lui offrir. Mais en grand gentleman, il ne demande rien d'autre.

— Mon Dieu, si tu savais à quel point tu m'as manqué, tes lèvres me hantaient tellement que je me suis trompé dans mes paroles en plein concert !

Je ris à gorge déployée, imaginant la scène.

— Alors comment c'était ?

— Incroyable, sourit-il. D'ailleurs, tu me fais penser que j'ai fait quelque chose qui ne va pas te plaire.

— Jared, menacé-je.

— Non rien à propos des fans, d'ailleurs j'ai brisé leur cœur !

— Qu'as-tu fait ? demandé-je en fronçant les sourcils.

— J'ai révélé au monde entier que j'étais fou amoureux d'une fille tout à fait ordinaire !

— Quoi ! Qu'est-ce que tu as fait ? dis-je en écarquillant les yeux.

— Ne t'en fais pas, je n'ai pas dit avec qui, même si tout le monde sait déjà que c'est toi.

— Mais pourquoi ?

— Parce que tout le monde devait savoir que je t'appartiens... comme tu m'appartiens.

— Ah c'est donc pour ça… dis-je, un sourire aux lèvres. Tu voulais que tout le monde sache que tu m'appartiens, ou que je t'appartiens ?

— Que tu m'appartiens.

Mais dans l'histoire, c'est moi qui devrais être la plus heureuse, car Jared Welland peut avoir toutes les filles sur cette terre.

— Dans ce cas-là, je serai encore plus détestée…

— Tu m'en veux beaucoup ?

Je sais qu'il ne parle pas de cette conversation, mais plutôt de tout ce que j'ai appris.

— Je ne sais pas, avoué-je. C'est dur à encaisser, mais je suis sûr que je peux arriver à oublier en prenant un peu de temps.

— D'accord, dans ce cas… je crois que je devrais te laisser.

Il s'enfuit tel un voleur alors que je croyais que cette histoire était presque finie. Mais je le laisse partir, ayant besoin d'être seule.

CHAPITRE TRENTE-SEPT

Pensive, ce matin, je prends mon temps pour me lever du lit. Quand je pense aux jours précédents, je ne peux pas croire qu'ils soient passés à vitesse grand V. Je me suis concentrée sur mes cours pour que mes notes restent élevées. Certes, ce n'était en fait un prétexte pour ne pas penser aux révélations choquantes de Jared et de ce qui se rapprochait le plus de son meilleur ami. Je ne comprends pas mon besoin d'être seule, cependant je veux faire le point une bonne fois pour toutes.

Décidée à me lever, je me prépare pour aller en cours. Ces derniers jours, Jacob était un fantôme les rares fois où je le voyais. Il affichait un regard honteux et malgré ce qu'il a fait à cette fille, je suis toujours persuadée qu'il est une bonne personne. Car lorsqu'il m'a jetée sur le lit, il aurait pu faire ce qu'il voulait de moi, étant en plus saoul. Je soupire et empoigne mes clés avant de partir avec la voiture de ma mère. Je me suis dit que ça éviterait à Jared de faire un détour, mais la vraie raison, c'est que je veux être seule. Je me gare sur le parking avec dix minutes d'avance sur mon cours d'histoire. La Fiat panda rose de Kate arrive juste devant moi alors que je sors de la voiture.

— Dis-moi que je ne suis pas en retard ? s'affole-t-elle en se précipitant vers moi.

— Non, on a maintenant huit minutes avant le début de notre cours commun, lui réponds-je alors qu'elle souffle de soulagement.

— Waouh, Kate Beauchamp qui s'inquiète d'arriver en

retard, c'est nouveau ! s'écrie Alex qui nous rejoint.

— Mes parents ont décidé que je devais vraiment me concentrer et arrêter d'être constamment dans la lune, ils pensent sûrement que je me drogue, va savoir.

— Il me semble que cette drogue s'appelle Dimitri, d'ailleurs ton beau gosse arrive, lui dit Alex avant de faire un signe de main dans sa direction. Au fait, qu'est-ce qui lui prend à Jacob ?

Dimitri serre Kate dans ses bras et nous salue.

— C'est vrai qu'il est étrange, fait remarquer Kate avec un regard plein de sous-entendus pour moi.

— Peut-être que ses parents veulent aussi qu'il travaille bien, dis-je en baissant les yeux. Bon maintenant, on va être en retard.

Nous nous dirigeons tous les quatre à l'intérieur du bâtiment et je me demande pourquoi Jared n'est pas encore là. Mais avant que des millions de questions affluent dans ma tête, il arrive avec cette expression qu'il a depuis quelques jours ; un mélange de crainte et de colère, mais aussi d'amour. Et même si nos conversations sont tendues, que j'ai la vision incessante de toutes ces filles à qui il a fait du mal et que ma confiance en lui a des hauts comme beaucoup trop de bas, je ne suis pas un juge et je ne compte pas l'abandonner. Même si pour le moment c'est dur de ne penser qu'à nous deux.

— Salut, lui dis-je avec un sourire.

Il se retourne légèrement avant de me dire :

— Salut… tu as eu assez de temps pour réfléchir ?

— Oui, mais…

— Hum, je vois, dit-il en se retournant alors que le professeur entre dans la salle.

J'ouvre la bouche pour parler, mais la referme, un peu déconcertée et sans vrai argument.

Je souffle et mes yeux se posent sur Lucy qui nous regarde avec cet éternel sourire de garce qui prépare son coup royal. «Il joue avec toi» m'a-t-elle dit, et son regard, lorsqu'elle m'a raconté ce qu'ils avaient fait. Tout ceci pourrait bien me convaincre que c'est un jeu pour lui, comme avec toutes les autres avant moi. C'est une vraie torture de démêler le vrai du faux ! Mais quand je le regarde dans les yeux, je sais qu'il ne joue pas avec moi et il me l'a prouvé nombre de fois, la dernière en date a été de révéler son amour pour moi devant des millions de personnes. Mais pour l'heure, j'ai besoin de digérer avant de peut-être prendre une décision.

***

Au moment où je récupère ma voiture dans le parking juste après avoir laissé mes amis, je vois non loin Jared me regarder d'un regard protecteur comme s'il veillait sur moi. Il est adossé à sa Mustang, sa veste en cuir rabattue sur son épaule. Il suffit ! Mais avant que j'aie fait un pas en sa direction, l'horrible pensée de toutes ses filles me hante à nouveau. Je soupire de rage, perdue entre ma conscience qui me dit de rester méfiante et mon cœur qui me crie de le rejoindre et de le serrer dans mes bras. Malgré le mal que ça nous cause, j'entre dans ma voiture et démarre. Je ne veux pas rentrer chez moi et me morfondre sur le canapé, même si c'est ce que je fais déjà. Je suis une vraie garce de l'avoir laissé comme ça sur ce parking. Je veux prendre l'air et aller n'importe où pour réfléchir. Je finis par me rendre au Café Merveille, un genre de cafétéria avec viennoiseries et autres. Je sors de la voiture et entre à l'intérieur où la bonne chaleur me fait frissonner. Je me place derrière un grand homme et attends mon tour pour commander n'importe quoi. Je crois ne m'être jamais sentie aussi perdue de toute ma vie. Je ne sais absolument pas quoi faire et avoir confiance en lui me fait tellement peur...

— Mademoiselle, Mademoiselle ? que puis-je vous servir ? me demande le serveur qui me sort de mes pensées.

— Excusez-moi, j'étais dans la lune, lui répondis-je avec un sourire un peu gêné. Je voudrais un chocolat chaud, s'il vous plaît.

— Je vous sers ça tout de suite, me dit-il avec un sourire ravageur.

Waouh, ce garçon est d'une incroyable beauté : grand, blond aux yeux bleus et un sourire magnifique. Il pourrait bien faire mannequin ou je ne sais quoi et pourtant, il travaille ici, au Café Merveille.

Je le regarde préparer la machine à chocolat chaud, toujours dans mes pensées quand je le vois revenir vers moi.

— Dites-moi, pourquoi une si belle fille comme vous vient boire un chocolat chaud toute seule avec une tête si triste ?

— J'avais besoin de m'évader pour réfléchir, lui avoué-je.

— Je vois, problèmes de couple.

— qui vous dit ça ?

— Eh bien, une aussi belle fille ne peut pas ne pas avoir de petit copain et si elle vient seule si triste ici, c'est un problème de couple, dit-il en haussant les épaules.

— Waouh, m'exclamé-je.

— Vu votre réaction, j'ai donc raison et je n'ai aussi aucune chance avec vous, dommage...

Aucune chance avec moi c'est sûr.

— Désolée, confirmé-je.

— Non ce n'est rien, je suis juste jaloux de votre copain.

— Et lui est jaloux de tout le monde, c'est même souvent la cause de nos disputes, dis-je en levant les yeux au ciel.

— Là, je le comprends. C'est une réaction tout ce qu'il y a de plus normale, me comfirme-t-il en allant chercher mon chocolat chaud.

Il le pose sur le comptoir et j'enfouis ma main dans ma poche à la recherche de mon argent.

— Oh non ! Cadeau de la maison, me dit-il.

— Non, je...

— J'insiste, vous pouvez y aller, me coupe-t-il. Et peu importe ce qu'il a fait, pardonnez-lui parce que je pense qu'il doit vivre un véritable enfer et sachez que quelqu'un d'aussi jaloux est quelqu'un de très amoureux.

Je le regarde un moment, me disant que ce gars lit dans les pensées ou alors qu'il est un ange gardien descendu tout droit du ciel, car ça n'est pas possible de savoir tout ça et d'être aussi gentil.

— Merci et... je vais le faire.

Je m'assieds à une table en souriant bêtement, tellement qu'un vieux couple à deux tables plus loin parle tout en me souriant et je crois percevoir un «qu'est-ce qu'elle est mignonne» dit par la vieille dame. Je bois mon chocolat qui est excellent et pense que j'ai enfin eu la réponse que j'attendais. Je suis entrée avec une tête d'enterrement et maintenant j'en sors le sourire aux lèvres et la tête dans les nuages. Je marche dans le parking, cherchant la voiture quand j'entends un bruit sourd. Un homme essaye de charger un gros carton dans sa voiture, mais il n'y parvient pas seul. Je me précipite alors pour l'aider.

— Monsieur, voulez-vous un coup de main ? lui proposé-je.

— Merci, ce serait avec... commence-t-il avant de poser les yeux sur moi. Mais je vous connais, Lena, c'est bien ça ?

Je descends de mon nuage et reconnais l'homme qui m'a aidé lorsque je m'étais coincée la veste dans la portière de la voiture lors de la fête chez Steve. Comment l'oublier, il m'avait marqué et aujourd'hui encore, mais je ne comprends toujours pas pourquoi.

— Je vous reconnais aussi, euh... Erik ?

— C'est bien ça... Vous me paraissez bien plus heureuse que la dernière fois, puis-je savoir ce qui vous rend de si bonne humeur sans trop être indiscret ?

— Oh et bien... je m'étais disputée avec mon copain, mais aujourd'hui, j'ai compris que lui pardonner est la meilleure chose à faire.

Attendez, attendez, je compte raconter ma vie à tous les gens que je vais croiser ? De toute façon, je ne vois pas le mal tant que je ne dis pas qu'il s'agit de Jared Welland.

— Le pardon... j'aimerais bien moi aussi qu'on me pardonne un jour... dit-il, les yeux dans le vide.

Il est tellement triste tout à coup que j'ai beaucoup de peine pour lui. Aurait-il le même genre de problème que moi ? Bien joué, je l'ai rendu tout triste le pauvre.

— Vous faire pardonner de quoi ? Sans être trop indiscrète.

— D'avoir été un mauvais mari et un mauvais père pendant des années, me dit-il avec ce même regard rempli de tristesse.

— Il n'est jamais trop tard, vous savez, tenté-je de le réconforter.

— J'aimerais tellement qu'ils sachent que j'ai changé, que je ne suis plus le même homme...

— Eh bien, montrez-leur. Ils se rendront compte que vous êtes un homme bon.

— Si seulement c'était aussi facile... Bon, je ne vais pas vous ennuyer plus longtemps avec mes histoires, me sourit-il.

— Vous ne m'ennuyez pas du tout, lui réponds-je.

Je l'aide ensuite à porter le gros carton avant de lui dire au revoir et de partir en direction de chez Jared. Pauvre Erik... comment vivre avec une famille brisée et vouloir s'en faire pardonner ? En tout cas, j'espère de tout cœur pour lui qu'il y arrivera. J'ai tellement hâte de voir Jared et de lui dire que je me fiche de son passé, que je l'aime et que je suis prête à lui faire confiance à cent pour cent que j'en danse en conduisant et chante à plein poumon Superheroes de The Script. Je suis aux anges !

Lorsque j'arrive enfin devant sa maison, je me gare à l'autre bout de la propriété ne trouvant pas de place plus près et je marche d'un pas rapide, levant la tête vers le ciel tout en souriant. Ma mâchoire va finir par se décrocher, mais j'ai bien trop hâte de voir la tête de Jared lorsque je vais lui dire. Je sonne à l'interphone et tourbillonne sur moi-même par l'excitation et une minute plus tard, la voix de Jared en jaillit.

— Oui ? dit-il alors que mon cœur explose de joie à l'idée de le voir.

— C'est moi, Lena, lui dis-je avec un grand sourire.

Ma pauvre mâchoire commence réellement à être endolorie ! Jared ouvre le portail et j'entre en marchant d'un pas vif vers la maison. Je m'attends à voir Jared ouvrir la porte, mais c'est moi qui m'en charge. Je n'y prête pas trop d'importance même si c'est étrange qu'il ne m'accueille pas comme à son habitude.

— Jared ? l'appelé-je en me dirigeant au salon.

J'ai tellement hâte de le serrer dans mes bras. Depuis qu'il est rentré de son concert, nous n'avons même pas eu le temps de nous retrouver correctement. En entrant dans le salon, je le vois assis sur le canapé. Mon cœur s'emballe et mon sourire, déjà bien large, s'agrandit encore plus, mais lorsqu'il tourne la tête vers moi et que je vois son visage, je sens que quelque chose ne va pas et mon euphorie disparaît tout à coup.

— Qu'est-ce qui se passe, t'en fais une tête ? lui demandé-je en accourant pour me mettre à genoux devant lui.

Il a une tête effrayante, comme s'il venait d'apprendre une catastrophe. Je veux prendre une de ses mains, mais remarque qu'elles sont toutes deux éraflées et en sang. Je fronce les sourcils tout en le regardant silencieusement.

— Est-ce que c'est vrai ? me questionne-t-il d'une voix à peine reconnaissable.

— Quoi, qu'est-ce qui est vrai ? lui demandé-je plus qu'inquiète. Jared, tu me fais peur !

— As-tu embrassé Jacob ? Et ne me mens pas.

Je me sens pâlir et tomber alors que j'étais entièrement crispée, me décomposant littéralement. Pas ça...

A suivre.

Vous voulez découvrir notre actualité ?

Retrouvez nous sur notre blog
eratoeditionsleblog.wordpress.com/
Sur notre page Facebook
www.facebook.com/eratoedition
Sur Twitter
twitter.com/EratoEditions
Sur Instagram
Instagram.com/erato_editions

ERATO EDITIONS

Erato-Editions

Cami dels Cabanyls
66740 Villelongue dels Monts

www.eratoeditions.fr

Printed in Great Britain
by Amazon

29029371R00175